閒話三國配角

李泉——著

【代序】關於這本書

炎夏無事，隨手閒翻《三國演義》，看關羽敗走麥城，有感而發，寫了一篇關於劉封的小文：〈庸人困境〉。也就是這本書裏的第一篇文章。在讀一本關於《三國》的評論集時，想起楊修，又寫了一篇關於楊修的小文章。事隔數日，寫了蔣幹。這三個人物，寫的時候，沒有目的，也沒想太多。後來覺得還有幾個人物，也可以寫一寫，才萌生了能否試著集中寫，或許能湊成一個集子的想法。也沒有什麼具體的計畫安排，就是利用空閒時間，摸到一個人物寫一個，沒有想法的，就暫時放過。一年多時間，寫了五十多個人物，有了這本《閒話〈三國〉配角》。

染指《三國演義》，內心頗為忐忑。因為這部著作實在太神奇、太偉大，曾經研究過它的人，從不乏奇士碩儒，至於產生的研究作品，更是汗牛充棟。濫竽之作，不敢存避開陳見的奢望，只是實在喜歡這部名著，才有感而發。在此，聊綴數語作為序言。

書中所談人物，為《三國演義》中的配角。這些配角，可分為三類。第一類，相對的配角。在整部《三國演義》中，他們是配角。但在特定的故事中，他們又是主角。像董卓、貂蟬、陳宮、蔣幹、楊修、許攸、彌衡、馬謖、張松諸人。他們可視為配角中的「主角」。第二類，普通的配角。被人獨立談起的機會不多，主要是作為各色主角的陪襯出現，像華雄、徐庶、魯肅、賈詡、張遼、于禁、曹丕、司馬懿等人。第三類，配角中的配角。這類人物極少被人談起過。張角、李儒、吉平、于吉、司馬徽、徐母、諸葛瑾、徐氏、劉封、吳押獄妻、普靜、王平、郭淮、徐盛、諸葛恪，都屬於這一類。

這些人物的受關注程度，較之劉備、曹操、關羽、諸葛亮等主角，不可同日而語。讓這些平時難得風光的配角，站到舞臺中央，與主角來個主次互換，領銜一把，是這本書的主要內容。

對這些人物的疑問、分析與看法，力求能有所不同。首先，是產生新的疑問。張角帝國的奧秘何在？華雄到底是誰的陪襯？陳宮是人們想像中的仁者嗎？袁術真的一無是處？諸葛瑾為什麼不先向孫權推薦自己的弟弟諸葛亮？所謂中國古代隱士，就是司馬徽這樣的？孫權為何厚愛魯肅？馬超為什麼在劉備手下不得重用？而為什麼諸葛亮要重用馬謖？其次，是採用心理透視的方法，來重新審視人物，分析事件。王允過失的身不由己，彌衡罵曹操的言不由衷，孫策致死的精神恐懼與內心怨氣，張昭主張投降的小算盤，由蔣幹中計尋找曹操赤壁失敗的心理原因，龐統之死的心理揭密，誰是殺害龐德的真正兇手？楊修之死的另一個原因，諸葛恪緣何心理變態，黃皓之輩因何不絕於世。由此，希望能產生新的形象。華雄並非只為陪襯關羽，王允與司馬懿被人誤解的太多，坦露陳宮的真實面容，顏良、文醜的不平遭遇，于吉之道亦非道，「司馬徽」的難言之「隱」，擦亮張遼被人忽略的將才光環，陷入困境的庸人劉封和副手王平，郭淮的小才大用，等等。

當然，這些品讀和議論，只是一種個人閱讀的膚淺體會。它帶給我思考的享受和發現的愉悅，我也希望它能為讀者帶來同樣的享受。

「三國」可分為「歷史三國」和「文學三國」。

「歷史三國」指的是《三國志》、《後漢書》、《資治通資》等史書裏的「三國」。「文學三國」則是指文學作品《三國演義》或者講唱藝術裏的「三國」。二者的區別，可見於以下幾個例子：從歷史上看，鞭打督郵的人是劉備，而不是張飛；「捉放曹」的不是陳宮；斬華雄的不是關羽，而是那位英年早逝的孫堅；文醜並非死於關羽刀下；隆中一帶並沒有什麼臥龍崗；草船借箭的根本不是諸葛亮，而是孫權；黃蓋也沒獻過苦肉計。像三英戰呂布、王允的連環計、孫策怒斬于吉、蔣幹盜書、三氣周瑜、馬躍檀溪、屯土山約三誓、智算華容、過五關斬六將、彌衡擊鼓罵曹、華佗為關羽刮骨療傷等故事情節，都是查無實據的杜撰。

故事為虛構，很多三國人物，也因此而失「真」。像關羽，《三國演義》裏說其人不近女色，實際上，關羽對女色十分有興趣。諸葛亮只是一介文士，「應變將略，非其所長」，而小說中卻成為一個神機妙算的三軍統帥。歷史上的周瑜，其氣度、才智，倒是與小說中諸葛亮的形象更加相符。配角人物虛構的成份也很大。歷史上的張昭、蔣幹，都是很有本事的人，完全不像小說裏寫的小肚雞腸，傻頭傻腦。劉安、于吉、司馬徽、普淨，這些人不見於史書，而只存在於小說世界中。

這本書所談的人物和事件，主要是小說世界裏的。因此，它也是屬於文學世界的，是舊書新讀。在書寫上，不對人物作全面的、歷史的評價，而是一事一議，管窺蠡測，以帶有文學色彩的、想像的，較為輕鬆的筆調來書寫。

採用這種寫法，是希望能夠更加貼近人性。貼近作為作者的「我」的人性，貼近作為書寫對象的「他者」的人性。也希望能更加貼近世事，貼近遠在天邊的戰事紛爭、家國興衰的三國世事，貼近近在咫尺的現世塵囂、人情練達的今日世事。王允、張昭、司馬懿，也許不是歷史上的樣子，對劉封、王平、于禁、龐德、許褚、楊修，也只是文學性、趣味性的解讀，但他們的經歷、感受，和由此在他們身上表現出的人性，卻是我們所熟悉的，能真切感受到的。至於作者的性情、趣味，也在對這每一個人物的訴說中得到體現。

一部《三國演義》，我把它當作「人」來解讀。歷史和文化的複雜，文學與民族心理的豐富，皆是出自人性的複雜與豐富。文學的動人與悲憫，歷史的玄妙與沉重，都是由人而來。「人性」是文學的靈魂，也是歷史的靈魂。如果歷史中有永恆存在的東西，那就是人性。滄桑逝水，朝代更迭，物是人非，而不變的，則是人性。人性是在同一片歷史蒼穹下的「明月」。從這一點說，文學的，也是歷史的。

文學的人性，文學的人情與世事，因為真實，走進了永恆，也走進了歷史。《三國演義》的不朽與偉大，是因為它是歷史，更因為它是文學。

目次

1

張角

帝國神話

張角，巨鹿縣人，本是個落第秀才，卻在一夜之間，令天下人神魂顛倒，令漢朝政府坐臥不安。在張角身上，看不到「秀才造反，三年不成」的猶豫。「蒼天已死，黃天當立」的神魔附體，使張角在轉瞬間擁有了三十六萬的信徒，其中甚至包括皇帝身邊的人。張角的發跡是迅速的，滅亡也是。在漢臣皇甫嵩、盧植、朱儁等人的圍剿下，張角的「黃巾軍」在瞬間，灰飛煙滅。（《三國演義》第一、二回）

中平元年，一場驟至的黃色風暴，席捲了飄搖中的東漢帝國。為這場風暴呼風喚雨的法師，名叫張角。

張角是巨鹿郡人，兄弟三人，弟張寶、張梁。張角本是個不第秀才，兵慌馬亂的年代，靠賣點野藥糊口，卻收得徒子徒孫三十六方，大方萬餘人，小方六七千，每一方首領還被授予「將軍」軍銜。張角派人四處公開散播「蒼天已死，黃天當立；歲在甲子，天下大吉」的讖言，並打算與皇帝身邊的中常侍封諝裏應外合，一舉拿下漢家天下。

由於起事前，負責聯繫封諝的弟子唐周，突然中途叛變，向漢朝政府告密，導致張角的一個元帥馬元義及眾多徒眾被殺，封諝等一千內應被捕，張角不得不提前宣佈獨立，自稱「天公將軍」，其弟為「地公將軍」和「人公將軍」。

一個普通文人，憑什麼能有三十餘萬追隨者，而且還想據天下為己有？這是因為張角宣稱，他領到了上天要他拯救蒼生的「授權書」。

據說，有一天，張角在山裏採藥，遇到一個長著綠眼睛、小孩子樣的老頭。老頭把張角領進山洞，傳授了他天書三卷，並對他說：「這是使天下太平的寶典，你得了這本寶典就是上天的使者，要替天拯救世人於水火，否則，必遭天譴。」

據當事人張角稱，傳他三卷天書的老頭叫「南華老仙」，傳他天書後就化清風而去。

張角得了天書後，猶如神靈附體，不僅能包治百病，還能呼風喚雨，又給自己包裝了一下，自稱「大賢良師」，對外叫「太平道人」。靠著三卷天書，張角人氣高漲，擁躉遍野，也有了當皇帝的念頭和信心。

張角想當皇帝，也就是要造反。但造反不能說造反，說造反誰還敢跟著你混。怎麼才能讓人信服，最權威也是最有效的辦法，就是得到老天的允許。而三卷天書正是上天授予張角拯救蒼生的授權書和許可證，也是他從此以後成為神仙的身份證。有了這三卷天書，就意味著他從此高於眾生，意味著他的一切行為都是「受命於天」，造反也就不叫造反，而叫「順天意」。「受命於天」的行為是老天點頭的，有老天庇護，是穩賺不賠，所以張角敢造反，所以不到十天就造成「天下回應，京師震動」的「張角效應」。如果不是內部出現叛徒，漢朝政府所在地洛陽，很有可能就落入張角之手，中國歷史也很有可能又一次改換門庭姓氏。

能和神仙拉上關係，就算把皇帝拉下馬，也有人給買單。上天的代言人，誰敢不給面子。於是，打算到龍庭上過過皇帝癮的主兒，首先要做的，就是想盡辦法和神仙拉上關係。

高祖劉邦他爹看見一條龍趴在老婆身上，等劉老漢反應過來，龍行事已畢，騰空而去。不久，劉邦他媽就生下了漢朝開國皇帝。龍的傳人不當皇帝，誰當？魏文帝曹丕下生後頭一天，有圓如車蓋的青雲，在他頭頂上聚了一天，而且當地有黃龍出現。宋武帝劉裕出世，當夜神光照室，清晨樹上普降甘露；齊宣帝高洋自他媽懷孕起，就每天晚上有紅光在屋裏閃；北周文帝宇文泰下生，有如蓋黑雲覆體；隋文帝楊堅、唐莊宗李存勖都是在紫光裏生出來的；唐太宗李世民出生時，有兩條龍在門外玩了三天才離開；宋太祖趙匡胤出世，赤光繞室，異香經宿不散，而且體有金色，三日不退。少數民族同胞也搞這一套。北魏道武帝拓拔珪出生那夜，他媽夢見太陽進了屋，夜裏就果然有光。

最有說服力的，莫過於具備了只有神仙一族才有的生理特徵。劉備、晉武帝司馬炎、陳武帝陳霸先、北周文帝宇文泰都是垂手過膝；齊高帝蕭道成、齊宣帝高洋都是遍身鱗文；梁武帝蕭衍、隋文帝楊堅是手上有「武」「王」之類紋字。哇塞，生下來身上就有「天文」，可不是個小事。

總之，和神仙有了關係，就是經上天批准，坐皇位就是合法的。為了確認兒子皇帝的合法性，老子戴綠帽子也認了。

一不小心，大家都想到一塊去了，帝王傳成了神仙譜。

同樣，當不成皇帝，國家將亡也有神示。《三國演義》第一章寫漢祚將亡，就有青蛇自天而降、雌雞化雄的異象發生。

深諳個中奧妙之流，多是張角這樣的，要奪別人家天下的造反派。除去上面提到這些位，還有陳勝、王莽、劉秀、李自成、洪秀全等，都瞅準了這條生財之路，照單下藥，大行其道，偽造了各種和神仙有關係的假文件，四處招搖「十八子，主神器」一類的上帝預言。時運好者如劉秀，當了皇帝，假文件名正言順成了真貨；時運不濟者就像張角，落個妖言惑眾的罪名。

為混口飯吃的江湖草民，也時常謊稱自己是上帝培訓班的畢業生，能前知五百年，後知五百年，有法力護體，為不死之身。如果這人不是想當皇帝，而是要為皇帝盡忠服務，恰好皇帝又信了，想通過這樣的人，和天上的神仙認識認識，結交結交，這位就算矇著了，畢業證書就算通過了審定，從此飛黃騰達，雞犬升天。如果牛皮吹大了，威脅到皇帝的寶座，就只有真上天當神仙去了。

還有一種情況，介於皇帝和平民之間，比如張角的同宗漢中張魯家。在神仙道業上，張魯家集三代人之心血，進行了不懈探索和實踐。張魯祖孫三人被人稱為三代天師。祖父張陵在西川鵠鳴山修道，並自撰道書。術成後，下山施道布法，廣收門徒。張陵死後，其子張衡承父業，提出凡入門者，都要交納五斗米作會費。所以，這一派又叫「五斗米道」。到張魯，不僅道派規模進一步擴大，管理日成體系，而且還建立了自己的軍隊，成立了自己的「政府」，開始參政。三十年下來，「五斗米道」不斷發展壯大，漢朝乾脆對張家的身份予以了默許，把張家「轉正」為當地唯一政府，負責管理漢中。張魯家的成功，可資廣大有志於在裝神弄鬼業有所建樹的人士借鑒。

帝國的建立始於一個神話，亦結束於一個神話。

消失的帝國則像神話一樣，復活在歷史的記憶之中。

張角的鵝黃道袍被東漢帝國殘存的殺氣湮沒後，各路神機妙算之「仙」、神勇無敵之「仙」、神鬼莫測之「仙」，開始陸續登場，一同演出《三國演義》，這個中國歷史上最著名的「神話」。

2

何進

亂自內生

何進，東漢最後一位國舅。身為當朝大將軍，何進有著得天獨厚的權力優勢。在與宦官「十常侍」的爭權奪勢中，何進卻一敗塗地，身首異處。何進的猶豫、昏庸、無知、盲目都是少有的，他從不知曉自己正站在死亡的懸崖邊上。在他的手裏，漢朝政府也被推到了彌留。（《三國演義》第二回）

何進本是屠夫出身，因為妹妹被選入宮中成為貴人，給靈帝生了個兒子，被立為皇后，何進因此身居大將軍要職。

靈帝死時，三十二歲，在東漢的皇帝中，壽命已經算比較長的。何進當權，跟和帝、順帝、桓帝幾朝外戚的當權，原因一樣，都是因皇帝早死，留下了一堆年輕的小寡婦，新皇帝尚小，她們就只能信任、依靠自己的家裏人，大權就落入自己的父親（國丈）、哥哥或弟弟（國舅）手中。

按舉賢不避親，英雄不問出處的說法，如果何進確實能幹，出身不是問題。可是，何進參政，不僅未能像他的那位同行前輩「庖丁」說的，達到遊刃有餘的地步，反而是內外開弓，把漢朝這個病入膏肓的重號，送到了太平間門口。

何皇后給靈帝生了個兒子，叫劉辯，還有個王美人，也給靈帝生了個兒子，名叫劉協。靈帝寵愛王美人，何皇后就把王美人毒死了。靈帝病重，欲立太子，其母董太后建議立劉協為太子，靈帝也喜歡劉協，事情就這樣定下了。此時，在一旁的宦官蹇碩說：「如果打算立劉協為太子，一定先要除掉何進，以絕後患。」

蹇碩雖是個太監，但事情還是看得很準——你不立劉辯為太子，他那個心狠手辣的娘和有權有人的舅舅豈能甘休！皇帝同意這個意見，就召何進入宮，準備下手。在宮門口，司馬潘隱向何進洩露了事情的內幕。何進聽後，嚇地趕緊逃回家，與朝中大臣商議，欲殺盡宦官。座中有人挺身而出說：「宦官勢大，由來已久，在朝廷中的耳目無所不在，怎能殺盡？若事不機密，必有滅族之禍。」說話的人，正是曹操。那時的曹操不過是典軍校尉，官職不是很高。何進聽後，很不屑：「你少插嘴，朝廷大事是你能懂的麼！」

線人潘隱又帶來內部消息：皇帝已駕崩。蹇碩正與十常侍商量，要封鎖消息，再假傳聖旨請國舅進宮，除掉國舅後，就立劉協為皇帝。說話間，聖旨果到。曹操又說：「眼前首要大計，是要先搶到皇位，然後再對付蹇碩等。」從這句話，能夠知道，曹操以後的「挾天子以令諸侯」，不是撞大運撞上的。那個時候，曹操就有這種眼光，這種政治思路。但當時，沒有人認識到這種思路的價值。

何進根本不搭理曹操，直接讓自告奮勇的袁紹領兵五千，進宮捕殺蹇碩。自己與一幫大臣，立劉辯為皇帝。

殺了蹇碩，袁紹對何進說：「這幫沒毛的已成勢，今天正好借這個機會將他們連根剷除。」何進若真能借這個機會，剷除閹黨，整治朝綱，號令天下，三國之爭也許就要推遲。何進呢，卻聽了他那已被張讓等人收買的皇后妹妹的話，要放宦官一馬。袁紹勸何進：「今天若不斬草除根，日後必會因此招禍。」何進道：「吾意已決，汝勿多言。」

何進雖立外甥劉辯為皇帝，卻並沒有理解曹操的意圖。反而是董太后和張讓，內外配合，慢慢又把持了朝廷大權。何皇后見事不妙，找何進商量。何進不改屠夫本色，直接派人毒殺了董太后。又作賊心虛，為董太后出殯時，託病不出。袁紹對何進說：「張讓等人在外散佈謠言，說您殺了董太后，要當皇帝。此時不除掉閹黨，日後必成大患。現在您手下都是能幹的人，都願意為您效力，大事在您的掌握之中，這是天賜良機，絕不可失。」這可能是袁紹說過的最有見解的話。何進動了心。

聽到消息的張讓等人，又是趕緊買通何皇后，在何進耳邊大吹耳邊風，何進又反悔。

此時，袁紹給何進出了個天大的餿主意：「您可以請天下的英雄帶兵來京，清除閹黨，何太后就沒法管了。」

主薄陳琳說了一番話，足以說明袁紹的主意之餿。陳琳說：「絕不可以這樣。這是掩目捕雀，自欺欺人。現在大將軍有皇帝的威嚴，手握軍事大權，殺幾個宦官，就像用大火爐燒幾根毛髮。只要您行動迅速，當機立斷，事情會很順利。請外臣帶兵入京，這些人本就各懷異心，早想圖謀不軌，一旦進京，無異於引狼入室，到時，掉轉槍口和您作對，必會生大亂子。」

曹操也說：「這件事易如反掌，還用多議！宦官為禍，不是今天才有；只要人主不寵信他們，他們還能掀起什麼風浪。要整治，先收拾帶頭的，只要一個獄卒足夠，何必請外援？如果事情一旦洩露，反而壞事。」

該是天意，袁紹的好主意，何進不聽，偏偏對這個餿主意，一拍即合。何進對陳琳和曹操的勸告，無心理會，連夜派人到各地，請外援進京。

曹操反覆提醒何進，事要小心，不可洩露。何進不聽。在外援董卓到來之前，大臣盧植、鄭泰又提醒何進，董卓為豺狼。何進置大臣們的警告於不顧，召開了新聞發佈會，宣佈董卓將到，準備迎接。這不是明著告訴宦官，我要殺你們！十常侍是什麼人，豈能坐以待斃。張讓等人聞風先動，搶先一步要了何進的性命。這又給了蓄謀已久，欲殺宦官的袁紹、袁術兄弟以充分的藉口。袁氏兄弟打著替何進報仇的旗號，帶兵進宮，把以十常侍為首的大小宦官，殺個乾淨。朝廷內一片大亂。

何進少謀寡斷，身為大將軍，對內，連區區幾個宦官都不能對付，導致朝廷局面失控；對外，則是引狼入室，開了天下大亂的口子。

曹操長歎：「亂天下者，必進也。」

十常侍之亂，在曹操眼裏只是癬疥之患，是可以控制的。而何進引來虎狼之師，就不是朝廷之力所能控制了的。

曹操這是小看了宦官們。宦官之害較之虎狼之師，實是尤有過之。關於宦官之亂，因話題所限，此處不贅。

《三國演義》是「亂天下」的故事。亂天下可分外亂和內亂。外亂者，張角、袁紹、曹操、劉備、孫權之屬；內亂者，張讓、何進也。外亂易防，東漢以羸弱之身，可破黃巾之亂。而內亂難治。外戚專權，始於開國皇帝、高祖劉邦的老婆呂氏；黨錮之禍，起於光武中興，俱為大漢帝國始終沒能治癒的兩大頑症。這兩大頑症，到漢末靈帝的「十常侍」與國舅大將軍何進，終於耗盡了漢家氣數。

3

董卓　屠夫解國

董卓，涼州臨兆郡人。天性好鬥，又自小和羌人生活在一起，而愈加兇暴成性。沒發家的董卓當過涼州的小官，屢戰屢敗，是有名的「常敗將軍」。後來，在一次敗仗中，董卓全身而退，保存了兵馬，以此為功勞，升了官。打仗不行，政客的手段董卓很有一套，所以官越升越高，兵越來越多。董卓是典型的軍閥，卻遇到難得的機遇。受何進之邀，他名正言順地入主朝廷，獨攬大權，政令天下。董卓有機會成為曹操，也有機會令「三國」之爭消失或延期。大權在手的他，卻以最粗暴的方式，把漢朝大卸八塊，自己也死於「兒子」呂布之手。（《三國演義》第三、四、六回）

董卓進兵洛陽，是應大將軍何進之邀。董卓到達之時，何進已死。董卓進京，趕上了千載難逢的好時機。以十常侍為首的宦官和與何進為首的外戚，鬥了個兩敗俱傷，朝中大權無主；袁氏兄弟、曹操之流只是普通軍官，無權無兵，；各郡州主事尚不成勢，天下英雄只是七八個人，五六條槍，勢單力孤，無力造次。董卓面臨的是和何進一樣的機會，如能先安頓朝綱，再把大部隊調進洛陽，鞏固政權，同時注意安撫天下人心，是很容易收到成效的。但這位少謀無道的西涼軍閥，卻比何進有過之而無不及，徹底把大漢帝國送進了太平間。

董卓進京立足剛穩，就有大手筆，他要給大漢帝國換個「頭」。他喜歡陳留王，欲廢少帝而立陳留王。對此事，尚書盧植說得非常明白：「廢帝之事，伊尹和霍光都做過。那是因為太甲無治國之能，昌邑王造惡太多，所以才廢帝另立。當今皇上雖然年幼，卻聰明仁厚，沒有絲毫過失。而你董卓不過是個外官，從未參與過朝廷政事，又沒有伊尹霍光之才，你有什麼資格談廢立？沒有伊尹那樣的德行也搞廢立，就叫篡。」

盧植的話像尖刀，句句戳到要害。但是，董卓根本不聽這一套。董卓不僅立陳留王劉協為帝，還把少帝劉辯和那位何皇后給毒殺了。何皇后死前大叫：「何進少謀，引豺狼入室。」何進如九泉有知，不知當作何感想。

呂思勉先生說董卓立陳留王為帝，是要為國家找個好皇帝。我認為董卓沒有這個覺悟，他行事只是憑好惡而已。董卓隨自己的意廢立皇帝，表面上看是好事，實際效果是加劇了漢朝這座危城的坍塌，為自己增加了一條不可寬赦的罪狀。

新帝已立，董卓自為相國，漸露土匪本色。每夜入宮，姦淫宮女，夜宿龍床。又時常帶兵出城，逢村民大集，便命軍士將集會人群團團圍住，婦女與財物裝上車，其餘人等盡殺。回到洛陽，車下常是懸掛人頭上千，揚言是殺賊得勝而歸，於城外火燒人頭，以示軍威，婦女財物則賞給軍士。

對反對自己的大臣，董卓則是以官爵權位來收買。他以新皇帝的名義對各路諸侯大加提拔，封敢和他動刀子的袁紹為渤海太守，封行刺他的曹操為驍騎校尉，韓馥為冀州牧，以劉岱為兗州刺史，張邈為陳留太守。這就使各方可以名正言順的佔領地盤，招兵買馬，擴充勢力，真正為天下大亂創造了條件。果然，他提拔的這些人聯合起來，倒戈一擊，上演了一齣「十八路諸侯伐董卓」的鬧劇。董卓搬起石頭砸自己的腳是小事，關鍵是天下從此再無寧日。

董卓上欺主，下塗民，中亂臣，把個漢家天下攪了個天翻地複。這還不算，十八路諸侯還未到，董卓便帶著他的精兵強將不戰而走，由洛陽遷都長安，一下子把漢家基業連根拔起。

走的時候，董卓大搞「三光」政策：遍捉洛陽富戶數千家，家產入庫，然後把人殺頭；強迫幾百萬百姓離開洛陽，一路又是掠殺姦淫，死者無數；最後，一把大火，把繁華的洛陽付之一炬。最絕的是，董卓命呂布掘了漢家祖墳及后妃陵墓，盜墓取寶，其軍士則乘機遍掘官民墳塚。

從政治角度說，遷都一事是董卓不打自招，向天下承認自己無德無才，無能無力，無威無望。他看不出袁紹等人和他一樣，真正的動機只是謀求個人利益，根本就是虛張聲勢，一盤散沙。沒多久，袁紹等人就起了內哄。袁紹和孫堅為奪玉璽撕破臉，兗州刺使劉岱因借糧，帶兵殺了東郡太守喬瑁。十八路諸侯一哄而散。

有一件事順帶一提。秦始皇統一中國後，為消除戰亂，遍收天下兵器，鑄了十二座大銅人。董卓把這十二座銅人化開，鑄成錢和兵器。此事較之董卓其他行事，雖是小菜一碟，卻頗有天下干戈從此再起，又無寧日的象徵意味。

較之何進，董卓是真正的「屠夫」，三下五除二，就把大漢帝國五馬分屍。

想想真是可笑，劉曹孫三家集幾世之精英而未競之大業，是董卓他老人家玩剩下的。

4

華雄 誰的陪襯

八路諸侯伐董卓，無名將軍華雄一戰成名。作為董卓和呂布的先鋒官，華雄一夫當關，眾諸侯萬夫莫開。若無關羽，華雄當列三國猛將之林。只可惜，如此一員猛將之花，只在「其酒尚溫」間，便凋落在關羽刀下。（《三國演義》第五回）

關羽成名的第一戰，是「溫酒斬華雄」。

十八路諸侯伐董卓，被董卓的先鋒華雄擋住去路。幾仗下來，諸侯盟軍連折大將，分別是：濟北相鮑信之弟鮑忠，烏程侯長沙太守孫堅部將祖茂，南陽太守袁術麾下驍將俞涉，冀州太守韓馥的上將潘鳳。就在眾諸侯大驚失色，束手無策之際，「階下一人大呼出曰：『小將願斬華雄頭，獻於帳下。』眾視之，見其人身長九尺，丹鳳眼，臥蠶眉，面如重棗，聲如巨鐘，立於帳前。」正是關羽。曹操與關公熱酒一杯，與關公飲了上馬，「關公曰：『酒且斟下，某去便來。』出帳提刀，飛身上馬。眾諸侯聽得關外鼓聲大振，喊聲大舉，如開摧地塌，嶽撼山崩，眾皆失驚。正欲探聽，鸞鈴響處，馬到中軍，雲長提華雄之頭，擲於地上。其酒尚溫。」

這是《三國演義》最膾炙人口的經典情節之一。寥寥數百字，只寫眾人耳聽口說，無一字直接描述戰爭場面，而戰場之驚心動魄，人物之個性神韻，情節之扣人心弦，被刻劃得淋漓盡致。俞涉、潘鳳出戰，去不多時，飛馬來報：「又被華雄斬了」，「眾皆失色」，盟主歎氣，大帳內氣氛之緊張壓抑，華雄之勇冠三軍，不可一世，眾諸侯之外強中乾，圖有其表，皆躍然紙上。其後，身為馬弓手的關羽出場，只一句：「酒且斟下，某去便來。」便在諸侯的驚恐不安中，在「如開摧地塌，嶽撼山崩」的戰鼓聲中，將華雄之頭「擲於地上」，而一切只在「其酒尚溫。」一個英勇絕倫，豪情蓋世的關羽，剎那間，栩栩如生，無以復加。

一個不經意間出現的華雄，成就了關羽「威鎮乾坤」的「第一功」。但是，從第一次讀《三國演義》起，我就認為，華雄雖是關羽的綠葉，卻更是呂布的陪襯。

面對各路來犯諸侯，董卓急召眾將商議，呂布挺身而出說：「父親休要驚慌。什麼關外諸侯，布視之如草芥；願提虎狼之師，盡斬其首，懸於都門。」話音未落，呂布背後一人高叫：「『割雞焉用牛刀？』不勞溫侯親往。吾斬諸侯首級，如探囊取物耳！」在呂布背後叫囂的，就是華雄。這是華雄第一次出場露面。

以呂布之勇，視諸侯如草芥，沒人覺得過分。無名之輩華雄也說「吾斬諸侯首級，如探囊取物耳！」給人的感覺，就有些口出狂言，不知天高地厚。不過，華雄很快以實際行動，證明了自己並非大言。

被華雄斬於刀下的四員將中，鮑忠的水平不詳，其餘可做一下分析。程普、黃蓋、韓當、祖茂四人為孫堅的心腹之將。四將中，程普、黃蓋、韓當三人，後來跟隨孫策、孫權打下了江東基業，成為東吳的開國功勳，當是能征貫戰之將。祖茂為並列之將，水平應當是與三人不相上下，結果是華雄大叫一聲，便將祖茂斬於馬下。袁術手下的俞涉，被貫以「驍將」之名，隆重推出，當有一定勇力，卻連三合不到，便命喪華雄之手。韓馥稱潘鳳為「上將」，水平也應不弱，結果「去不多時」，又被華雄斬了。

就是這樣一員勇將，出場時卻說：「『割雞焉用牛刀？』不勞溫侯親往。」——這點小事還用您親自去，交給我來處理就行了。一幅心甘情願拜服於呂布之下，甘為呂布馬前小卒的姿態。俗話說：強將手下無弱兵。華雄的態度和實際工作能力，都為呂布無人可敵的超強戰鬥力，作足了鋪墊。

華雄雖勇，畢竟不過是呂布或董卓手下的一名部將。華雄是作為呂布的先頭部隊出馬的，主將呂布並沒有出場。華雄一夫當關，各路諸侯萬夫莫開，構成了諸侯聯軍——華雄——呂布，由低到高的三個層次。華雄之勇從縱向上，或者證明了諸侯聯軍的低能，或者證明了呂布之強。對關羽而言，殺了華雄，只是戰勝呂布或董卓手下的一名部將，只是在中間階層，在與一個低於自己重量級對手的較量中，取得了勝利。如果用這種與華雄的橫向比較，作為證明關羽能力的標準，正好相反，這只能說明關羽低了呂布一等。當關羽與華雄作為對手站在一起時，也就把自己放在了和華雄的同一檔次上。

其後在虎牢關上演的三英戰呂布，也驗證了這一點。張飛先與呂布大戰五十餘合，不分勝負，關羽舞動八十二斤的青龍偃月刀，和張飛夾擊呂布，三十餘合，戰不倒呂布，劉備舞動雙股劍也來助戰，「三個圍住呂布，轉燈兒般廝殺。」呂布仍全身而退。

溫酒斬華雄，只是在局部情節上，烘托了關羽的形象。從全局來看，華雄真正彰顯的，實是呂布之勇。

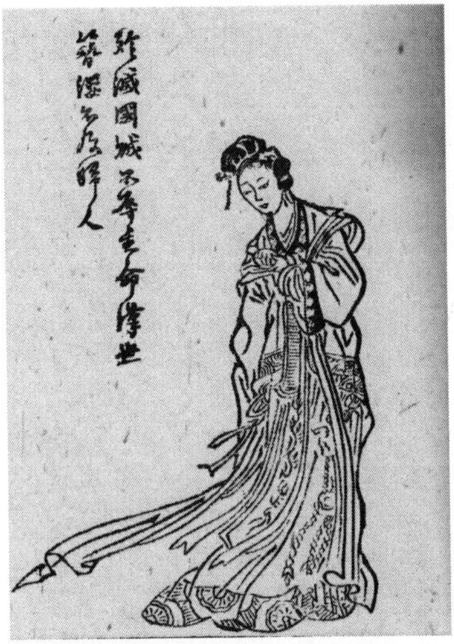

5

貂蟬　風月無邊

作為司徒王允府中的歌伎，貂蟬把美、色與情的功能，發揮到了極致。董卓和呂布，太師和溫侯，一父一子，一權一武的兩個男人，盡迷失在了貂蟬的眼波和淚光中。董卓為了貂蟬擲戟殺呂布，呂布為了貂蟬誅殺董卓。兩個男人的特殊身份，使貂蟬的作為，具有了非凡的意義。（《三國演義》第八回）

貂蟬以身相許的，不是董卓，也不是呂布，而是東漢帝國。貂蟬是正宗的以「身」報國。貂蟬能有這麼高的覺悟，是大司徒王允教導有方。

董卓無道，大司徒王允坐不安席，夜不能寐，半夜三更住著拐杖到後花園溜達。忽聽有人長噓短歎，大司徒躲在花叢後悄悄張望，原來是府中的歌伎大美女貂蟬。

貂蟬在園中，如《牡丹亭》中的杜麗娘，於爐香飄渺和花香四溢間，面帶愁容，口中念念有詞——必是思凡。大司徒怒喝一聲：「小賤人膽敢在此偷人！」嚇得貂蟬急忙跪下說：「打死賤妾也不敢。」大司徒問：「那為什麼這麼晚了不好好睡覺，在這兒歎氣，是為何事，如實召來。」王允問得沒道理，你不是也沒睡，在到處溜達。貂蟬連抒情帶敘事，回答了一大堆，大體意思是：賤妾自小蒙大人恩養，大人對賤妾的恩情，賤妾是粉身碎骨也沒法報答。這兩天看大人心事重重，行坐不安，想是有大事，若大人有用得著賤妾的地方，賤妾萬死不辭。

王允發現這麼個寶貝尤物，激動地用杖咚咚敲地，長歎道：「想不到漢家天下，就在這個女子手中。」王允把貂蟬領回屋，對貂蟬叩頭便拜，抬起頭時，已是淚如泉湧。隨即激昂陳詞天下大勢，王允說：「國家已是危如累卵，而非你莫救。董卓、呂布皆好色之徒，我要用連環計：先把你許配給呂布，然後獻給董卓，你在中間挑撥，讓他們爺倆反目，讓呂布幹掉董卓，以除此大惡。重扶社稷，再立江山，就看你的了。」貂蟬說：「適才賤妾說過，但有用處，萬死不辭。大人放心，此事交與賤妾，您就等著瞧好吧。」以後的事，無須贅述。不知怎麼的，這一幕中的王允和貂蟬，讓我想起了初次見面的諸葛亮和劉備。

別看王允說得熱鬧，貂蟬未必真明白。大美女貂蟬只是個歌伎，並不懂政治。但是貂蟬懂風月，用美色引誘兩個男人，讓他們為自己動刀子，這些貂蟬是能聽明白的。這對貂蟬來說，是小菜一碟。在貂蟬的眼裏，這件國家大事，無非還是一場風花雪月的事，還得按風月場上的規矩行事。這可就是大美女貂蟬的強項了。

貂蟬周旋於董卓、呂布之間，用了三招：第一招，一見鍾情，海誓山盟。對呂布，貂蟬是非君不嫁，能與溫侯這樣的英雄白頭攜老，自己一生足矣；對董卓，又是非公不從，能夠伺候太師，得太師所寵，是自己三生修來的福份。第二招，是身在此，而情在彼。讓二人以為自己是為人所迫，身不由己，令二人互相猜疑、妒恨。與董卓恩愛時，就讓呂布窺見；與呂布相會時，又讓董卓撞見。知道有人偷窺自己，貂蟬小姐就作愁眉不展，憂憂寡歡，暗自垂淚狀，讓觀者一致以為，貂蟬小姐這是在為自己動情，而為對方所逼。呂布曾借見董卓之機，探望貂蟬。貂蟬在床後探半身望見呂布，以手指指自己的心，又用手指指董卓，然後淚流不止，呂布看後，心如刀絞。待董卓看見，貂蟬還是落淚，卻是似受調戲、污辱，滿心委屈。最後一手，是不堪受辱，尋死覓活。鳳儀亭會呂布，貂蟬哭著說：「太師真不是個東西，見色起意，將妾淫污，妾恨不得一死了之；止因還未與將軍見上最後一面，故且忍辱偷生。今有幸得見，妾已了卻心願！此身已污，無顏再追隨將軍；願死於君前，以明妾志！」說罷，手攀欄杆，就要往荷花池裏跳。對董卓則是：「妾正在後園看花，呂布突至，妾見這廝色膽包天，居心不良，正要跳池，以死相拒，卻被這廝抱住，幸得太師趕來，方才得脫。」一聞聽董卓想把自己許給呂布，貂蟬道：「妾已是您的人，今天忽然要把妾下賜家奴，妾寧死不受此辱！」拔出劍就要抹脖子。貞潔烈女啊！貂蟬尋死覓活，是對呂布或董卓的最大刺激，也是最後通牒——你老婆讓人調戲了，霸佔了，你個大老爺們能無動於衷，忍氣吞聲？你自己看著辦吧！

「以衽席為戰場，以脂粉為甲冑，以盼睞為戈予，以貽笑為弓矢，以甘言卑詞為運奇設伏」，貂蟬施己所長，變溫柔鄉為絞肉機。

貂蟬其女不一般，不僅是說他和董卓、呂布之間的事，也包括她對王允。王允收她為義女，那是工作需要，未必真有父女之實，而他們之間其他的關係卻很難說。在小花園裏，王允生氣時說的那句「小賤人在此偷人」。個中滋味，就很令人回味。當然，在那個年代，大員養幾個歌伎，有所染指，也很正常。不正常的是貂蟬。何以那麼巧，在半夜三更，在無人到處的小花園，恰好就遇到王允。從貂蟬的話中可知，她注意王允已經很久了，因此，與王允的邂逅，極有可能是貂蟬小姐自導自演的一齣好戲。也就是說，貂蟬第一個預謀的對象，既不是董卓，也不是呂布，而是王允。貂蟬小姐不是周旋於二個男人間，而是周旋於三個男人間。即使沒有挑撥董卓、呂布父子的重任，貂蟬小姐也決非是甘於寂寞之輩。

中國古代有個雅謎，謎面是「風月無邊」，謎底是「蟲二」兩字。「風」字與「月」去掉邊，就成「蟲」字與「二」字。借這個字謎的謎面說話，風月這種東西，真是無邊可測，政事之理，也難出其外。就風月之事而言，從一而終與講究操守，是最可笑、最愚蠢的。杜十娘一心一意跟了李甲，卻被李甲以幾百兩銀子賣給鹽商孫富，搞得自己最後跳了江。對政治來說，最忌諱的也是一條道兒走到黑。用《三國》的話說，天下大勢是「分久必合，合久必分」。分與合以什麼為依據？利益。為利益合，也因利益分。這是雷打不動，千古永恆的鐵律，猶如風月場中的「姐兒愛俏更愛鈔」。曹操打來，袁家兄弟就合夥對外；曹操一走，親兄弟也要明算帳。一句話，都是要利益不要牌坊。

舊社會有「放白鴿」一說，即將年輕女子嫁與大戶望族，過了幾天，女子便攜帶家當溜之大吉，一而再，再而三，因之腰纏萬貫，一生吃喝不愁。《點石齋畫報》裏記錄了不少這樣的事。「放白鴿」可以說是對政治潛規則最生動的解釋。

三國人物，除了性別與貂蟬有別，行事和貂蟬並無二致。劉備與曹操合作過，也與袁紹、孫權合作過，還投靠過呂布、劉表。「五虎大將」裏，關羽是劉備的死黨，也可以與曹操安然相處，趙雲先事公孫贊，黃忠先事韓玄，馬超先事張魯。張松、法正能把自己主子的地盤，拱手獻給劉皇叔。曹操還沒打來，張昭等人就竄掇著孫權投降。其他則有張遼先事呂布，張郃、許攸先事袁紹，徐晃先事楊奉，賈詡先事李傕、郭汜，再事張繡，最後都跟了曹操。還有甘寧、龐德、姜維等人，至於呂布、孟達之流，就更不用說了。都是大名鼎鼎的人物，哪個沒朝三暮四，翻來覆去過。在這些人叫「良禽擇木而棲，賢臣擇主而事」，在貂蟬這樣的人則叫「水性楊花」。

男人沙場馳騁靠勇力，參與政治憑計謀。女人則靠美色，都是用身體的物理屬性。而運用美色同樣需要勇氣和智慧，就像貂蟬一樣。二者之間，並無區別。

政治也有涯，而風月無邊。

6

李儒　用典良苦

董卓的成功，離不開李儒。對董卓來說，李儒的身份先是謀士，其次才是女婿。在名謀如雲的三國中，李儒渺小的幾乎令人視而不見，但對董卓、呂布、貂蟬「三角關係」的洞明，使他之於董卓，具備了郭嘉之於曹操，徐庶之於劉備，魯肅之於孫權的意義。只可惜，董卓不是曹操，也不是劉備和孫權，李儒的一番苦心，付諸東流。絕望的李儒在目送董卓走上死路的同時，自己也坐以待斃。也許他早已知道，自己乘坐的是一條永也靠不了岸的「船」。（《三國演義》第八回）

「一鳴驚人」的楚莊王平定鬥氏之亂後，開「太平宴」與群臣同賀。飲至日落西山，楚莊王興致不減，命侍役點起燈燭，繼續暢飲，並叫寵姬許氏給眾文武斟酒。這時候天氣突變，一陣風過處，把臺上的燈燭全部吹滅。左右去拿火種之際，席間有一人，見許姬美貌，暗中伸過手去拉許姬的衣袖。許姬掙脫左手，右手伸過去拉住那人的冠纓，一使勁把冠纓拽了下來。那人嚇得連忙縮回手去。許姬拿著冠纓，回莊王跟前，附耳奏道：「妾奉大王的命令去敬酒，內有一人無禮，在黑暗裏強拉我的衣袖，我已經把他的帽纓拉下來了，請大王點燈，馬上把這個人查出來。」莊王聽了，卻立刻命取火掌燈的人：「且不要點燭！今日的宴會，務要盡興而散。請眾卿把帽上盔纓摘去，然後痛飲，不去掉帽纓的便不算盡興。」於是，文武官員都把帽纓摘去。莊王然後命掌燈的人點起燈燭。這樣，竟辨不出拉許姬袖子的是哪一個。

席散，莊王回到內宮，許姬再奏道：「大王命妾斟酒，是敬重百官。有人拉我的袖子，大王卻不管，怎麼能使上下看重禮節呢？」莊王笑道：「古來君邀臣宴，飲酒不過三爵，宴飲不繼昏夜。今日寡人與百官歡宴，日以繼夜，酒後失態，誰也免不了。要是把他檢舉出來，固然顯得你的節操，卻傷了國士的心，在座的群臣都會不快活，這有什麼好處呢？」許姬聽後拜服。後來的人就把這次宴會稱為「摘纓會」。

三年後，楚莊王平定陳國內亂，國勢日益強大，欲與晉國爭霸，要先伐鄭國。楚莊王起全國兵車，令連尹襄老為前部，殺奔鄭都滎陽。副將唐狡，自請率部下百人為三軍開路。唐狡率部，所到之處，銳不可當，鄭兵紛紛敗退，並為大軍開山伐路，巡營守夜。莊王率軍直達鄭都滎陽郊外，沿途未曾碰到一個鄭兵的阻截，也從沒因事受滯一天。莊王想不到進兵如此神速，嘉獎襄老，襄老說：「這不是臣的力量，是副將唐狡力戰得來！」莊王立召唐狡，欲厚賞。唐狡卻說：「臣已受過大王的厚賜。現在臣奮勇殺敵，就作為報答。」莊王道：「我從未賞過你什麼呀！」唐狡躬身回答：「當初摘纓會上，拉美人衣袖的就是小臣。蒙大王不計較，所以今日捨命相報。」莊王暗歎：「若非當初，豈有今日之事！」仍叫人給唐狡記頭功。

現在言歸正傳，由《東周列國記》回到《三國演義》。

第八回「王司徒巧使連環計　董太師大鬧鳳儀亭」。王允以大美女貂蟬施「連環計」，令董卓、呂布父子反目。鳳儀亭呂布、貂蟬相會，正在摟摟抱抱，卿卿我我之際，卻被董卓撞見。呂布急逃，肥豬董卓追不上，擲戟刺呂布，不中。呂布跑了。董卓趕出門去，一人飛奔前來，與董卓相撞。未知此人是誰，且聽下回分解。

我猜這一回，一定是應書場裏說書的要求編寫的，賣個關子，讓聽眾睡不好覺。

來人不是什麼有名的人物，是董卓的女婿李儒。李儒除了是董卓的女婿，還有一個身份，他還是董卓的首席謀士。他曾給董卓出過不少主意。董卓進京前，李儒曾建議：「雖說我等是奉召進京，但畢竟是偷偷摸摸，缺少個名份。我們應該上表朝廷，名正言順，光明正大的進京，這才是做大事的樣子。」李儒的這個主意，就很高明。毛宗崗如此評此計：「好在君側者，除之貴密貴速。董卓上表以暴其威，是不密也；頓兵以觀其變，是不速也。何進不知當密，卓則知之，而故為不密；何進不知當速，卓則知之，而故為不速。其意以為如是，而何進必死，內亂必作，夫然後乘釁入朝，可以惟我所欲為耳。此皆出李儒之謀，儒亦智矣。」

作為董卓的心腹，李儒旁觀者清。董卓與呂布之間這件說不出口的醜事，他心知肚明。剛才發生的一幕，他看得清清楚楚。李儒扶起倒地的董卓，回院中坐定，開始勸導董卓。李儒說：「您不要衝動。以前楚莊王『絕纓會』上，不追究蔣雄調戲愛姬之罪，後來，楚莊王被秦軍圍困，被蔣雄冒死救出。現在貂蟬不過是個普通女子，而呂布則是您的心腹猛將。太師如果能借此機會，把貂蟬賜給呂布，呂布必會以死報答太師您。您定要三思。」

對照我前面講的「摘纓會」始末，可以看到，李儒為了勸董卓，篡改了典故，而且改的地方還不少。不過，大意沒變。李儒就是要取其意來規勸董卓。這也算做大事不拘小節之一種。李儒很機敏。

在此之前，李儒曾勸過董卓：「既然太師您要取天下，又何必因為這點小事責怪溫侯？倘若呂布變心，我們就完了。」董卓也聽從了他的話，召呂布來好言安撫，並賜重金。李儒所沒想到的是，貂蟬是有備而來。董卓不上鉤，貂蟬自然要使出千萬般手段，令董太師欲罷不能，當然，也少不了與呂溫侯百般盟誓，令其死心塌地。鳳儀亭一幕，就是貂蟬導演加領銜主演的一齣好戲。

李儒改典還是暫時發揮了作用。董卓回頭對貂蟬說：「我要成全你和呂布的好事，如何？」不管董卓這話是真是假，畢竟是說出了這話。貂蟬一聽大驚失色，對董卓說：「我生是您的人，死是您的鬼，您要把我賜給呂布這個奴才，我便只有一死！」接著如貞節烈女一般，拔劍就奔纖纖玉脖抹去。董太師一見此狀，慌忙奪劍，抱住貂蟬柔聲說：「親愛的，我是和你開個玩笑，你怎麼當真了。」貂蟬就勢倒在董太師寬厚的懷裏，掩面大哭。貂蟬說：「這一定是李儒出的餿主意。他與呂布關係好，就想出這麼個辦法，表面是替您著想，其實是拿我當人情，這個挨千刀的，我饒不了他。我看這個地方不可靠，小心被呂布給害了。」李儒的典故藥勁再強，也不是貂蟬美色的對手。

李儒改典，可謂用心良苦，殊不知貂蟬不是許姬，董卓更不是楚莊王。董卓與楚莊王豈可同日而語。大美女貂蟬對付董卓，是綽綽有餘。

第二天，李儒去催董卓：「還不把貂蟬給呂布送去。」董卓聞聽，臉色一變：「把你老婆給呂布，你願意不？誰再提這件事，殺頭。」李儒出門仰天長歎：「我等都要死在貂蟬這個女人手裏了！」自此託病在家。

董卓聽了貂蟬的話，搬去郿塢，最終命喪郿塢。呂布殺董卓後，宣佈的第一件事是：奉詔只殺董卓，其餘不問。第二件事是：除了李儒。呂布話音未落，李儒的家奴已將李儒縛來，即殺之。

提個很不文學的問題：既然李儒已看出大事不妙，為什麼不趕緊逃命，還坐以待斃？

再回到《東周》看唐狡。楚莊王給唐狡記頭功。唐狡回帳對左右說：「我從前犯的是死罪，大王給我遮瞞過去。所以要報答他。現在一切已經明瞭，怎麼還能受賞賜？」當夜，悄悄走掉了。

高人啊！

7

王允　亂世功罪

呂布誅殺了董卓，在呂布身後的，是貂蟬，在貂蟬身後的，則是王允。大司徒王允用一個女人，完成了十八路諸侯沒能完成的業績。面對董卓舊將李傕、郭汜的逼宮，王允毅然拒絕了呂布逃走的邀請，持劍墜樓，以身殉國。（《三國演義》第八、九回）

王允官拜大司徒。「司徒」是個什麼官職，要先說明一下。

秦始皇統一六國後，在皇帝之下設丞相府、太尉和御史大夫寺組成中樞機構。丞相稟承皇帝意旨佐理國家行政事務，太尉掌全國軍事，御史大夫是皇帝的秘書長兼管監察。丞相官位最高，尊稱為相國，通稱為宰相。漢初沿襲秦制，到了漢武帝，發生了變化。漢武帝是個有「雄才大略」的人。這樣的人，多喜歡親力親為。所以到武帝一朝，原屬丞相的職權，皇帝收回了很多。丞相官位雖尊，權力卻逐漸縮小。都說秦始皇專制，其實，真正破壞制度，造成專制的是漢武帝。導致漢王朝衰敗、滅亡的外戚專權和宦官弄權，也正與此有關。西漢末年，丞相改稱大司徒，太尉改稱大司馬，御史大夫改稱大司空，號稱「三公」（又稱三司），都是宰相。袁紹家號稱「四世三公」，是說他家有四代出了「三公」級的大官，其中有一代還有二人，也就是四代人出了五個宰相級的大官。所以，袁紹會有如此大的號召力。

不管司徒的權力被皇帝收回了多少，有一點可以肯定，這個相當於宰相的官職，級別是非常高的。王允是國家一級大員。

之所以先明確王允的官職級別，是為了讓人知道，這樣大的一個國家官員，處理國家大事，用的卻是最為人所不恥的「下三濫」手段。

王允進獻美女，令董卓、呂布父子反目，剷除了禍國賊董卓。此計雖美其名曰「連環計」，說穿了卻不過是「套白狼」、「仙人跳」之類的黑道下流招術。對身為大司徒的王允來說，用這樣的手段，對自己、對國家都不啻於一種自施的污辱。但是沒辦法，自己一無兵、二無將，又手無縛雞之力，而國家已病入膏肓，任人擺佈玩弄，除了這樣，還能怎樣？無奈的王允為了拯救衰敗的帝國，不擇手段。

王允用「茅招兒」創造了一個政治奇跡。十八路諸侯沒能扳倒的董卓，王允憑一己之力，使之死無喪身之地。

後世江湖人士也許會很冤枉，為什麼國家大員用這樣的「茅招兒」是合法的，沒有人認為有什麼不合適，而我等用就是卑劣無恥？也許，他們也會感到很自豪，我輩中人才倍出，連宰相都有。

同樣的手段，有的人能用，有的人不能用；有的時候能用，有的時候不能用。在《三國演義》第八回「王司徒巧使連環計　董太師大鬧鳳儀亭」中，歷史再次顯示了它的變通和市儈。

殺掉董卓，王司徒沒能拯救東漢帝國，也沒能幫助帝國多苟延殘喘幾日，但於國有功，是不容抹殺的。不過，王司徒的大功，很快就被兩件事沖淡，並幾乎淪落至國家罪人的邊緣。

第一件事，是殺蔡邕。董卓一死，蔡邕伏屍大哭。王允怒問其故，蔡邕回答：「邕雖不才，亦知大義，豈肯背國而向卓？只因一時知遇之感，不覺為之一哭，自知罪大。願公見原：倘得黥首刖足，使續成漢史，以贖其辜，邕之幸也。」

董卓對蔡邕確有「一時之遇」。董卓自為相國，大權獨攬之時，大肆擢用名流，以收人望。蔡邕以「曠世逸才」名聞天下，自是首當其衝，先入董卓法眼。蔡邕拒不赴朝，董卓使人對蔡邕說：你不來，就滅你全族。蔡邕只得應命前來。董卓樂了，曾一個月內，三次升蔡邕的官，直升到侍中。董卓對蔡邕確實不錯。

蔡邕的解釋，通人情，識大體：我只是想到董卓有段時間對我不錯，才一時有感，不是不明白國家為重的大道理；而且即使這樣，我也知道是不應該的，所以甘受重罰，希望通過修史，立功贖罪。

王允沒有給蔡邕贖罪的機會。他的理由是：「昔孝武不殺司馬遷，後使作史，遂致謗書流於後世。方今國運衰微，朝政錯亂，不可令佞臣執筆於幼主左右，使吾等蒙其訕議也。」為了不讓別人說自己的壞話，王允打著為了國家和幼主的幌子，殺人滅口。顯然，他很清楚，自己殺董卓的事，是拿不上臺面的。這樣的事進了史書，不是什麼光彩的事，再經過街傳巷議，口耳相交，說不定會成什麼樣子，對自己在後世的形象，必有損無疑。

太傅馬日磾從政治倫理角度，評價王允殺蔡邕一事。他認為此事的性質是「滅紀廢典」：王允如此就能以絕後人之口？善待於人，是國家的綱紀；制史作典，是國家的典儀，滅紀廢典，國家豈能長久！

人們還是更習慣於從道德角度，來看待這一事。蔡邕哭董卓，不過是出於人情，在道德範圍內無可厚非，甚至是值得稱道的，而且蔡邕也為自己的行為，提出了處罰的請求——「黥首刖足」，就是在臉上刺字，把腳砍去，這是很重的刑罰。王允與蔡邕同朝為官，對蔡邕應該瞭解。蔡邕是有真才實學的學者，在當時口碑也很不錯，委身於董卓，是事出無奈，並沒有助紂為虐，構成實質性的危害。董卓橫行之際，包括王允自己在內的滿朝大臣，哪個不是兢兢驚驚於董卓的淫威之下。王允以個人好惡，殺了這樣一個不忘舊恩的講德行的人，就把自己置於反道德的位置，站到了大多數人的對立面上。此舉使王允大失人心。

第二件事，是逼反了董卓舊將李傕、郭汜等人。董卓的部下李傕、郭汜、張濟、樊稠，使人至長安上表求赦。王允道：「天下誰都可以大赦，唯獨此四人不可赦。」王允把這四頭狼，當成了和蔡邕一樣，可以任他宰割的小綿羊。狗急了跳牆，狼急了則要吃人。無路可走的李傕、郭汜、張濟、樊稠索性兵犯長安。王允逼狼入室。李郭等人趕跑了呂布，殺了王允，獨霸朝綱沒幾日，便又自相殘殺。最後剩下的李傕、郭汜兩個，一個劫持了皇上，一個擄劫了大臣，像無賴鬥毆，整日於長安街頭廝殺，直到引來了曹操。

對王允，多非其心胸狹窄，無政治遠見。殺蔡邕屬前者，逼反李傕、郭汜，最終讓曹操趁虛而入，是前者後者兼有之。但是，事情並非這麼簡單。由世態觀人心，我們太缺少對王允的理解和同情，一如慣看歷史「秋月春風」的眼光，卻缺少對人性充滿溫情的撫摸，和對歷史內心充滿感性的體貼。

王允官拜司徒，是宰相一級的官兒。能做到這個級別的官兒，心胸再小，想必也不會小到容不下別人一哭，更別說缺乏政治眼光，不具政治手段。為誅殺董卓，挽救國家，王允內心承受了極為沉重的，而且是無法宣瀉的壓力。對董卓，他恨不得生啖其肉；對呂布，也不敢說就無惡意。從他向董卓、呂布獻貂蟬一事來看，他和董卓，以及呂布的關係處得不差，甚至是頗得二人信任。能到這個程度，王允自是要虛與委蛇，忍辱含詬。在董卓、呂布面前，在朝廷中，他時刻要把自己偽裝好，保護好，不能有任何不安、不滿的情緒流露，不能有任何閃失。其內心卻在為自己不能剷除國賊，而痛心疾首。拯救國家的沉重使命、無法排解的巨大壓抑和精神分裂的痛苦，迫使王允內心的利刃，只能戳向自己。他內心的利刃所沾滿的，首先是自己的血。他的心態已是極度扭曲。董卓一死，這口利刃終於如蛇信般暴吐，倒在下面的，就有蔡邕。對董卓的仇恨和得到釋放的痛快，已令王允無法自製。與董卓有過關係的一切人，都是他清洗的對象。他不可能赦免李傕、郭汜等人，亦如呂布勸他一同逃走，他也不會逃走一樣。不是你死，就是我亡，王允在內心深處，早已踏了一條不歸路。

毛宗崗評說：「若使董卓伏誅後，王允不激成李、郭之亂，則漢室自此複安。」有足夠的事實證明，以李傕、郭汜的狼性，即使得到赦免，又豈會安生？李傕、郭汜，還有個早早就惦記著皇帝的曹操，哪個不會再來一次「董卓進京」？而王允到哪兒去再找個「貂蟬」。

實在是與個人肚量和政治判斷能力無關。身逢亂世，已註定身不由己，功罪難辨。

8

孫堅　因子之名

孫堅，字文台，吳郡富春人，孫武子後人。十七歲那年，孫堅與父乘船到錢塘，恰逢海賊劫取商人才物，在岸邊分贓。船不敢靠近。孫堅一人執刀上岸，以手指揮東西，作喚人伏擊海賊狀。海賊驚恐，以為官兵追至，棄贓而逃。孫堅趕上，殺一賊。由是郡縣知名，薦為校尉。其後，孫堅屢破賊眾，卓有戰功，官至長沙太守烏程侯。改變孫堅命運的，是十八路諸侯伐董卓。作為先鋒官的孫堅得到了傳國玉璽，而得罪盟主袁紹。袁紹使劉表截擊孫堅，孫堅與劉表結仇。為報劉表截擊之仇，孫堅跨江擊劉表，中黃祖計，身亡，時年三十七。

（《三國演義》第二、五、六、七回）

孫堅最大的成就是什麼？不是博了個烏程侯的功名，不是得了傳國玉璽；按正史說法，在虎牢關斬華雄的人是孫堅，不是關羽，這也不算。叫我說，是他生了二個好兒子：長子孫策孫伯符，次子孫權孫仲謀。

曹操有句名言：生子當如孫仲謀。生孩子就要生孫權這樣的。當然，這只是一個美好的願望。生出什麼樣的孩子，不是願望所能決定的，這要由孩子父母的遺傳基因來決定。曹操的這句話很多人都知道，這不就是誇孫權嗎，但這句話的分量，卻不是人人都清楚。

為什麼這麼說，因為說這話的人是曹操，因為曹操的兒子已經夠優秀。《三國演義》中，曹操的兒子提到的有：曹昂、曹丕、曹彰、曹植、曹沖。長子曹昂受曹操所累，在證討張繡時身死。小兒子曹沖聰明過人，以稱象一事被人稱讚。這個曹沖還很有德。有一次，曹操掛在倉庫裏柱子上的馬鞍子被老鼠咬破了。管庫房的人心驚膽戰，怕曹操一不高興怪罪下來。曹沖叫他不要怕，然後故意把自己的一件衣服用刀子戳了個洞，並裝作很愁的樣子。曹操問：你為什麼發愁？曹沖回答：我的衣服被老鼠咬了，有人告訴我，這樣人會倒楣。曹操說：這是無知的人在胡說，不能信。過一會兒，曹沖就叫那個管庫房的人進來報告馬鞍子的事，向曹操跪下請罪。曹操對那個管庫房的人說：你起來，這件不要緊。我兒子的衣服就放在身邊還被老鼠咬，這馬鞍子放在庫房，當然難免被老鼠咬，你沒有事了，去罷。曹沖有才而且有德，曹操很喜歡這個兒子。

其他幾個兒子裏，曹彰是一員武將，少善騎射，膂力過人，能手格猛獸，嘗言：「大丈夫當學衛青、霍去病，立功沙漠，長驅數十萬眾，縱橫天下」。曹彰長了一部黃鬍子，被曹操稱為

「黃鬚兒」。曹操對這個兒子也很喜歡。有一次，劉備與曹操對陣，劉封出馬討戰，曹操罵道：「賣鞋的小人，膽敢讓你的假兒子上陣，如果我的黃鬚兒在，能把你的假兒子剁為肉泥！」在陣前，曹操對自己的黃鬚兒充滿信心，引以為豪。曹操在漢水打了敗仗，見到曹彰，高興地說：「我黃鬚兒來，破劉備必矣！」正好劉封又來討戰，曹操還真沒說大話，曹彰出馬，三個回合，把劉封殺得屁滾尿流。曹彰還曾經親自帶兵平定過造反的烏恒，有平定北方之功。

曹丕與曹植不用多說，二人都是大文學家。曹丕不僅懂文學，還懂政治，把父親交待的事業，打點得井井有條。

都說孩子是自己的好，曹操卻說，有兒子要像孫權那樣。言下之意，自己的這些兒子都不如孫權。曹操的這幾個兒子，各擅所長，都是優秀的人才。但與孫權相比，確實都有差距。曹沖德才兼備，卻死得很早，十三、四歲時，就病死了。曹彰好武惡文，胸無成府，有殺敵的豪氣，卻缺少稱王的霸氣，「一將之才有餘，而萬乘之才不足。」曹植是典型的風流才子，無半點政治素養。曹丕是條件最好的一個，有政治眼光，也有政治手腕，識人用人方面雖不及曹操，也算不錯，不過曹丕吃的是曹操的老本，自己沒上陣打過仗，而且，曹丕為人不怎麼樣。

再看孫權，十幾歲起就跟隨父兄四處征戰，繼亡兄孫策成為東吳之主時，也不過只有十七歲。而父兄留下的基業在他手中，卻得到空前的發展和壯大。孫權的過人之處，也就是東吳鼎盛的主要原因。首先，孫權「孝友，好俠，養士」，善用人。孫策早就看出了弟弟的這一特長。他臨死之時，在對弟弟的囑託中說道：「舉賢任能，各盡其心，以保江東，我不如卿。」孫權即位，不僅讓追隨自己父兄的一班老臣，服服貼貼，還吸引江東遠近的豪傑賢士，趨之若驚。周瑜、魯肅、呂蒙、陸遜，這些人在孫權手下，各居其位，各展所長，為東吳事業鞠躬盡瘁。其次，能力過硬，「大考」成績優異。赤壁大破曹操，襲奪荊州，擒殺關羽，夷陵痛擊劉備。對經歷的幾次「大考」，孫權都交出了令人滿意的答卷。而「大考」中，伴隨著年輕吳主日益成熟的，是東吳的日益強大。「性度弘朗，仁而多斷」的明主素質，讓人忘記了這位少主的年齡，而對江東如日中天的王霸之氣，不敢有所睥睨。再次，是人主之中，孫權出奇的長壽。這一點曹操如果九泉有知，不知是否會羨慕得閉不上眼。孫權活了七十一歲，逝於西元二五二年，他去世的時候，曹操已去世三十二年，劉備已去世二十九年，就連曹丕都已去世二十六年。三國之中，東吳最後一個滅亡，與孫權的長壽不無關係。

孫策也得到過這樣的評價。評價他的人是袁術。孫堅死後，孫策暫時依附袁術。袁術常感慨：「如果我有個兒子能像孫策，就是叫我去死，也沒有什麼遺憾的。」袁術對孫策的喜愛，絲毫不遜於曹操之於孫權。這句話少有人提，是因為袁術水平不如曹操，其口碑也太差，而孫策好像也不如孫權。但仔細分析一下，會發現，這個評價也並不低。

袁術雖說本事不高，但沒看錯人。《三國演義》裏，東吳唱的是孫權的戲。但東吳真正的奠基人卻是孫策。孫策誇其弟善識人用人，其實他自己也不差。周瑜、魯肅、張昭、張紘等人，都是他結交下的。孫堅陣亡時，孫策只有十八歲，父親的一班老臣程普、黃蓋、韓當等人，也唯孫策馬首是瞻。《三國志・吳書・孫討逆傳》如此說孫策：「性闊聽受，善於用人。是以士民見者，莫不盡心，樂為致死。」孫策還勇力過人，人稱「小霸王」。最難能可貴的是，孫策是白手起家。孫堅死後，孫策暫時依附袁術，以救援母舅為名，用父親以生命為代價留下的傳國玉璽為抵押，向袁術借了三千士兵，五百馬匹，率軍南下，拉開了獨立創業的序幕。是年，孫策二十一歲。這位年輕的將軍，揮軍之處，勢如破竹。滅劉繇集團，奪丹陽郡；敗「東吳德王」嚴白虎，取吳郡；破王朗，占會稽郡。僅用短短三、四年時間，已盡得江東地面。其崛起速度之快，勢力發展之迅速，創造了「三國」時代的一個軍事奇跡。

袁術說有孫策這樣的兒子，死都值。足見孫策的英雄豪傑。如果袁術有孫策這樣的兒子，他就真可以安心當皇帝了。

孫氏昆仲最重要的相似之處，是皆非甘居人之下輩。這在孫策，表現為身經百戰，開疆拓土，天下三分，占得其一；在孫權，表現為知人善任，安邦定國，不畏強敵，守父兄基業而天下莫敢爭鋒。江東基業起於孫策，興於孫權。孫堅有這樣二個兒子，能不令人垂涎！

生子當如孫仲謀，為父何如孫文台。

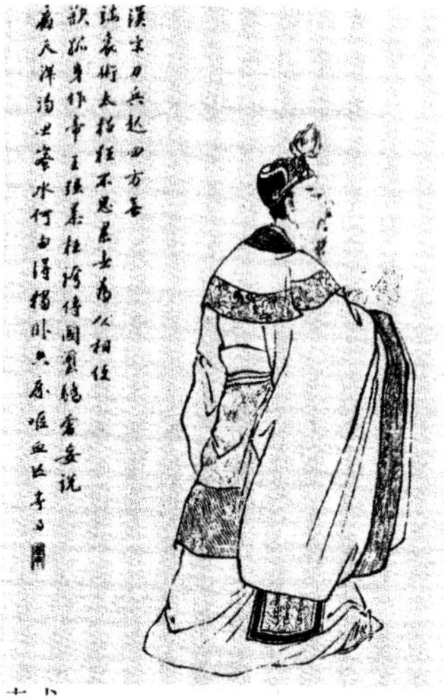

9

袁術　世眼窺人

袁術，字公路，司空袁逢之子，袁紹的弟弟。袁術曆職內外，後任折沖將軍、後將軍南陽太守。袁家「四世三公」，到袁術達到了「巔峰」，袁術當了皇帝。董卓進京後，袁術見勢不好，腳底抹油，溜到了南陽，在南陽召兵買馬，拉起隊伍。十八路諸侯伐董卓不成，散夥後，孫堅戰死，孫堅的長子孫策投靠袁術，並以玉璽為抵押，換來袁術的兵馬。玉璽在手的袁術終於圓了自己的皇帝夢。玉璽帶給袁術的是南柯一夢，在曹操、劉備、孫策、呂布的合力夾擊下，袁術兵敗，吐血而亡。（《三國演義》第五、十七回）

袁術這個人，大家都看不起他。曹操和劉備煮酒論英雄時，曹操說袁術是「塚中枯骨，吾早晚必擒之！」孔融不過一介文人，提到袁術也不屑一顧，稱「袁公路塚中枯骨，何足掛齒！」袁術在大家眼裏，是活著的「死人」，地位輕賤之極，沒人拿他當回事。

袁術這個人的毛病確實多：官僚作風，以官位取人；心胸狹窄，鼠目寸光，少謀寡算；愛做皇帝夢，想當皇帝都快想瘋了。總之，就是人次，水平低。

十八路諸侯伐董卓，華雄一夫當關，諸侯們傻了眼，關羽要出馬會會華雄，盟主袁紹問公孫瓚，關羽現居何職。公孫瓚說是馬弓手。袁術一聽，叫了起來：「你是不是以為我們沒人了，一個小小的弓手，還輪不到你說話，來人，打出去。」袁紹也說：「讓一個弓手出戰，怕要被華雄笑話。」這兩兄弟的水平，是半斤八兩。曹操識貨，力挺關羽，關羽不負眾望，溫酒斬了華雄。張飛此時按捺不住，跳出來吼，要一鼓作氣去捉董卓。袁術又火了：「我們這些人還沒說這話，你一個縣長手下的小卒，敢跳出來顯擺，全都給我趕出去。」曹操想打個圓場，說：「有功就行，何必計較什麼官職。」袁術不願意了：「好，既然你們只看重這些科級、股級的，那我告退。」這就是袁術。

就是自己的哥哥袁紹，袁術也沒瞧得起。袁術和袁紹都是司空袁逢的兒子。袁術是袁逢的大太太所生，袁紹是袁逢的小老婆或是丫環所生，是庶出。袁術和袁紹的關係，就像賈寶玉和賈環。袁術的出身比袁紹好。袁紹被過繼給袁術的伯父袁成，成為袁成的嗣子，袁成的官職比袁逢要小。袁術自己的官也從來不比袁紹小。所以，袁術從來沒把袁紹放在眼裏過。在給公孫瓚的信中，袁術曾稱：袁紹不是我們袁家的骨血。袁紹知道了，沒氣死。這兄弟倆是面和心不和。割據一方後，更是勾心鬥角，磨擦不斷。

袁術的地盤在淮南。這個地方地廣糧多，不久，袁術就集結了二十多萬人的軍隊。這在當時是不小的勢力。論起來，袁術的人馬只比袁紹少，比曹操、呂布、孫堅都要多。袁術的人馬雖多，但人才極少。選人用人方面，袁術比袁紹還要差。袁術的生活極為奢侈，他的部下也是，不多久，淮南這個地方的油水，就給他們榨得差不多了。

袁術得了孫堅的玉璽後，做夢都想著當皇帝。他給自己找了一大堆理由：自己地大人多，還有玉璽在手；劉邦以區區一亭長能當皇帝，立四百年基業，自己家四世三公，底子之厚實遠非劉邦可比，為什麼不能當；而且，自己當皇帝還是順應天意。袁家出自舜帝之後陳氏。按西漢五行始終的歷史觀點，舜之後屬土德，漢朝是火德，火生土，取代漢朝正應是土德。陳之後的袁氏正符合條件。而且，當時還有句人盡皆知的讖語：「代漢者，當塗高也」。袁術的字是公路，也正與「塗高」相應。袁術當皇帝的理由很多，當然，這都是他自己想出來的。

他真當了皇帝，麻煩也來了。孫策從西面、呂布從東面、劉備從南面、曹操從北面，四家聯手來攻打他。這四家聯手，袁術豈能打得過？再加上當了皇帝後，大興土木，大擺排場，和三宮六院的妃子大肆玩樂，袁術早把家底都折騰進去了，等打起仗來，才發現，糧草沒了，而老百姓早已怨聲載道。袁術很痛快地就被滅掉了。

袁術這個人，大家都貶他。這沒問題，他不冤枉。但是，就這個人，我還想說點其他的。倒不是為他正名，只是有感而發。

袁術若真是個一無是處的大草包，怎麼能擁有二十多萬的兵馬，在群雄並起的亂世占得一席之地，成一方霸主？要知道，十八路諸侯伐董卓時，袁術是頭一路。《三國演義》和《三國志》對諸侯路數的記載，各不相同，但頭一路諸侯是袁術，卻是一致。天下諸侯是有袁術這麼一號的。當時的袁術比劉備、孫堅和呂布的勢力都要強。儘管他被滅了，這也是正常現象。滅了並不意味著就全無是處。魏、蜀、吳最後不都是被人滅了，項羽不也是被劉邦滅了，但無礙於對英雄的肯定。所以，對袁術貶歸貶，不能否認他還是有自己一套。只不過他這一套分跟誰比。跟曹操這種水平的比，是不高，但也絕不是人們說的那樣，一無是處，是個人就比他強。如果那樣，怎麼你我沒當那麼大的官，有那麼多的兵，占那麼大的地盤，偏是他。至少，與大多數人比起來，袁術不會差。

袁術的長處是什麼？在《三國演義》裏，就沒說袁術有什麼長處，光說他的不是了。袁術有長處。袁術的最大長處是家庭優勢。袁家「四世三公」，三公是指「司徒、太尉、司空」，是宰相級的官。袁術家四代人出了五個宰相級的大官。他的父親袁逢，就是當朝司空。袁家門生故吏，遍及天下。這是很了不起的家族。從遺傳基因、家庭教育環境，包括見過的世面、結交的人物來說，袁術都優勢過人。即使袁術沒有這個優勢也不要緊，這正是我要說的，就是這樣的人，你看不到他的優勢和長處，但並不意味著他沒有長處和優勢，你要清楚，他不僅有，而且，還是很不一般的長處和優勢。

從這個角度看，袁術這種現象，在社會生活裏，不在少數。在人們眼裏，這種人或是水平低，能力差，或是為人不怎麼樣，總是有著不小的毛病。但是，他們就能坐上一般人，甚至那些比他們水平高、為人好的人都坐不到的高度，就能取得比別人預想中要大的成績。由此，遭人詬病，被人說得一無是處，貌似低能，不過是走了狗屎運而已。凡是這種有明顯短處的，也必有其所長，只是人們不太容易看到罷了。嘴上慢的，心裏未必慢；能力差點，特抗挫折，特別能忍、能熬；一錐子扎不出來個屁的，肚子裏未必沒牙；遇事往後縮，怕風頭的，未必就是沒本事；壞到秦檜那個樣，還有三個好朋友。能混到袁術那個程度，必有人所不及之處。當然，這種特別之處，未必就是指好處，不排除陰狠壞。總之，都不是一般人。

人習慣這樣看人，看別人的短處，不看長處；愛拿自己的長處去比劃別人的短處；看虎落平陽時，不想威風八面時。如果是遇到袁術這麼一個本身就看不到什麼長處的人，更是老鼠過街，人人喊打。

袁術當了皇帝，所有人都來打他。打他的那些人原來明爭暗鬥，勢不兩力，結果袁術一當皇帝，就立刻捐棄前嫌，團結到一起。表面上看，那些人是堅決反對袁術當皇帝，仔細看一看，打他的那些人，曹操、劉備、孫策，還有呂布，哪個不是對當皇帝想入非非。打袁術的人，也正是自己最想當皇帝的人。大家都在做同樣的夢，因為有人實現了，所以不能容忍，不惜任何代價，也要把他搞下來。我不能當，也不能輕易就讓別人當上。

看別人無能，別人不如自己的，恐怕也是這種心理。只是自己不覺得罷了。

10

陳宮

殊途同歸

陳宮，中牟縣令，棄官不作，跟著通緝犯曹操打天下。說明這個人有抱負，有眼光。曹操的心狠手辣，令陳宮極不適應，陳宮終棄曹操而去。說明這個人宅心仁厚，不與曹操合污。離開曹操的陳宮跟了呂布，幫呂布大行詭計陰謀。這個人的眼光哪裡去了？這個人的仁厚哪裡去了？讓人看不懂的陳宮，陪著呂布死在曹操刀下。（《三國演義》第四、五、十六、十九回）

曹操刺殺董卓不成，逃到中牟縣，被捉。中牟縣的縣令是陳宮。陳宮與曹操相遇，二人上演了一齣《捉放曹》。

陳宮夜審曹操。曹操對陳宮不屑一顧：「你小家雀哪知大雁的志向。拿住我，儘管去請賞，哪來那麼多廢話。」陳宮遣退左右，對曹操說：「汝不要小看俺。俺也不是一般人，俺不過是沒遇到明主就是了。」

在燭光忽閃的縣衙大堂上，陳、曹二人剖心明跡，共達為國除害，興兵討賊之識。是夜，縣令陳宮跟隨通緝犯曹操，一同踏上逃亡之路。

在逃亡路上，發生了戲劇性的一幕。曹操先是誤殺呂伯奢家人，隨後，又殺呂伯奢滅口。陳宮大驚，對曹操說：「知而故殺，大不義也！」曹操則說出了那句讓天下人震驚，也令自己遺臭萬年的話：「寧教我負天下人，休教天下人負我。」

當天夜裏，陳宮陷入反思：原以為曹操是個「好人」，才棄官跟隨他；不想也是個「狼心之徒」！這樣的人活在世上，必為禍害。陳宮同志甚至拔劍想殺了曹操為天下除害，但看到在劍光下酣睡的曹操，又轉念：唉，我原是為了國家才跟他到此，就這麼殺了他，是我不義。經過激烈的思想鬥爭，陳宮最後三十六計——走為上，離開曹操，獨闖江湖。

這一齣戲很精彩。因為它的戲劇衝突，主要來自於人物內心深處的心理矛盾。儘管《三國演義》裏，對陳宮複雜的心理，描寫得依然簡單粗糙，但心理矛盾已經生成，並促成故事情節的發展。這在《三國演義》這樣的中國傳統小說中很少見，而更像是一部西方小說的情節。我不清楚西方小說家知道不知道這個故事，就和戲名「捉」與「放」，這一對充滿矛盾的、對立的詞所表達的一樣，「殺，還是不殺」或「走，還是不走」，有了和「活，還是不活，是個問題」，相似的意味。

陳宮激烈的思想鬥爭和毅然決然地離開，讓人看到了《三國》裏少有的，對「狼心」的排斥和厭惡，從而衍生出對人物正義與仁義的想像。那麼，此時看起來頗具人文風範的陳宮，果真就是想像中的「仁者」嗎？

離開曹操，獨自闖蕩江湖的陳宮，幾經挫折，最終跟隨的人，大家都知道，是呂布呂奉先。

曹操這樣的人，陳宮是不能跟了。呂布和曹操不一樣嗎？是不一樣。呂布說不出「寧教我負天下人，休教天下人負我」這樣的話。曹操的多疑、狡詐，也不是呂布所能比的。在「奸」上，較之曹操，呂布確實是遜了不止一籌。

但呂布也絕非良善之輩。用陳宮的標準，呂布也不是什麼「好人」。曹操不好，沒不好到把自己叫過爹的人也殺了。呂布對丁原和董卓兩個自己叫過爹的人，卻說殺就殺了，毫不留情。雖說呂布殺的不是自己的親爹，但畢竟是叫過「爹」的人，而且兩個爹對他還都不錯。這樣的人能說比曹操好？與曹操相比，倒是呂布更是陳宮說的「狼心之人」！

一次為財，一次為色，呂布兩次弒父。這樣的大事件、大新聞，對密切關注時事的陳宮來說，不會沒聽說過。對這樣一個視殺父為兒戲的「狼心之人」，陳宮卻捨命陪君子，從一而終，真不知陳宮是怎麼想的！

我們可以猜測一下陳宮的心理：呂布雖不是東西，殺了自己的兩個爹，但畢竟不是當著我的面殺的，呂布更沒說過「寧教我負天下人，休教天下人負我」這樣的混帳話。眼不見為淨，沒當著面幹壞事，在我心裏他就不是壞蛋。

後來，呂布曾屢不用陳宮之計，陳宮很傷心，發過「忠言不入，吾輩必受殃矣！」的牢騷，甚至說過「吾等死無喪身之地矣」的絕望話。但就是不離開呂布。

呂布為曹操所擒，在白門樓上，陳宮和曹操有一番對話，很能反映出陳宮的這種想法。

曹操問候陳宮：「公台別來無恙！」

陳宮卻答非所問：「汝心術不正，吾故棄汝！」

曹操又道：「吾心不正，公又奈何獨事呂布？」

曹操問得好，既然你耿耿於懷的是我心術不正，那你侍奉的呂布心術就正？

陳宮的回答是：「布雖無謀，不似你詭詐奸險。」

陳宮的回答，很令人失望。因為他並不是站在正義對非正義的立場上，來解釋自己棄曹隨呂的原因。比如說，我之所以追隨呂布，是因為他是正義之師，而你曹操是邪惡之師。陳宮的原因僅僅是「不似你詭詐奸險」——我之所以追隨呂布，是因為他不像你那麼奸詐。

陳宮五十步笑百步的答案，回答了曹操他「獨事呂布」的原因，也是自己為什麼要離開曹操的原因。而最重要的，是這句話暴露出陳宮內心的真實想法，讓人看清他到底是個什麼樣的人：之所以離開曹操，不是因為「詭詐奸險」本身，更不是出於什麼正義仁義的立場，陳宮所不能容忍的，只是曹操的「過於詭詐奸險」。如果「詭詐奸險」的程度，在他的承受範圍之內，就像呂布，他是不介意且樂意接受的。

追隨呂布的陳宮，一次次用行動證明，自己不僅不排斥「詭詐奸險」，而且還是「詭詐奸險」積極的實踐者和擁護者。最突出的一個例子，也是徹底撕掉陳宮「仁者」假面的，是對劉備的一次陷害。

袁術曾想用聯姻之計，要脅呂布，以取劉備性命。陳宮看穿了袁術之計。若陳宮真是對「詭詐奸險」或「過於詭詐奸險」深惡而痛絕，就應該揭穿袁術之計，搭救劉備。讓人大跌眼鏡的是，陳宮不僅沒伸援手，反而是落井下石，痛下黑手，他對袁術的人說：「放心，我自會保密，只是怕下手晚了被別人識破，事情就不成了。這樣吧，我在呂布面前再進一計，幫你促成此事，以早日取下劉備性命。」隨後，陳宮果然在呂布面前施計，以置劉備於死地。要知道，陳宮與劉備之間並沒有深仇大怨，而且劉備在當時還頗有仁義之名。

陳宮雖與曹操分道揚鑣，卻半刻也沒離開過「詭詐奸險」，這註定陳宮要以朋友或敵人的身份，與曹操在同一條路上重逢。

很可惜，曹操不知道陳宮的這些事。若知道，曹操便可以笑著質問陳宮：「公台，你說我心術不正，詭詐奸險，那你自己呢？我殺呂伯奢是『知而故殺，大不義也！』，那你用計害劉備又該做何解釋？」

《捉放曹》是齣好戲，但戲裏的陳宮遠不是完整的陳宮，更不是人們想像中一身正氣，追求仁義的角色，那麼，戲裏的曹操呢？

11

彌衡

千古一罵

彌衡是大才人，也是大名人。彌衡的才是文才，是樂才。彌衡「初涉藝文，升堂睹奧；目所一見，輒誦之口，耳所暫聞，不忘於心」，一曲《漁陽三撾》，「音節殊妙，淵淵有金石聲。坐客聽之，莫不慷慨流涕。」彌衡的名是「罵名」，不是人罵彌衡，而是彌衡罵人。罵曹操，罵曹操手下文武，罵劉表，罵黃祖，罵得酣暢淋漓，千古聞名。彌衡暴得大名是在二十四歲那年，彌衡在黃祖刀下閉上喋喋不休的嘴，也是在二十四歲那年。（《三國演義》第二十三回）

自古文士從不吝惜對彌衡的推崇與讚美：不同流合污，誓不向強權折腰，以死維護文人尊嚴的節烈之士，中國古文人的道德楷模。

《三國演義》裏，彌衡做了什麼，這麼博得人們的尊敬？翻來看去，不過是臭罵了曹操一番。罵完曹操，到了荊州，又臭劉表；臭完劉表，到了江夏，再挖苦黃祖。彌衡是走到哪兒罵到哪兒，直至生命之燭被沒有文化的黃祖一把掌拍滅。

這就是彌衡同志富有傳奇性的，也是最為人稱道的遭遇。

如果說彌衡罵曹操，是因為曹操名聲不佳，或者對自己不敬，那麼，罵劉表和黃祖就有些莫明其妙。劉表和黃祖都對彌衡禮遇周到，連「給個理由先」都沒有，彌衡上來就是嘲諷，要不就是破口大罵，而且是「至死不絕」。其精神狀況很令人懷疑。不過，這絲毫沒有影響彌衡同志在後世文人心目中的形象。

如果這就能博得上述稱讚，那麼，那些與曹操不共戴天，以命相搏的人，像給曹操下毒的太醫吉平、在玉帶詔上簽名的董承、王子服、吳子蘭，還有刺殺曹操的耿紀、韋晃等人，更不要說公開與曹操為敵的陳宮、田豐、沮授、陳琳等人，豈不是要名留青史，萬世不朽？

但讓人念念不忘、交口稱讚的總是彌衡先生，而不是其他諸位。彌衡的一罵像千古絕唱一樣，在後世文人心裏嫋嫋不絕，令人懷念不已。彌衡到底有什麼魅力？這裏面藏了中國文人鬱結於心底的小秘密。

其一，以名士自居，常感懷才不遇。不管是天上飛的，還是地上跑的，文人們少有不把自己當回事兒的。舞文弄墨的，是前無古人，後不見來者；出謀劃策的，是運籌帷幄之中，決勝千里之外。個個都是離了我地球就不轉的主兒。讓我們看一看彌衡的登場。曹操要召降劉表，賈詡給曹操出主意，劉表這個人最好附庸風雅，要找一個文化名人去勸他，他才能聽話。荀攸向曹操推薦孔融，也就是我們說的那個「孔融讓梨」的孔融，當時他已經長大成人，而且位居高官，是文化名流。孔融就向曹操推薦了自己的好朋友彌衡彌正平，說彌衡之才勝自己十倍，彌衡這樣的人應該在皇帝身邊效力，我一定要把他推薦給皇上。孔融真向皇帝上了一道長表推薦彌衡，把彌衡誇了個一蹋糊塗，直捧到天上去，說如果國家真能得到這個人才，連自然界都會有所反應。這還了得！按孔融的說法，彌衡在當時不僅是名士，而且是超一流的名士！

這麼了不得的一個人，在孔融推薦之前是什麼狀況：一個老百姓，一介窮酸文人。曹操見過彌衡後，連座都沒給看，直接曬在那兒。在堂堂曹丞相眼裏，彌衡算什麼。但人家彌衡自己不這麼認為。彌衡自云：「天文地理，無一不通；三教九流，無所不曉；上可以致君為堯、舜，下可以配德於孔、顏。豈與俗子共論乎！」認為自己是與堯、舜、孔、顏一個級別的，這樣的人如果身居塵俗，不為人識，或為人所輕視，豈能受得了。老天這是在暴殄天物，是在作孽。彌衡心裏的委屈自是不可名狀。從生到死，此類文人始終都未把自己當成普通階層的一員，從精神到行為，他們都在努力消弭身上的平民化氣息，保證以純正的血統，為日後不食人間煙火的日子打好底子。可惜的是，這樣的日子總是姍姍來遲或只能在夢中相會。

其二，於現實不滿，又無可奈何，遂積怨於胸。懷才不遇，便總有一種所得回報遠遠低於自己實際價值的不平衡心理，並從中產生極度不滿的情緒——像我這樣的天才，連天地都得給點面子，爾等有眼無珠，竟無所知，這叫什麼世道。像杜牧、柳詠那樣，在煙花巷陌，倚紅偎翠，沉淪嗟歎，雖能出幾篇美文，也只是發發牢騷，並不能盡興。情急之下鋌而走險，來個揭竿而起，又沒那個膽子。就只剩下罵大街，這雖是文人之所長，卻又怕把性命搭上，便不敢罵得明目張膽，頂多是指桑罵槐，拿古人開開涮。鬱悶啊！

禰衡可不這樣，要罵就指名道姓、明槍明箭的一頓臭罵。曹操面試禰衡之時，向禰衡遍誇手下人才，禰衡一一進行了點評：荀彧可以當弔孝哭喪的；荀攸適合看個墳守個墓；程昱幹個關門閉戶的家丁能不錯；郭嘉適合替人寫個信念個詩；張遼也就是個擊鼓敲鑼的水平；許褚怎麼看怎麼像放牛牧馬的；樂進可以替人取取狀子、讀讀招書；李典勤快，正好跑腿送信；呂虔磨剪子鏘菜刀有一手；滿寵是個酒鬼；于禁最好去當建築工人；徐晃不就是個殺豬宰狗的屠夫；夏侯惇好一員「完體將軍」；曹仁除了知道要錢還能幹什麼；其他人，不過是酒囊飯袋，行屍走肉。總之，豈能與我相比。第二天，禰衡又是一場專場表演，而且還有「擊鼓」助興。在被曹操強行驅往荊州之際，禰衡還不忘在城門口再來一場告別演出。禰衡罵得可謂聲情並茂，雅俗共賞，其精彩之處，恕不一一列舉。

好同志啊，替咱出了胸中的一口惡氣，直如「六月裏喝了雪水」，爽啊！

其三，欲就還推，欲擒故縱。「吾乃天下名士，用為鼓吏，是猶陽貨輕仲尼，臧倉毀孟子耳！欲成就王霸之業，而如此輕人耶？」禰衡的這句話道出了自己的真實想法——不是我不想給你當差，只是因為我是大名人，所以要端著架子，拿捏幾把。這其實是不得已而為之，是面子上的事，要不怎麼能叫名士。如果你能禮賢下士，待我以上賓之禮，給足我面子，其他事還不都好說。你這樣輕視我，如何能成就王霸之業！我是在替你著想，可惜啊！其道貌岸然之姿，趨炎附勢之意，無非是「王公不致敬盡禮，則不得亟見之」而已。

彌衡之罵，其實是長期的懷才不遇，導致對現實不滿的心理扭曲，再加上在曹操的刺激下，下不來台的難堪，所造成的情緒失控和精神失調。而基本與節氣、道德無關。

彌衡沒有什麼實質性的功績，但在彌衡身上濃縮了舊式傳統文人的典型心態，這使得人們總是自覺不自覺地就想起他，並產生強烈共鳴。

千年易逝，而胸中塊壘不滅。這一罵豈能少得！

彌衡萬歲！

12

吉平　建安五年

洛陽人吉太，字稱平，人皆呼為吉平，當時名醫。國舅董承受獻帝衣帶詔，吉平得知，咬指為誓，與國舅同討曹操。太醫吉平欲以一服毒藥殺曹操，治國舅，救獻帝。可惜吉太醫功潰一匱，國舅董承諸人皆盡問斬。可幸吉太醫功潰一匱。吉太醫的一碗藥，差點令剛顯平靜的漢朝再掀波瀾。建安五年的深處，湧動的是幾乎改變歷史的暗流。（《三國演義》第二十三回）

建安五年正月，元宵節剛過。元夕寶馬雕車的暗香，鳳簫幽雅的餘韻和在花千樹、星如雨下的盈盈笑語，似乎還在料峭的風中，若隱若現。在這令人動情的「眾裏尋他千百度」的日子，曹丞相卻隱隱感到，來自「燈火闌珊處」的「那人」的陣陣殺氣。

那人叫吉平，洛陽人，是當時的名醫，現為朝中太醫。曹丞相接到密報，太醫吉平欲對自己不利。

與其死守，不如出擊。曹丞相決定誘敵深入，伺機擒之。

和往常一樣，曹丞相的頭痛病又犯了，請吉大夫前來就診問藥。吉大夫知道，丞相這是老毛病。不用多久，就抓好藥，當著丞相的面，煎熬起來。

吉大夫說：「這藥只需一劑，藥到病除。」

藥煎好了。吉大夫小心翼翼地捧著，送到丞相跟前。丞相皺了皺了眉，說：「可否稍後再服？」吉大夫道：「乘熱服下，見效快。出汗即可痊癒。」丞相卻道：「你是讀書人，一定熟知禮義：君有病吃藥，臣當先嚐；父有病吃藥，子應先嚐。你身為我的心腹，自應你為我先嚐後，我再飲。」

吉大夫一愣，已然明白，事已洩露，今天是個圈套。遂邊說：「吃藥是為治病，哪用人先嚐」，邊縱步上前，扯住曹操之耳強灌。

曹操揮臂，將藥潑灑於地。藥汁落地，地磚濃煙冒起，嘎嘎迸裂。

左右上前，將吉平擒下。曹丞相笑著說：「量你不過一小小醫生，哪來下毒害我之膽，必是有人唆使。說出幕後主使，饒你不死。」吉平大罵不休，誓死不招。

次日，曹操宴請群臣，於席前提審吉平，吉平仍是不招。席散，丞相只留下王子服、吳子蘭、種輯、吳碩四人。曹操道：「近日聽聞，你四人與董國舅常於一處，不知商議何事，可否說來聽聽？」王子服答：「並未有事商議。」「那白絹上所寫又是何事？」曹操單刀直入。四人皆言不知。

曹操叫出董承府中一名喚秦慶童的家人，與四人對質。

慶童說：「你六人在國舅府上，回避眾人，偷偷摸摸在一處簽字，如何能抵賴？」王子服道：「丞相有所不知。此人與國舅侍妾通姦，被主發現，受主責罰，怨恨在心，方才誣陷主人，這樣人的話，如何能信。」曹操又問：「那吉平下毒一事，不是董承主使，又是受何人主使？諸人皆言不知。

丞相下了最後通牒：「今晚坦白，尚可從寬；一經查實，堅決嚴辦。」將四人拿住監禁。

隨後，曹丞相親臨國舅府探病慰問。曹操挑逗董承：「緣夜不來赴宴，可是憂國之病？國舅可要注意身體啊。」董承大驚。曹操繼續：「國舅可知吉平出事了？」董承推說：「不知。」曹操道：「國舅豈會不知？」吩咐左右：「帶吉平，為國舅診病。」董國舅聞聽，手足俱軟。

吉平被帶上。曹操指吉平對董承道：「此人與王子服等四人，都已被我拿下，只一人，至今還未曾捉獲。」又轉問吉平：「是誰主使你來下毒，可速招。」吉平罵道：「是老天使我來取逆賊性命。」曹操大怒，命上刑，此刻吉平身上已無容刑之處，董承看到，心如刀割。

曹操又問：「你原有十指，如今為何只剩九指？」吉平道：「嚼指為誓，誓殺國賊。」

「好，一併截了，教你為誓。」遂命人截其九指。吉平道：「有口尚可吞賊，有舌尚可罵賊！」曹操聞聽，再令：「割舌。」吉平大叫：「罷了，我招。可先與我鬆綁。」「鬆綁又有何懼，來人，鬆綁。」

吉大夫搖搖晃晃起身，望皇宮而拜：「臣不能為國除賊，天意也！」拜畢，撞階而亡。

曹操見吉平已死，只得提審秦慶童。「這個人國舅該認識吧？」董承一見，大怒道：「當然認識。我家逃奴，恨不得殺之。」曹操道：「正是此人來告謀反之密，如此重要的證人，怎可殺了。」董承道：「丞相為何要聽信此逃奴的一面之辭？」曹操已無心再挑逗董承，命人直入董國舅臥室搜查。

不一會兒，獻帝血書玉帶詔和書有簽名的討賊義狀，擺在了曹丞相和董國舅面前。

曹操笑了。

國舅董承、工部侍郎王子服、長水校尉種輯、昭信將軍吳子蘭、議郎吳碩，五家老小七百餘人盡斬於市。

猶如一陣寒風拂過水面，波瀾微微泛起，又在轉瞬間，消散了蹤影。

建安五年正月。

13

劉安 見奴識主

古本《三國》裏，沒有劉安這個人物。劉安是毛宗崗為《三國志演義》（《三國演義》）添加的一個人物。劉安是個普通的獵戶，也是為數不多的在《三國演義》裏留下完整故事的平民百姓。劉安的故事很短，卻很殘酷，很令人震驚，他用自己老婆的肉款待了劉備。毛宗崗讓這個人物姓劉，而別有一番滋味。（《三國演義》第十九回）

太守陶謙三讓徐州，劉備終於暫得安身之地。喪家犬呂布來投，被劉備收留。結果張飛貪杯誤事，呂布趁虛而入，奪了徐州。劉備含恨偏安小沛。曹操欲圖呂布，劉備便做了曹操的內應，不想二人的密信落入陳宮之手，呂布看後大怒，先破了劉備。落荒而逃的劉備只得尋小路投奔許都。

途中，劉備到一人家投宿。家中有一少年，劉備問其姓名，乃獵戶劉安。當劉安得知，站在眼前的乃大名鼎鼎的劉豫州時，激動異常，便欲搞點野味，設農家宴給劉備嚐嚐鮮。由於劉備來得太突然，一時之間搞不到什麼新鮮玩意，劉安就殺了自己的妻子讓劉備吃。劉備邊吃邊問：「這是什麼肉？」劉安說：「狼肉。」劉備飽餐一頓，睡去。天將亮，劉備到後院取馬，看到廚房裏有個被殺死的婦人，胳膊上的肉都已經被剔除。劉備驚問劉安怎麼一回事，才知道昨天吃的是劉安老婆的肉。劉備「不勝傷感，灑淚上馬」。

這件事在《三國演義》第十九回，只有百餘字，與《三國》洋洋六十七萬字相比，實在是九牛一毛，一不小心就會從眼皮底下溜過去。我在找這一段的時候，就來回翻了不少頁碼。

劉備的這段經歷，讓我想起了曹操在逃亡中，殺呂伯奢全家的事。

曹操與陳宮逃到呂伯奢處，忽聞莊後有磨刀聲，曹操說：「呂伯奢和我算不上什麼親戚，他這一去很可疑，我聽聽他們在說什麼。」莊後的人說：「捆緊了殺。」曹操遂與陳宮拔劍闖入，一氣殺死呂伯奢全家八口。殺完後，才看見廚房裏有一頭捆好要殺的豬。二人上馬出莊，正遇上沽酒而回的呂伯奢。曹操揮劍砍死了呂伯奢。陳宮大驚，問：「剛才是誤殺，現在為什麼還要殺人？」曹操說：「他一回家，見死了這麼多人，怎肯甘休？若帶人追來，麻煩就大了。」陳宮說：「明知不該殺你還殺，你也太不仁義了！」曹操就說出了那句震驚天下、流傳千古的名言：「寧教我負天下人，休教天下人負我。」

這兩段經歷有異曲同工之妙。首先，二人都是在逃亡之中。曹操是被董卓通緝，劉備是遭呂布追殺，二人都是亡命天涯的驚弓之鳥。其次，都是在危難之中得到了旁人的幫助。再次，在救助的同時都無可奈何地惹出了人命。

這兩件相似的事，給曹操和劉備造成的影響卻截然不同。殺呂伯奢一家，成為曹操抹不去的歷史污點，凡提曹操的奸詐多疑，心狠手辣，必揪這條小辮子。這件事讓曹操成為千夫所指、不仁不義的大奸雄。劉安為劉備殺妻，則沒有對劉備產生什麼負面效應，沒有人拿這件事，對劉備說三道四。

相似的經歷，造成的影響和印象何以會不同？

原因有二：一是曹操親自動手殺人，是雙手沾滿鮮血的直接殺人兇手；劉備沒有親自動手，人是劉安殺的，而且劉安是自願的。二是殺人後，二人的態度截然不同。曹操的態度極端蠻橫惡劣，不僅死不認錯，還振振有詞，說什麼「寧教我負天下人，休教天下人負我」的混帳話，一幅死豬不怕開水燙的無賴架勢；劉備則是流下了傷心難過的眼淚。二人態度對比鮮明。

仔細分析一下這兩個原因，會發現，劉備較之曹操，是有過之而無不及。劉備沒有要求劉安殺妻，劉安殺妻是心甘情願的。但是，劉安殺妻是出於對劉豫州赫赫大名的敬仰。劉備逃亡路上，「嘗往村中求食。但到處，聞劉豫州，皆爭相進飲食。」劉安之妻其實是死於劉備漢室皇叔、仁者之名的刀下。劉備沒親手殺人，因為已無須親自動手，自有劉安這樣的超級忠心奴才替他動手。劉備的不殺之殺比曹操的親力為之，更令人恐怖。

殺人後，曹操認了這壺酒錢，說：「寧教我負天下人，休教天下人負我。」——人，是我殺的，沒錯。我寧願殺人，也不能讓人殺我。這話不好聽，卻是實話。劉備是吃好喝好，得知實情後，「不勝傷感，灑淚上馬」——小劉同志你怎麼可以這個樣子呢！雖然我是名人，是好人，擔負著拯救天下蒼生的重任，但你也不用殺了自己的老婆來款待我。唉，你真是太傻了，這叫我怎麼過意的去，這件事都怪我不好。惺惺作態，虛情假意，掉幾滴眼淚，拍拍屁股，上馬走人。

曹操、劉備各有所擅，可以說是半斤八兩，不相上下。曹操的多疑勝過劉備，劉備的虛偽則尤甚於曹操。曹操奸在明處，劉備是陰在暗處。曹操詭計百出，寧可錯殺一千，不可放過一個，劉備則是韜光養晦，以不變應萬變，是殺人不見血。曹操的座右銘是「寧教我負天下人，休教天下人負我。」劉備也有句名言：妻子如衣服，兄弟如手足。二人實為一丘之貉。

劉安和劉備既非親戚，也無交情，卻顯示出一個超級奴才的良好素質，他把劉備「妻子如衣服，兄弟如手足」的精神，貫徹落實到底。正是這個忠心耿耿的奴才，襯托出了劉備的虛偽、無情。

14

顏良、文醜

沙底黃金

河北名將，顏良、文醜。袁紹手下武將不謂不多，卻獨對顏良、文醜青眼有嘉，讚不絕口。袁紹看人用人，常是霧裏觀花，真偽顛倒，看顏良、文醜卻是獨具慧眼。理性的分析，顏良、文醜當是呂布式的猛將，堪比劉備的張飛、趙雲，曹操的許褚、典韋，孫權的甘寧、周泰。袁紹說：「我有顏良、文醜，我怕誰。」不講理的是，顏良、文醜遇到了關羽。作為關羽對曹操的報答，沒有比這二人的頭顱更好的禮物。這正是：馬急刀快不足畏，義薄雲天可殺人。（《三國演義》第二十五、二十六回）

關羽出場，常用的廣告噱頭有以下：溫酒斬過華雄、斬顏良、誅文醜、過五關斬六將、單刀赴會、水淹七軍。這裏面，華雄應算呂布的陪襯。顏良、文醜才是關羽的綠葉。

諸侯聯軍伐董卓，被一個華雄擋住去路，便手足無措，寸步難行。眾皆失色之時，袁紹說：「可惜我的上將顏良、文醜還沒到！要有一個人在這裏，華雄算個屁！」華雄之勇已人盡皆知，顏良、文醜則果真如袁紹所說，有一人便何懼華雄？依我看，袁紹並未說大話，顏良、文醜當是如關、張、趙雲一般，勇貫三軍，萬人難敵的人物。

第一個與顏良、文醜相比的，是張郃。張郃本是袁紹部下。官渡之戰中，袁紹聽信郭圖讒言，逼得張郃投了曹操。此後，張郃屢立戰功，成為曹營一員名將。在司馬懿時代，張郃則是司馬懿所最倚重的一枚棋子。司馬懿是什麼人？他能如此看重張郃，足以說明張郃的能力水平。諸葛亮和劉備曾有張郃勝夏侯淵十倍之說。長阪坡趙雲殺死曹營上將五十餘員，獨與張郃大戰十餘合後，不敢戀戰，奪路而走。張郃堪稱曹魏有數的名將之一。但袁紹在華雄問題面前，首先想到的人，不是張郃，而是顏良、文醜。如此看，顏良、文醜的本事當高於張郃。拿張郃與顏良、文醜相比，只是口說為虛，還需眼見為實。

袁紹磐河戰公孫贊，文醜一人戰敗公孫贊四員健將，公孫贊落而逃。正在危難之中，轉出一少年將軍，飛馬挺槍，擋住文醜，與文醜大戰五十餘合，勝負未分。這名少年將軍就是日後鼎鼎大名的常勝將軍趙雲趙子龍。《三國演義》裏與趙雲交手，戰五十餘合未分勝負的，好像只有文醜。白馬坡張遼、徐晃兩人雙戰文醜不下。張遼、徐晃都曹營有名的大將。關羽一向目中無人，獨高看張遼一眼，以之為大將；徐晃曾獨戰關羽，殺了個難解難分。這樣的兩員大將，雙戰文醜，差點傷在文醜手下，足見，文醜確有與趙雲大戰五十合的本事。

再看顏良。白馬坡顏良與曹操對陣，曹操對呂布的降將宋憲說：「吾聞汝乃呂布部下猛將，今可與顏良一戰。」宋憲出馬戰不三合，被顏良斬於馬下。另一呂布降將魏續又出馬，顏良只一刀，便劈魏續於馬下。曹操稱宋憲為猛將，如果曹操說的是真的，宋憲真是一員猛將的話，則顏良武藝之高可見一斑。當然，更大的可能還是曹操只是隨口說說，給宋憲戴頂高帽子，讓宋憲去試試顏良的水有多深，畢竟宋憲是降將而非嫡系。其後出馬的徐晃可是貨真價實的名將了，卻與顏良戰二十合，仍敗回本陣。這樣兩員猛將，如果與關羽交手，照上述推測，當是斬關羽於馬下，或是殺得關羽落荒而逃才對，頂不濟也是勢均力敵，勝敗難料。可是，二人連三合未過，便交待在了關羽的青龍刀下。顏良、文醜死於關羽刀下，作用有三：一是用以成就關羽的威名。二是配合情節需要，讓關羽通過解白馬之圍，能夠還曹操五日一小宴、十日一大宴、贈袍贈馬贈金的人情，以便有足夠的理由離開曹操。三是斬殺這兩員猛將，可以進一步均衡袁紹與曹操兩軍的力量，為以後的官渡大戰做一下鋪墊。

若顏良、文醜是一般的戰將，就失去了上述作用。殺兩員普通戰將，不足以樹立關羽的赫赫威名，不足以讓關羽還曹操的人情，也不足以調節袁紹和曹操兩軍的力量對比，所以，顏良、文醜必須是當世少有的熊虎之將。只可惜，為了襯托關羽的蓋世英雄，義薄雲天，知恩圖報，這兩員名將輕易就命赴黃泉，反而讓人小覷，給人等閒之輩的感覺。

在如沙一般的配角中，顏良、文醜是被關羽光輝遮住的黃金人物。

15

于吉　道亦非道

河北名將，顏良、文醜。袁紹手下武將不謂不多，卻獨對顏良、文醜青眼有嘉，讚不絕口。袁紹看人用人，常是霧裏觀花，真偽顛倒，看顏良、文醜卻是獨具慧眼。理性的分析，顏良、文醜當是呂布式的猛將，堪比劉備的張飛、趙雲，曹操的許褚、典韋，孫權的甘寧、周泰。袁紹說：「我有顏良、文醜，我怕誰。」不講理的是，顏良、文醜遇到了關羽。作為關羽對曹操的報答，沒有比這二人的頭顱更好的禮物。這正是：馬急刀快不足畏，義薄雲天可殺人。（《三國演義》第二十五、二十六回）

僧有佛緣，道有仙緣。在中國古代小說裏出現的道士，不是神仙，就是半仙，總是非比尋常之輩。

張角本是個書生，自跟南華老仙入了道門，習了法術，連老天的生死都能控制。漢中張魯祖孫三代都從事神仙道業，在老百姓中仙望甚高，竟被漢朝「轉正」為當地政府。戲弄曹操的烏角先生左慈，能柑中取肉，池中釣魚，墨筆成龍，擲杯成鶴，打不疼，餓不死，乾脆就是神仙一個。諸葛亮在七星壇作法借東風時，也打扮成道士。《楊家將》裏有個老道叫顏容，是大遼國師，用法術幫大遼國擺下「天門陣」，與楊家將鬥法，最後引出穆桂英掛帥、十二寡婦征西、大破天門陣的故事。《水滸傳》裏能灑豆成兵的，也是道士入雲龍公孫勝、羅真人一干人等。

《西遊記》本就是神話，神仙道士更多。由文殊菩薩的坐騎青毛獅子變化而來的終南山全真道士。烏雞國大旱三年，獅子道士一來，就求得滂沱大雨。烏雞國王與之結為兄弟。不料道士卻害了那國王，自己變為國王模樣，成一國之君。車遲國分喚虎力大仙、鹿力大仙和羊力大仙的三個道士，個個有呼風喚雨，指水成油，點石成金之能。也是幫車遲國解大旱之災，被國王視為天降仙人，封為國師，隨後，舉國尊道貶僧。這三仙其實是有些修為的虎精、鹿精與羊精。比丘國丈，一老道為自己修練，佯向國王進獻一美女，把個國王搞得精神瘦倦，身體羸弱，不能治療。於是，那已為國王老丈人的道士，告訴國王自己有延年益壽之藥，只是須用一千一百一十一個小兒的心肝作藥引，方有千年不老之功效。糊塗國王真聽了妖道的話，選就各家小兒，以籠養之待用。

神仙道士大聚會的是《封神演義》。交戰的國家是殷周雙方，實際上陣打仗的，則是道家內部的元始天尊與通天教主兩派。武王手下的姜子牙、哪吒、楊戩、土行孫、雷震子、李靖、黃天化、韋護，紂王一邊趙公明、殷洪、殷郊、申公豹、餘化及十絕陣主，皆是道家弟子傳人。論起來，雙方還有同門之誼。武王是仁義之師不用說，紂王一邊的，多被人說成是「助紂為虐」。「助紂」沒錯，但「為虐」的只是紂王。上陣打仗的只是各為其主，各盡其職，而且其中很多還是過路道士，不能簡單的說就是「為虐」。

道士神仙有好有壞。聽孫策的從人、張昭和吳太夫人的話，于吉應該是個好道士。孫策要抓于吉，手下人對孫策說：「于吉普施符水，治病救人，無有不驗，是活神仙，不可不敬。」張昭勸孫策：「于道士在江東幾十年，沒幹什麼壞事，不能殺。」孫策的母親吳太夫人也勸孫策：「這個人是神仙下凡，多曾替人治病，老百姓和士兵都很敬服，不能殺。」但孫策鐵了心，非要殺這個「妖人」。於是，殺了于吉，孫策遭到報應，死了。孫策是「惡有惡報」。

于吉治病救人，沒幹壞事。從這一點說，孫策不應亂殺人。但孫策有個原因，于吉「以妖術惑眾」，「吾欲殺于吉，正思禁邪覺迷也。」孫策的話，值得想一想。

大遼國師若能幫遼國奪得宋朝天下，就是一人之下，萬人之上；烏雞國道士和車遲國國師通過祈雨消災，收買人心，然後，兇相畢露，控制了國家；比丘國丈則直接是利用國王的淫威來作惡。于吉治病救人沒錯，他同時也把自己供了起來，以救世主自居。孫策看到于吉時，「百姓俱焚香伏道而拜」——于吉正在接受百姓的三拜九叩。于吉說自己是「惟務代天宣化」。壞神仙道士要為所欲為，稱王稱霸；好的也要懾人心神，受人膜拜。二者都是要把自己置於高高的神壇之上，萬人一尊。所不同的只是手段。暴君暴政使用暴力製造災難，所用的手段是邪惡的；救世主或上帝，是與人恩惠和好處，但都在製造威權，都是為使人臣服於己。

暴君暴政通過控制人的身體，使人屈服；上帝和救世主則是要控制人的思想和心神。身不由己，神智或許還清醒；思想中毒，則只剩行屍走肉。神智清醒，是非善惡的觀念尚存；行屍走肉，則只知唯上是從，必是非混淆，善惡不分。

救人疾病是好事，但由此要收買人的思想和靈魂，就和比丘國的道士一樣，成為極大的邪惡。

16

孫策 霸王之死

孫策，字伯符，孫堅之子。好友善士，江淮間人皆向之。作為東吳事業的奠基者，孫策創造了一個政治奇跡。這個錢塘小吏之子以狂飆突進，勢如破竹的速度，將江東據為己有。孫策的成就，不僅可令歷盡艱辛的曹丞相自愧不如，更可使半生漂泊的劉皇叔淚痕滿襟。上天公平。事業早成的孫策，也早早地走到了生命的盡頭。二十六歲，在刺客和上天的陰謀中，霸王去矣。（《三國演義》第十五、二十九回）

孫策的綽號，叫「小霸王」。意思是孫策有霸王項羽之勇。他曾於陣上生擒一將，回陣時，背後有敵將偷襲，孫策回頭，大喝一聲，聲如巨雷，偷襲者竟被嚇得膽裂魄散，落馬而死，待回陣中，所擒俘虜已被挾死。這樣一個勇士，有誰能於兩軍陣前輕易殺死他？所以，孫策死得很邪。他死在一個叫于吉的法師手裏。

許貢家人行刺，孫策身受重傷。若孫策因重傷而死，也就罷了。偏是孫策在傷情好轉，只須靜養百日，更可無虞之際，看到了道士于吉。

仙風道骨的于吉立於當道，老百姓在路邊焚香跪拜。孫策以之為「妖人」，命人擒來。左右勸孫策道：「于吉普施符水，救死扶傷，無有不驗，是當世的活神仙，不可不敬。」孫策一聽，更火了，抓的就是你這個神仙。

孫策叱于吉：「狂道竟敢在我的地盤上蠱惑人心！」

于吉向孫策自我介紹：「貧道仍是琅琊宮道士，順帝年間入山採藥，在陽曲泉水上得到一部叫《太平青領道》的神書，神書所載都是給人治病的方子。貧道得到這部書，只有以代天行善，普救眾生為己任，從未以此為謀財之術，何來蠱惑人心之說？」

于吉的開場白，聽起來很熟悉，對了，張角出道時也是這麼說的。都是入山採藥得到神書，獲得奇術，從此代理上天行使職權，自己也因此成為神仙或神仙的代言人。

孫策當然不會不知道張角的事。孫策說：「你不以此謀財，衣服飲食，從哪裡來？你就是黃巾軍張角一路貨色，今天不殺你，日後又是禍患。」

張昭勸孫策，于吉不可殺，陳震也勸，孫策的母親吳太夫人也勸，呂範還讓于吉表演了祈風求雨。但都沒能打動孫策。孫策脾氣暴這一點，確實不負「小霸王」的綽號。眾人越勸，孫策火越大，終是斬了于吉。

自斬了于吉，怪事來了。先是于吉的屍體失蹤，再就是孫策不斷看到于吉的幻影。孫策在庭堂，就會看到于吉在庭堂散步；睡至半夜，孫策屋裏的燈會自燃，然後見于吉站在床頭；孫策到廟裏燒香，于吉就在香煙裏端坐；要拆廟，于吉便立於屋頂；一把火燒了廟，于吉又在火光裏閃動；最後，孫策照鏡子，照出的都是于吉。孫策自歎：「我活不了了！」遂召孫權、張昭等人，安排完後事，閉目而逝。

孫策為什麼對于吉懷有如此強烈的敵視情緒？首先，是出於政治顧慮，怕在自己的地盤上，再出一個張角。而身邊眾人的表現，則加深了孫策的顧慮。左右伺從以于吉為當世神仙，無不敬之，尚有情可原，他們沒有文化，缺少見識。吳太夫人勸孫策不殺于吉，也在情理，老太太迷信。而張昭、陳震、呂範諸人，也勸孫策不殺于吉，情況就很不妙。這些人有文化，有見識，有頭腦，都是孫吳的棟樑要員，在百姓和官員中，很有影響力。他們的信念、立場，決定著孫吳的安危。這些人對于吉如此膜拜，將置孫策於何地？置東吳於何地？既信于吉，又何再信孫策？這些人如此表率，其他人又會如何？孫策有理由怒。孫策之怒，更可說是一種恐懼，恐懼于吉的影響力，恐懼眾人對于吉的態度，恐懼如此下去，自己一手締造的事業，將在一瞬間，化為烏有。有此三懼，孫策必殺于吉。

孫策之死，用吳太夫人的話說，是：「屈殺神仙，故招此禍。」對神仙不敬，就是對老天不敬，所以天讓孫策死，孫策不得不死。無獨有偶，《三國演義》裏，還有一個人也是因對老天不敬，受到老天的懲罰而死。這個人正是孫策的父親孫堅。

十八路諸侯伐董卓，烏程侯孫堅是先鋒官。孫堅在洛陽城內，無意間得到傳國玉璽。盟主袁紹令孫堅交出玉璽，孫堅指天發誓說：「我如果私自藏匿玉璽，他日不得好死，就讓我死於刀箭之下。」果然，日後孫堅跨江擊劉表，中計，死於亂箭之下。孫堅明明拿了玉璽，卻說自己沒拿，這是欺騙老天，最後死於自己的讖語。

由此可再牽強附會一下，孫策之殺于吉，其父影響，也許是原因之一。

孫堅敢拿發誓不當回事，說明這個人不怕天譴，眼裏根本沒有老天。孫策長年隨父征戰，視父親為自己的榜樣。在袁術營中之時，孫策想起父親一生英雄，而自己無所作為，不覺放聲大哭。孫策對父親是此般感情，行事難免耳濡目染，上行下效，對老天也就不會有多大的敬畏，況一于吉。

孫堅之死的原由始末，孫策不會不知道。雖然是孫堅自己說的，如果私自藏匿玉璽，就死於刀箭之下，但真變成現實，孫策當然不會認為父親之死是咎由自取。害死父親的仇人先是劉表，但老天也難脫干係。否則，怎麼我父說死於刀箭之下，就真死於刀箭之下？這也足以使「小霸王」對上天怨氣難消。今天有個于吉竟斗膽說自己是替天行事，以神仙自居，豈不是戳了孫策的心窩子，這還能有個活！

孫策殺了于吉，自己卻死在于吉手裏。而死因不是別的，恰恰是因為孫策不信鬼神。把這種因果報應的原因，作為孫策的死因，我寧願孫策是直接死在刺客手裏。

17

典韋　瘋狂保鏢

典韋，陳留人，勇力過人。善使兩支鐵戟，重八十斤，挾之上馬，運使如風。曾為友報仇，提仇人頭過鬧市，數百人不敢近身。典韋原為張邈部下，因與他人不和，空手殺數十人，逃進山中。夏侯惇打獵，見典韋逐虎過澗，收於軍中，薦給曹操。曹操以之為古之惡來，解身上錦襖，及駿馬雕鞍賜之。曾數次救過曹操。宛城張繡偷襲曹操，典韋以死護主。曹操之子曹昂、侄曹安民，皆死於亂軍中，曹操不哭其子其侄，只哭失一典韋。（《三國演義》第十六回）

如果要評選《三國》金牌保鏢人物，我要投曹操手下大將典韋一票。典韋贏得我心者，宛城外一戰。

張繡夜襲曹營前，已派人盜走典韋雙戟，「時敵兵已到轅門，韋急掣步卒腰刀在手。只見門首無數軍馬，各挺長槍，搶入寨來。韋奮力向前，砍死二十餘人。馬軍方退，步軍又到，兩邊槍如葦列。韋身無片甲，上下被數十槍，兀自死戰。刀砍缺不堪用，韋即棄刀，雙手提著兩個軍人迎敵，擊死者八九人，群賊不敢近，只遠遠以箭射之，箭如驟雨。韋猶拒寨門。爭奈寨後賊軍已入，韋背上又中一槍，乃大叫數聲，血流滿地而死。死了半晌，還無一人敢從前門而入者。」

這一戰慘烈程度，尤勝於千軍萬馬的廝殺，似讓人回到了蠻荒時代充滿獸性的原始殺戮之中。典韋一人，殺退馬軍，又殺退步軍；刀不堪用，以人殺人；身背數十槍，又中流矢無數，猶自不倒，死了半晌，還無人敢近前。這一戰中的典韋是神或者是獸，而絕不是血肉之軀的人。

《三國演義》裏，這樣的人和事不在少數。典韋的拍檔許褚、同僚曹洪，以及蜀國同行趙雲、傅彤、張南，東吳同行周泰，都有過類似的事蹟。僅憑這一點，典韋還坐不上保鏢排行榜頭把交椅，他頂多在寵物狗以一己之力捨命救主的位置上出現，博得幾句其忠心可敬，其勇力可嘉的驚歎而已。但是，當誘發這場戰爭的原因被調查清楚後，典韋同志的「英雄事蹟」立刻具備了超一流的新聞價值，並且成為難得的影視素材。典韋也因此成為《三國演義》保鏢排行榜頭名的最有力爭奪者。

典韋的老闆曹操收降張繡，兵入宛城，心情不錯。一日酒醉，私問左右：「城中可有妓女？」曹操問這話的意思，當然不是要對宛城進行打非掃黃，集中整治。但凡喝醉了有此一問者，其想法都是同一個。曹操的侄子曹安民深知叔叔心意，悄悄說：「巧了，昨晚小侄在住所旁見到一個，長得還相當不錯，打聽過了，是張繡的嬸嬸。」曹操即令曹安民引來相見。是漂亮，曹安民這小子有眼光。曹操問女姓氏，婦答：「乃張濟（張繡叔叔）之妻鄒氏也。」接下來的事，應是「此處刪去百餘字」。自此，曹操與此女常來常往，出入成雙。張繡聞聽此事，不幹了。俗話說：朋友之妻不可欺。你曹操是比我勢力大，但也不能太欺負人。於是，發生了張繡先盜典韋雙戟，再襲曹操事件。

根據狗仔娛記的調查，典韋危急時刻大顯身手，捨身護主的「英雄事蹟」，就有了另一種版本：

近日，國家一品大員曹操，兵不血刃占得宛城。曹操酒後欲嫖娼，通過皮條客即其侄曹安民召來一婦女。後經查實，此女為原宛城地方官張繡的嬸嬸鄒氏。曹鄒二人談妥價錢後，曹操包下鄒氏，整日與之廝混。張繡聽說此事，氣忿不過，便欲對曹操有所不利。張繡事先得知，曹操有一保鏢名喚典韋，好勇鬥狠，發起飆來百十人不得近身。因此，張繡先使人灌醉典韋，盜走其慣用的雙戟，然後糾集一幫亡命之徒，於當晚襲擊曹操住所。張、曹雙方上千人，在曹操私人住所展開大規模械鬥。械鬥中，典韋雖已無雙戟護身，但仍掩護曹操安全逃走，並殺死張繡手下百餘人。典韋也因失血過多不治而死，同在此次毆鬥中喪生的，還有曹操的侄子皮條客曹安民、曹操的長子曹昂及曹操的一匹名種寵物馬，傷亡人數至報導期間仍在統計中。

名人、嫖娼、包二奶、陰謀報復、大規模械鬥、驚險、暴力流血等。這樣的事上哪去找，拍成電影想不賣座都難。連電影片名我都起好了，就叫《瘋狂保鏢》。

18

田豐　明珠暗投

田豐是忠臣的楷模。作為袁紹的謀士，田豐屢行了包括奉獻生命在內的所有職責。袁紹如果聽田豐的話，在中原橫行的，就不是曹操，而是他。袁紹不聽田豐之言，很正常。田豐把自己奉獻給了袁紹這樣一個人，卻很悲哀。（《三國演義》第二十二、二十五、三十一回）

《三國演義》裏，明珠暗投的，不止田豐一人，但田豐絕對是明珠暗投，而且是一投到底，至死未見光明。

三國之爭，得人才者得天下。這一點已成共識。劉、曹、孫三家三分天下的過程，也是網盡天下人才的過程。也有個別漏網之魚，比如田豐、沮授。這二人都是袁紹的人。袁紹手下的人不少，才卻不多。田豐和沮授是袁紹手下少有的高水準謀士。

在袁紹最初有伐曹之意時，田豐就拿出了伐曹「三年」規劃：

「兵起連年，百姓疲弊，倉廩無積，不可復興大軍。宜先遣人獻捷天子，若不得通，乃表稱曹操隔我王路，然後提兵屯黎陽；更於河內增益舟楫，繕置軍器，分遣精兵，屯紮邊鄙。三年之中，大事可定也。」

這簡明扼要的百餘字，不是普通的戰術方案，而是極其重要的戰略方針。首先，它對當前的形勢進行了分析。連年兵戰，老百姓都已疲弊不堪，倉庫裏也沒有積糧。沒有糧食，沒有屯積，軍隊就失去了基本保障，所以，此時不是興師動眾之際。其次，要師出有名。要打曹操，必須要先有個說法，方才打的名正言順。應該先派人向天子報喜請功，請求封賞，曹操必不會同意，便可上表告曹操打壓功臣，於國心懷叵測，此時，就可以打出為國除奸之旗，興師問罪。最後，勢必要打，怎麼個打法。一言以蔽之，就是一定要打持久戰。欲善其事，先利其器。要廣置軍需，以精兵固守好根據地，切不可操之過急。如此，預計三年，方可成事。

田豐這個規劃，對於袁紹，足可與諸葛亮的「隆中對」之於劉備的意義相媲美。

這個意見，袁紹是不會聽的。不僅這個意見袁紹不聽，田豐其他良策，他也一概不用。

袁紹其人很有意思，凡是建設性的意見，對他有好處的計策，他都不感興趣，常是「疑其有詐」。凡屬餿主意，他卻一拍即合，堅信不疑。這種事屢驗不爽。官渡之時，曹操軍糧已盡，致書荀彧求糧，書信落入許攸之手，袁紹說這是假信；見到審配狀告許攸的信，袁紹問都不問，點火就著；許攸獻計袁紹，偷襲許都，袁紹懷疑許攸有詐；郭圖惡人先告狀，說張郃出工不出力，袁紹一聽即信。

曹操也多疑，卻能聽進荀彧、郭嘉等人的勸告。曹操是疑所當疑，信當所信。袁紹身邊有沮授、許攸、田豐這幾個明白人，卻是越勸越疑，不僅疑其事，還疑其人。袁紹是賢愚不辨，香臭不分。

袁紹不聽田豐的建議，卻完全按照與田豐相反的思路行事：大舉興兵，倉促出擊，與曹操硬碰硬，想一口吃下曹操。這正中曹操下懷。曹操兵少、糧少，怕的就是持久戰。袁紹擁有冀、青、幽、並四州，地廣糧足兵多，若採取守勢，曹操可能一州還沒攻下，已經彈盡糧絕。曹軍的優勢是兵精、士氣高，能以一當十，正宜一鼓作氣，速戰速決。袁紹集中各州優勢兵力，與曹操一場定勝負，曹操正求之不得。袁紹官渡大敗後，和他的幾個兒子仍不覺悟，還不斷集中剩餘兵力，與曹操進行硬碰硬的正面決戰，曹操則乘機大打殲滅戰。幾個回合下來，徹底滅了袁家。曹操的軍事力量，自此空前壯大。

田豐多次勸袁紹無效，就說了句：「若不聽臣良言，出師不利。」這句話惹起袁紹的怒火。這是不祥之言，很不吉利。別看袁紹對正理八經的計策沒興趣，但對吉人天相一類的風水兆頭，卻很在乎。也不光是袁紹，那時候，多數領導人對這一套都很重視。比如營中大旗被風吹倒，即為凶兆，說明會出兵不利，或是會有敵人偷營劫寨。袁紹要殺田豐，經人勸阻，暫且先把田豐押進大獄。

田豐最後一次顯露神機妙算，是算出了自己的死期。

袁紹大敗而歸，看守田豐的獄卒特意給囚禁獄中的田豐賀喜。田豐問：「我喜從何來？」獄卒道：「袁將軍不聽您的良言，如今大敗而回，這下您可要被重用了。」田豐一聽，笑了，說：「我的死期終於到了。」獄卒不明白，問田豐：「人人都為先生有出頭之日高興，先生自己怎麼這麼說？」田豐說：「袁紹外表寬厚，而內心狹忌，從不考慮別人對他是否忠心。他惹勝了，心存一個看我笑話的高興心情，可能還會赦免我；現在他如此大敗，必以為我會幸災樂禍，而羞於見到我，我是必死無疑。」正說著，袁紹的使者捧劍而至。田豐道：「大丈夫生於天地間，不識其主而事之，是無智也！今日受死，夫何足惜。」乃自刎於獄中。

荀彧說田豐其人是「剛而犯上」。看來他很瞭解田豐。田豐性剛，有兩處最明顯。一個是寧死不變節。亂世裏，有句話經常被人說起：這個時代，不僅是君擇臣，臣也擇君。田豐令人可歎可惜的，不是他錯跟了袁紹，而是他對袁紹瞭若指掌，知道這個人胸無大略，短謀少智，不辨賢愚，心胸狹隘，自己必死於其手，卻還忠心耿耿地追隨他。良臣擇主而事。這種事原本算不了什麼。韓信、陳平都是先事項羽，見不對路，又投靠劉邦，才成就一番大事。就是田豐的同事，許攸、張郃、高覽不也是見機而作，投降了曹操。田豐是一日為臣，終身為臣，寧折不變節。再就是以死作為自己擇主不明的懲罰。當田豐說「大丈夫生於天地間，不識其主而事之，是無智也！今日受死，夫何足惜」時，其悔恨、自責之情，令人扼腕。我死，是我有眼無珠，自取其辱；我死，是活該，有什麼好可惜的。以死自罰，剛者莫過於此。

田豐跟張松正好走向兩個極端。張松是溫飽思背主，犯賤自找投降背叛；田豐是明知你要殺我，我就是等死，也不走。

都不好。

19

許攸 一時奇貨

許攸遭遇的是在冰火兩重天中的起浮輪迴。許攸是袁紹的謀士，卻不被袁紹信任，最終投降曹操。許攸的變節，使袁、曹官渡之戰的形勢，發生了顛覆性的變化。許攸為曹操取得官渡之戰的勝利，是曹營的首席功臣，卻在勝利的一刻，死在了自己人手裏。（《三國演義》第三十、三十二、三十三回）

許攸是個有本事的人。在官渡之戰裏，許攸設了三計，計計致命。

第一計：掏心計。官渡之戰，曹操軍糧告竭，急發使往許昌速辦軍糧。使者的文書落到了許攸手裏。許攸拿著文書去見袁紹，對袁紹說：「曹操屯軍官渡，與我軍相持已久，他的老窩許昌必定空虛；如果我方派一支軍馬星夜襲擊許昌，一定能攻下曹操的老窩，則曹操可擒。現在曹操糧草已盡，正是絕好時機，可兩路攻之。」

袁紹說：「曹操這個人我很瞭解，詭計多端，這封書信是誘敵之計。」

許攸說：「若錯過今天這個機會，日後就麻煩了。」

正說著，袁紹收到後方一件公文，其中舉報許攸在翼州時收受賄賂，而且縱容許家子侄增加科稅，終飽私囊。如今已將許家子侄下了大獄。

袁紹一看，火了，大罵：「你這個行為不檢的小人，還有臉在我面前獻計！你和曹操原來就認識，想必現在也是拿了他的錢，為他作臥底來的。本應殺了你，先暫且留你一條狗命，滾，滾得越遠越好。」

許攸出帳，仰天長歎：「這個笨蛋加混蛋，完了！」

此計的意義，「後人」用一首詩概括的非常到位：

本初豪氣蓋中原，官渡相持枉歎噓。

若使許攸謀見用，山河爭得屬曹家？

第二計：絕命計。許攸絕望之下，要拔劍自刎。左右勸許投靠曹操，許攸想，對啊。隨即破涕為笑，投了曹操。

曹操一聽許攸來到，高興得鞋都來不及穿，光著腳就從大帳裏跑出來，對許攸「先拜於地。」

曹操見許攸的第一句話是：「你肯來，我算是贏定了。快告訴我破袁之策。」

許攸先說的是：「我讓袁紹以輕騎兵偷襲你的老窩許昌，首尾夾擊你。」哪能那麼容易就告訴你破敵之策，怎麼還不得讓你先出身冷汗。

曹操大驚道：「如果袁紹聽了你的話，我就完了。」曹操豈能不偷著樂！

接著，許攸拿出曹操摧辦軍糧的文書，曹操又是大驚。當許攸告訴曹操袁紹不相信這封信時，曹操好念「啊彌陀佛」了。

賣夠關子，許攸向曹操獻上破袁之計：偷襲袁軍命脈，速戰速決。

許攸向曹操詳述袁紹屯放糧草輜重之地，和守將淳於瓊的弱點，建議曹操假扮袁軍前去燒糧，袁紹百萬大軍可不戰自破。

第二天，曹操要依計行事時，張遼提醒曹操不可輕信，恐防有詐。曹操說出三條理由：一是我們已經沒有糧草，不用許攸之計是坐以待斃；二是若有詐，許攸不會安心留在我營中；還有就是我早有劫袁軍之心，現在不過是條件成熟而已。

可見，曹操這一夜不光激動，也是經過深思熟慮。

第三計：絕戶計。袁紹身死，曹操攻袁氏的老窩翼州，許攸獻計，水淹翼州，幫曹操一舉拿下翼州。宣告了袁氏的徹底失敗。

一個許攸，成為官渡之戰的轉捩點。官渡之戰又是袁曹雙方勢力的轉捩點，是曹操真正能夠執天下牛耳的開始。曹操能夠擊敗袁紹，許攸起到無可替代的作用。

按歷史中「鳥盡弓藏」的規律，曹操成功後，就應是許攸過氣之時。沒想到的是，許攸過氣是如此之快，勝利的鑼鼓還沒敲完，許攸就失了寵，喪了命。

這只能怪許先生太過忘乎所以，忘記自己姓什麼倒不要緊，忘記曹丞相是什麼樣人就大不妙了。

剛進翼州城，許先生就在城門口，當著眾將的面，用馬鞭指著城門衝曹操嚷：「阿瞞，沒我，你能進得這門？」

曹操笑了。曹操的笑比生氣更可怕。誰敢衝曹操這樣說話。

許先生絲毫沒覺得。

不幾天，許攸在東門遇見許褚，又是這番話：「沒我，你能進得了這扇門？」

許褚怒吼：「我們靠拼命奪下城池，你敢搶功。」

許攸大罵許褚，許褚二話沒說，拔劍割下了這位五百年前是一家的頭。

曹操知道了這件事是什麼態度？「深責許褚，令厚葬許攸。」——小許啊，你就是改不了這爆脾氣，我說過多少次，看，闖禍了吧。你得好好檢討一下。唉，也罷，人死不能復生，一定要厚葬許先生。

官渡之戰裏的許攸，手裏握有曹操的軍事文件，知道袁紹軍事機密的詳情，對曹操來說，他是奇貨可居。許攸也確實把自己賣了個好價錢，在曹操面前擺足譜。但是，花無百日紅，奇貨也會貶值。官渡之戰後，許攸的貶值是遲早的事。貶值的許攸不會到一文不值的地步。許攸畢竟是有本事、有功勞的人。如果他能夠知趣一點靠邊站，把官渡之戰的勝利光環往英明神武的曹丞相頭上多戴一戴，當然，這也不全是拍馬屁，作為最高指揮官，曹操確實居功至偉，再加上和與曹操私交的關係，以後也會混得不錯。

許攸有謀臣的素質，卻不明白為人臣之道，尤其缺乏自我保護的意識。歷史的規律是本事再大，功勞再大，也不能蓋主；飛鳥盡，良弓就要雪藏；狡兔死，走狗就會被殺；伴君就是伴老虎。許攸不僅不知道這些道理，該靠邊站的時候，不靠邊站，而且還變本加厲，得意忘形，沒大沒小，這就沒好果子吃了。許褚再魯莽，也不致於魯莽到因為幾句話就殺自己人，而且這個自己人還是剛立過大功的重要人物。至於許褚怎麼就殺了許攸，從事後曹操的態度不難猜出幾分。

20

司馬徽

難言之「隱」

司馬徽，號水鏡先生，南陽隱士。鏡者，鑒人之物。以鏡為號，司馬先生善鑒人也，而尤善引人渡人。《三國演義》借司馬徽之嘴，最先引出臥龍、鳳雛。司馬徽向徐庶點引劉備，向劉備推薦徐庶，徐庶走後，再薦臥龍。無紅娘，則無鶯鶯與張生之事；無司馬徽，則無劉備與臥龍、鳳雛、徐庶之事。「紅娘」不可少，「隱士」亦不可少。（《三國演義》第三十五、三十七回）

荊州地面，住了一群隱士。諸葛亮原先就是其中一位。這群隱士中，最先出場的，是水鏡先生司馬徽。

劉備為避蔡瑁迫害，馬躍檀溪，在南漳遇到一個小牧童。小牧童打量劉備一番，說：「將軍該不會是大破黃巾軍的劉玄德吧！」劉備聽了，大吃一驚，問道：「你這個小傢伙，怎麼知道我的名字？」也難怪劉備會吃驚。想想當時，沒有電視、報紙，生活環境封閉，資訊流動緩慢不暢。在偏僻的小山村，一個放牛的小牧童第一次見到名人，竟能一口說出他是誰，就是在今天，也令人驚奇。牧童告訴劉備：「我是聽我師父說的。我師父常跟朋友說有個叫劉玄德的，身高七尺五寸，雙手垂過膝蓋，眼睛能看到自己的耳朵，是當今的英雄，我看你的模樣，大概就是。我的師父複姓司馬，名徽，人稱水鏡先生。」

牧童引劉備來到莊上，見到水鏡先生司馬徽。司馬徽對劉備分析一番天下大勢後，說：「當今天下傑出的人才，都在此地，您應當抓住這個機會。臥龍、鳳雛，兩人能得到一個，則天下可得。」

當夜，徐庶莊上來訪，對司馬徽談自己懷才不遇，對劉表大失所望的經歷。司馬徽對徐庶說：「英雄豪傑只在眼前，是你自己不知道罷了。」徐庶輔佐劉備後，司馬先生還很關心徐庶的工作情況，親自跑到劉備的衙門裏，去看望徐庶。

以上，是關於世外高人司馬徽的幾個片段。

對水鏡先生司馬徽這位隱士，我很懷疑。他的一個小徒弟都能知道劉備破黃巾軍的事，還非常清楚劉備的相貌，可見，司馬先生平時是與時俱進，沒少談論熱點新聞。司馬先生不僅關心時事，還積極參與。遇見劉備，就向明主推薦人才；碰見徐庶，就向人才推薦明主。上下穿針引線，兩頭充當伯樂。如此熱衷於世事、時事、人事、政事，這能算「隱士」？

不獨司馬徽，其他幾位隱士：博陵崔州平、潁川石廣元、汝南孟公威，也有問題。

司馬徽向劉備介紹諸葛亮時說：孔明與崔州平、石廣元、孟公威和徐元直四人閒聊，說你們當官，能當到刺史或郡守。眾人問孔明能當什麼官，孔明笑而不答。不過，孔明先生卻常以管仲、樂毅自比。司馬徽更認為，孔明不僅可與此二人相比，更可比周之姜尚、漢之張良。

一群人，沒事兒就在一塊聊天，不聊別的，專聊當官。這個說當官你能當市長，那個說他能當省長，還有一個乾脆拿總理或總司令級的人物來和自己作比照。說這是一群跳出三界外，不在五行中的世外隱士，你信嗎?!我是不信。

這裏面，對諸葛亮已沒有再討論的必要。看其他人的言行，至少是身隱而心不隱。那麼，這種到底算不算「隱士」？

對於中國傳統文化中「隱」的問題，我一直想不太明白。隱士，應當是消聲匿跡，遠離塵世，不為人知。但是中國的隱士正相反，不僅未能如此，還常常是如雷貫耳，爆得大名，搞得天下人盡皆知。這就奇怪，越是想方設法出頭露面的，想要青史留名的，越是不易；越是隱了藏了，不應有名有姓，反而越出大名！

像孟浩然那樣的，大家都明白，「隱」是終南捷徑。他是以「隱」為名堂，搞個與眾不同，卓而不群，實為引起上頭的注意。孟浩然太心急，一句「不才明主棄，多病故人疏」，若得上頭很不高興，結果弄假成真，只能「隱」了。陶淵明是貨真價實的隱士，這就更奇怪。既是真隱，那些詩篇，那些人生，是怎麼流傳出來的？這些都不是簡單的作秀或是炒作，所能解釋的。

或許對傳統中「隱」的理解，本身就存在偏頗。人只要是活著，又有誰能與這個世界徹底斷絕聯繫。就我們知道的隱士而言，絕對意義上的與世隔絕是不可能的。

「隱」是道家的典型特徵之一。韋政通對道家有獨到的評價。韋氏稱道家是「應變」的哲學。道家「雖然反經驗知識，反社會，甚至反對現實人生的種種慾望，但它不是虛無主義，它只是借『反』的方式揭示另一種智慧。這種智慧，使人當社會秩序受破壞時，以及面臨種種災害苦難和挫折時，能有一種泰然處之的力量。儒家的教義足以處常，道家的智慧足以應變，這就是儒、道兩家在傳統中國所以能深入人心的地方。」「應變」，這個說法真是太妙了。較之出世、隱匿、消極、失敗，「應變」的認識，超越了現象本身，直抵態度和方法的本質，讓許多原本不太好解釋的現象有了思路。

按韋政通的觀點，「隱」也只是應變的手段，而非與世隔絕。所謂的「出世」——隱或其他，都只是韋政通所說的「應變」之手段。從這個意義上說，「隱」所言者亦是「處世」之道。與儒家不同的是，一為「處常」，一為「處變」。

崔州平曾對劉備說：「公以定亂為主，雖是仁心，但自古以來，治亂無常。自高祖斬蛇起義，誅無道秦，是由亂而入治也；至哀、平之世二百年，太平日久，王莽篡逆，又由治而入亂；光武中興，重整基業，復由亂而入治；至今二百年，民安已久，故干戈又復四起，此正由治入亂之時，未可猝定也。將軍欲使孔明斡旋天地，補綴乾坤，恐不易為，徒費心力耳。豈不聞順天者逸，逆天者勞；數之所在，理不得而奪之；命之所在，人不得而強之乎？」說的正是這一番道理。

崔州平之言也讓人看到，作為符號的司馬徽、荊州諸隱，以及歷史上的隱士所書寫的，是遠較個人意向和個人行為更為複雜的歷史背景和社會因素。

21

徐庶 人性之光

徐庶，字元直，潁上人。少年好學擊劍，曾為人報仇殺人，披髮塗面而走，為吏捕獲，問其姓名不答，吏將其捆縛於車，擊鼓穿行於鬧市，令市人辨識，雖有識者而不敢言，被同伴偷解救走。後以單福為名，遍訪名師，一心向學。受司馬徽指引，歸事劉備，於樊城二度大敗曹軍。後為曹操所迫，棄劉奔曹，卻終生不為曹操設一計。（《三國演義》第三十五、三十六、三十七回）

徐庶救母，使一個本應最具「三國氣質」的人，卻成了與「三國」格格不入的「局外人」。

何謂「三國氣質」？多謀、狡詐。代表人物：以曹操為首的郭嘉、荀彧、荀攸、程昱、賈詡、司馬懿，以劉備為首的諸葛亮、龐統、姜維，以孫權為首的周瑜、呂蒙、陸遜之流。其行事作風，可見於各方領導人：曹操為了穩定軍心，向一個無辜的人借了他的腦袋；劉備不惜把自己尚在吃奶的孩子摔在地上；孫權為了擴充地盤，先後用自己的女兒、妹妹，做籌碼、設圈套。

至於因自己狡詐水平太低，被高水準者玩弄於股掌之間的蔣幹、何晏之流，以及既不夠狡詐，也不善用多謀之人的呂布、袁紹、袁術，還有後來的曹爽等人，最終都被淘汰。

《三國演義》是寫戰爭年代的故事。大大小小，數以百計的戰爭，構成小說的主要內容。《三國演義》之戰爭，講求武功，更尊崇智謀。著名戰役的經典情節，膾炙人口的精華之處，多在於智慧的碰撞與謀略的玄妙。用人亦是如此。不論文武，不分貴賤，凡詭計多端之輩，足智多謀之士，必居上位，受重用。即使是武將，智勇雙全者也要比萬人難敵，更博人口碑。曹操在招聘人才時，就曾明確提出用人標準：不看德行，只看謀略水平。

《三國演義》是智力的遊戲。人們喜歡看，是喜歡智力刺激帶來的快感。徐庶就曾給人帶來莫大的快感。

在得諸葛亮輔佐之前，劉備打得最漂亮的一仗，要算勝曹仁，取樊城一戰。取勝的原因，完全是因為有單福即徐庶的出謀劃策。這場戰鬥之精彩，較之諸葛亮初出茅廬，幫助劉備打的

「火燒博望坡」與「火燒新野」兩個勝仗，毫不遜色。赤壁大戰中，闞澤來曹營下詐降書，龐統向曹操獻連環計，只有徐庶能識破。曹操問程昱：「徐庶的本事比你如何？」程昱說：「勝我十倍。」程昱是曹操手下的第一流大謀士，他這麼說，徐庶之才就算未必是他的十倍，至少不會在他之下。

徐庶如果能發揮其才智，很有可能成為《三國》裏繼臥龍、鳳雛之後的第三號大謀士。至少，他的謀略當不在龐統之下。很可惜，徐庶自離開劉備之後，便終生不為曹操設一計，徹底葬送了他成為三國超級大謀士的資格。

徐庶給人們帶來短暫的快感，也為人們留下難言的唏噓。

徐庶離開劉備，是為了救自己的母親。

程昱的話，讓曹操對徐庶垂涎三尺。為得到徐庶，曹操囚禁徐庶的母親。程昱模仿徐母筆跡，給徐庶寫了一封信，要徐庶速來救母。徐庶收到信後，哭著向劉備表明了自己的真實身份，說自己的真名叫徐庶，為避禍，改名單福；是水鏡先生司馬徽向自己推薦明公劉備，自己才追隨主公。現在，自己的母親已落入曹操之手，為救母親，不得不離開。

劉備聽後，也哭了。哭得比徐庶還要慘，還要傷心。劉備哭不是為徐母的死活，而是自己好不容易抓到的一根救命稻草，又要從手中溜走，剛看到的一點希望，又破滅了。

徐庶走後，水鏡先生司馬徽對劉備說：「您這是中了曹操的詭計。我聽說徐母最是賢良，雖然被曹操囚禁，也一定不會寫信，要自己的兒子救自己，這封書信一定是假的。徐庶不去，曹操為了得到徐庶，不敢把徐母怎麼樣，現在徐庶一去，徐母必死無疑。徐母是很講節義的一個人，她的兒子因為她投降曹操，對她來講是種莫大的恥辱，她必會有愧於自己的兒子，還豈能苟活於人世！」

事情果然如水鏡先生所料。

徐庶好像是當局者迷，收到書信後，便不辨真假，倉促出招，中了曹操的算計。但是，徐庶臨走時，對劉備說得很清楚：「奈何老母今被曹操奸計，賺至許昌囚禁，將欲加害。」可見，徐庶非常清楚這是曹操誘降他的詭計。對徐庶來說，書信是真是假根本不是問題。既然徐庶已識破曹操的詭計，也應該會想到另一個問題，就是即使自己去了，也不一定能救出母親，而且還把自己也搭進去，豈不正中曹操的奸計！在這個問題未得到解決之前，徐庶完全可以不去，讓曹操的如意算盤落空。

徐庶救母是徐庶與曹操間的一場暗戰。這場較量首先是計謀上的較量，勝負取決於徐庶是否前往曹營救母。若去，勝利者是曹操；若不去，則是徐庶戰勝曹操。另一方面，這也構成了對徐庶人性的一次考驗。結果正相反，計謀上的勝利者徐庶會因為沒去救母，而成為人性考驗的失敗者；若想通過人性的考驗，則必然要成為計謀之戰的失敗者。最終，人性尚存的徐庶在計謀之戰中敗給曹操。徐庶之敗，敗在他心中還有人間至情。徐庶的義無反顧，既不是當局者迷，也不是短思少慮，他虎山之行的原因是出於對人性——親情——的捍衛。

在《三國演義》以及整個歷史中，最高智謀永遠不在智謀本身，而在於看誰最無情。曹操殺人、劉備摔孩子、孫權賣妹妹，與其說是智謀或詭計，不如說是看誰最心狠手辣，六親不認。周瑜正是中了諸葛亮的二喬之激，才下決心與曹操決一死戰。何進死於人情、袁紹敗於子女情、呂布敗於兒女情。項羽決戰之際帶著個女人，捨不得扔下，劉邦逃命，為了車子能跑得更快，三次把自己的兒子和女兒推下車。他的手下不忍心，救了倆小孩子。被劉邦撇下的劉父和呂后，就不走運了，都作了俘虜。項羽威脅劉邦，要用劉父煮湯喝，劉邦說，你我結拜為兄弟，用我的父煮湯，就是用你的父親煮湯，煮好了，別忘分我一杯羹。這是人話嗎！所以，劉項之爭最後的勝利者只會是劉邦。劉備曾三次棄妻小於不顧，一個人兵敗開溜，就很有先祖之風。

章太炎曾於〈書唐隱太子傳後〉一文中，對「玄武門之變」有過議論。他說，當李世民以伏兵擊殺太子建成時，太子全無防備，足見並無手足相殘之陰謀，否則必有提防。若說太子設計不周，殺弟反而被弟殺，則魏徵是當時太子的謀臣，難道還不如李世民的謀臣？如太子存心殺弟，哪有屢試而不中，而李世民卻一擊而中之理？他又引歷史先例，指出李世民向父皇唐高宗說建成的壞話，與隋煬帝楊廣告發太子楊勇之舉，如出一轍，所言皆是無可證實而欲加之罪的說辭。章氏認為，唐太宗李世民為一代英主，故殘殺兄弟，奪取皇位之事，按舊史為賢者諱的傳統，被隱而不彰。黃仁宇對太宗其事，也提出過類似的看法。玄武門之事是否真如章氏所說，尚在其次，卻足見謀不在深，而在無情；計不在高，而在冷血。

徐庶在計謀之戰中敗給曹操，卻維護了人性的尊嚴。

在三國陰暗的夜空下，徐庶就像一顆劃過蒼穹的流星，他的光芒雖然短暫而微弱，卻給人以照亮永恆的力量。

22

徐母　生死博弈

徐庶之母，嘗言劉備「仁聲素著」，為當世英雄，曹操「託名漢相，實為漢賊」。為得徐庶，曹操先以計賺徐母到許昌囚禁，後以徐母假書賺徐庶來許昌。為絕徐庶事曹之念，徐母以死盡節，終使徐庶終生不為曹操設一計。（《三國演義》第三十七回）

徐母與曹操之間，進行的是一場生死博弈。

為得到徐庶，程昱給曹操出了個主意。他告訴曹操，徐庶自幼喪父，只有一位老母還健在。徐庶這個人對待母親極為孝順。徐庶的弟弟徐康已經死了，老母正無人侍奉，您可派人把徐庶的老母接到許昌，讓徐母召徐庶前來，則徐庶必不會違命。

曹操派人把徐母接來，向徐母說明心意，請徐母寫信召徐庶前來。徐母問曹操：「這劉備是什麼人？」曹操一聽，來了精神，對徐母說：「劉備這個人，自己冒充是當今皇叔，其實是個無信無義，外表君子而內心叵測的小人。」

曹操以為，一個老婦人能知道什麼，不過是隨口問問而已。哪知徐母卻說，據我所知，好像不是你說的這樣。接著，徐母把劉備好一個誇獎。因為我對劉備其人並沒有什麼特殊的好感，所以此處徐母對劉備誇獎，暫且省略。徐母對曹操說：「我的兒子輔佐這樣一個人，是他跟對了人。而你曹操，雖名為大漢丞相，實為大漢國賊，要我的兒子輔佐你，豈不是棄明投暗，自尋其辱！」說完，舉起桌上的一塊石硯，照曹操便打。

此時，在徐母與曹操之間，進行的是動態博弈，雙方都是根據對方的出牌而出牌。曹操要徐母為自己招降徐庶，徐母誓死不從。根據徐母的出牌，曹操制定了自己的策略，不是殺徐母，而是用徐母做人質，靠誘騙、威脅，招來徐庶。

曹操不會殺徐母。曹操殺人，必是出於利益需要。殺呂伯奢一家，是曹操在被通緝中，疑其圖己；殺楊修，是因為楊修參和到他立嗣的家事中，關係到他的百年大計；殺給自己掩被角的侍從，是殺雞給猴看，以儆效尤，他自己的命只一條，所以寧可錯殺一千，不可放過一個。這不是替曹操開脫，殺人有理由，不等於有理由就應該殺人。征袁術時，曹操軍糧將盡，為穩定軍心，速戰速決，曹操用了一次「望梅止渴」計。他命令倉官王垕扣發軍糧，待怨聲四起時，他卻殺了奉命行事的王垕，出榜告示三軍，說軍糧尚有，是王垕盜竊軍糧，現按軍法處置。曹操贏了戰爭，卻書寫了最邪惡、最兇殘的殺人理由。曹操完全可以變通一下，佯殺倉官，這不會影響計策的實施。舉手即殺，可見曹操不擇手段的本性。

利益決定曹操殺人，也決定曹操的不殺人。張繡殺了曹操的兒子、侄子、大將，和曹操的仇不謂不小。張繡和賈詡投降曹操，曹操不僅不殺張繡，還安慰張繡。官渡之戰後，曹營裏的人暗中勾結袁紹的書信，盡落入曹操之手。有人建議曹操，逐一對姓名，抓起來一併殺頭。曹操不同意，他讓人把書信一把火燒了，統統不予追查。把曹操罵了個狗血噴頭的陳琳，一旦收為己用，曹操也不計前嫌。對令自己極其反感、忍無可忍的人，像彌衡，和深為自己所忌的人，如劉備，曹操也不會殺。殺了這些人，不僅有損於自己的名聲，不利於人心的穩定，還會影響對人才的招攬，壞了自己的大計。對這些人，即使自己想殺，也不能殺。惡人要推與別人做，而自己不能擔害賢之名。像徐母這樣，對自己非但沒有害處，還有大用處的人，曹操更不會殺。

徐庶到來，徐母在和曹操這場博弈的首回合較量中，已落下風。其後的博弈，進入靜態階段，即雙方出牌不必根據對方的出牌而定，只要各自出各自的牌。

見到徐庶，徐母勃然大怒，拍案罵到：「你這個小子在外闖蕩了這麼多年，我以為你能有所長進，沒想到還不如當初！你既然讀過書，就應該懂得忠孝不能兩全的道理。難道你不知道曹操是個欺君罔上的國賊？……現在，看到一封假信，就不辨真假，棄明投暗，自取罵名，真是愚不可教！你還有臉跑來見我。徐氏祖宗的清白，都叫你給玷污了，可惜你白活了這麼多年！」說罷，徐母於屏風後，自縊身亡。

表面看，徐母自殺是因徐庶中了曹操的詭計。實際上，自看到徐庶起，這位聰明的老夫人就已經明白，徐庶之來完全是受自己所累。

對徐母來說，只要自己活著，只要自己還在曹操的掌控之中，徐庶就一定會來，不管自己怎麼出牌，徐庶都無法擺脫曹操的控制。對曹操來說，只要控制了徐母，就可以以不變應萬變，不管怎麼出牌都會獲利。此時，要擊敗曹操的辦法只有一個，就是徐母想辦法脫離曹操的掌控。逃跑是不可能的，便只有讓曹操殺了自己。讓曹操殺自己也是行不通的，便只有自殺。

徐母用生命為代價，贏得了與曹操的較量。這勝利最終體現在徐庶身上。雖然徐庶在離開劉備時說，終生不為曹操設一計。但若徐母不死，曹操繼續用徐母威脅徐庶，這個諾言恐怕很難對兌。徐庶能夠終生不為曹操設一計，是徐母用生命換來的。

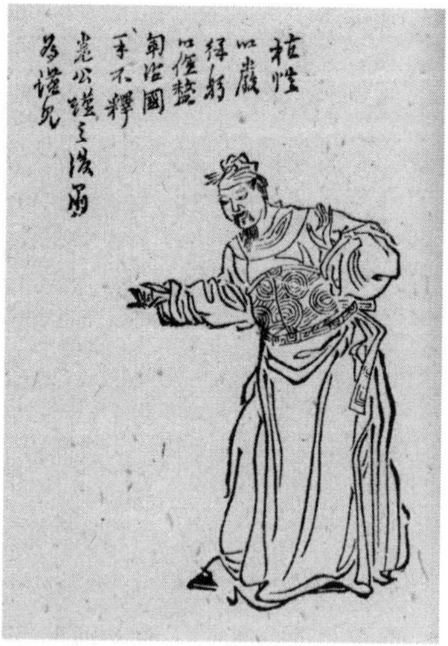

23 魯肅　厚者所長

魯肅，字子敬，臨淮東川人。家極富有，性好施捨。漢末天下已亂，魯肅不治家事，大散其財，以賑窮弊結良士為務。周瑜曾向魯肅求糧，魯肅家有兩囷米，即指一囷相送。周瑜深以為奇，日後推薦與孫權。見孫權，魯肅以「榻上策」相贈，孫權深為折服。赤壁之戰，魯肅為主戰派，周旋於諸葛亮與周瑜之間，力促孫劉聯盟，為東吳聯劉抗曹第一人。周瑜死，魯肅任東吳第二任大都督。魯肅死，孫權巧取荊州，斬關羽父子，劉備興兵復仇，孫劉聯盟土崩瓦解。後雖再有吳蜀結盟，已是名存實亡。（《三國演義》第二十九、四十三、四十四、四十五、四十六、五十二回）

魯肅出場的時候，身邊不是有諸葛亮，就是有周瑜。和這樣二個焦點人物在一起，魯肅幾乎就沒有引起人們關注的機會。

對於魯肅，大家心裏都有一層一捅就破的窗戶紙，說得好聽一點，這個人忠厚老實，說得難聽一點，這個人是個「傻帽」。之所以這後一種說法少有人提，是因為忠厚老實，還是能博得人們的好感，而且他的存在，完美地襯托出了諸葛亮的通天徹地之能。於是，也就心照不宣。

老實被人欺。諸葛亮就沒少欺負魯肅。諸葛亮巧取荊州，魯肅替孫權來討還。結果是來一次，上一回當，被他的好朋友諸葛亮玩弄於股掌之間。第一次，劉備是一把鼻涕一把淚，魯肅心軟了，諸葛亮說劉備是借地暫住，等劉表的兒子劉琦死後，就歸還。等劉琦死了，魯肅再來討還荊州，諸葛亮不僅變卦，而且還翻臉，拿出另一套理由，他對魯肅說：「子敬你很不懂道理，我家主人劉備是當今皇叔，天下都是我主人家的，何況劉表是我家主人之兄，我家主人弟承兄業，有什麼不合理的？而你的主人，不過是錢塘一小吏之子，今天卻占了六郡八十一州，還貪心不足，要搶我家主人的地盤。姓劉的天下，姓劉的沒份，你姓孫倒要強搶，這不是豈有此理。赤壁之戰，如果不是我家主人出力，如果不是我借來東風，周瑜能勝？東吳一敗，不要說二喬，連你們這些人都難保。我家主人不願說這些事，你還有理了你！」第三次更是反覆無常。諸葛亮先是答應魯肅，待取了西川，就還荊州，又對魯肅說不忍心取西川，話音還沒落下，又突然取了西川，取了西川反過來不僅不認前面這壺酒錢，連面也不朝了。

對諸葛亮的無賴之舉，魯肅完全可以以彼之道，還施彼身：魯肅應牢牢咬住諸葛亮的承諾。不管怎麼說，是你說的，劉琦一死就歸還，現在劉琦死了，荊州就是我家主人的。莫非你出爾反爾說了不算？你食言在先，我家主公即使出兵取荊州，讓天下人恥笑的也是你。天下原來是姓劉，但現在是姓劉的沒本事保全天下。六郡八十一州是我家主公憑父兄之力打下的，若沒有我家主公，天下還不知要亂成什麼樣子。我家主公是有功於天下。關於赤壁一事。這一點，你孔明先生和劉皇叔就不要多說了，說多了我都臉紅。到底是我東吳保全了你劉皇叔，還是你諸葛亮保全了我東吳，天下自有公論，事實豈是你上嘴唇一碰下嘴唇，說什麼樣就是什麼樣的。

魯肅先生倒好，軟硬通吃。被諸葛亮說得啞口無言，「半晌乃曰：『孔明之言，怕不有理；爭奈魯肅身上甚是不便。』」聽了這話，諸葛亮趕緊給個臺階下，寫張借條，就把魯肅打發走了。走的時候，諸葛亮還不忘再嚇唬魯肅：「子敬回去見到吳侯，要好好說明我的意思，讓你家主公別想三想四的。如果不承認我的借條，我翻起臉來，連六郡八十一州都奪了。再說，我們兩家傷了和氣，讓姓曹的看笑話，多不值，是吧。」

魯肅回見周瑜，周瑜一聽就跺腳：「上當了。孔明這是在耍無賴。他說取了西川就還荊州，他若是十年不得西川，就十年不還？你還簽字畫押，替他當保人，這不是連累自己，主公要是怪罪下來，不都得你擔著。」魯肅先生聞聽，只說了一句：「不會吧！」周瑜道：「你是個老實人，那劉備是梟雄，諸葛亮是滑頭，他們哪會像你。」周瑜說得當然沒錯。

周瑜對魯肅不錯，魯肅還是周瑜推薦給孫權的。魯肅曾有恩於周瑜。魯肅是臨淮東川人，家極富有。周瑜為居巢長之時，領兵過臨淮，缺糧，聽說魯肅家有兩囷米，各三千斛，周瑜便向魯肅借糧。魯肅即指一囷相送，大方之極。周瑜以為知己，日後推薦與孫權。

不過，按《三國演義》裏周瑜的為人，他對魯肅的好，很令人懷疑。周瑜在東吳是一人之下，萬人之上。即使如此，要和他和平共處，也頗為不易。才能若勝過他之人，像諸葛亮那樣的，和他在一起，他會很不舒服。這個人量小、高傲，和他在一起能安然相處的，像東吳的群僚，才能都不及他。他和魯肅交好，是魯肅慷慨大方，不斤斤計較，但也不排除是魯肅忠厚老實，好欺負。聰明人都願意和大方的老實人交朋友，既有利可圖，又好對付，出了問題輕易就能擺平，不會給自己造成什麼麻煩。這樣的人交往起來容易、放心，是最好的交往對象。他對魯肅好，是從另一角度證明了魯肅確實老實忠厚。

魯肅其人，正應其名。「魯」者，直、鈍、愚；「肅」者，認真、莊重、恭敬。周瑜和諸葛亮兩大高手鬥法，他周旋於其間。那二人是穩坐釣魚臺，胸有成竹，談笑風聲；他是心事重重，坐臥不寧，忙得團團轉。其直、鈍、認真，與二人的機敏、狡猾、輕鬆，形成鮮明的反差。緊張的氣氛，常是因為他的「魯」，而變得很不嚴「肅」。

蔣幹盜書，曹操上當，周瑜差魯肅試探諸葛亮。諸葛亮對魯肅說：「子敬，你千萬不要在周瑜面前說我已猜出其事，你家都督一妒忌，就要對我下手。」魯肅呢，不愧是直腸子，吃麼屙麼，回來就如實稟告周瑜。周瑜以造箭為名難為諸葛亮，欲「以公道斬之」。諸葛亮向魯肅借了借箭之物，又囑咐道：「這都是你害的，不讓你說，你偏說，惹出這些事。這一次再不能對周瑜說了，否則，我就真完了。」魯肅這一回記住了。借箭船上，諸葛亮談笑風聲，魯肅如坐針氈。凡此種種，不由讓觀者又急又氣又好笑。

誠心誠意相待魯肅的人是孫權。周瑜在時，孫權很尊重魯肅。周瑜死後，孫權讓魯肅接周瑜的班，任東吳大都督，可見是真心對魯肅高看一眼。孫權為什麼對魯肅委以重任，魯肅不是太老實，不夠機敏狡猾嗎？魯肅自有魯肅的長處。首先，在東吳，對孫權最忠心不貳的人，就是魯肅。這一點，千金難求。

魯肅剛投靠孫權之際，孫權曾問魯肅成就霸業之計。魯肅對孫權說：「漢朝天下已經完了，不可能再復興，曹操已成氣候，一時之間難以剷除。為今之計，惟有以先據江東為根基，坐山觀虎鬥。同時，趁北方多亂之機，除黃祖，伐劉表，占長江之險，然後，方可建號稱王，以圖天下。」這便是著名的「榻上策」。

魯肅的建議，沒高明到什麼地方去。但他為孫權設計的藍圖，卻正符合孫權的最高理想：稱王稱帝。魯肅也正是借此表明自己的決心和忠心，就是要幫孫權取得九五之尊的地位。對一個有王霸之意的主人來說，還有誰能比全心全意幫自己稱王稱帝的奴才更忠心，還有什麼話比這話更讓人稱心。此後，魯肅果然言行一致，時時刻刻以此為己任。

與曹操對決赤壁，東吳分主戰派和主降派。魯肅是文官中少有的鐵杆主戰派。魯肅對孫權說：「任何人都可以投降曹操，惟有主公您不可以投降。我們這些人投降，官可以照樣當，照常升，而您投降，還有您作主的地盤嗎？還有稱王稱帝的機會嗎？那時候，還不是和我們一樣，一輛車，一匹馬，幾個跟班。您是萬萬不能投降。」

這真是捨命為主了。我看，就是周瑜，也未必有這麼高的覺悟。孫權豈會不知，故歎曰：「其他人讓我失望，惟有子敬替我著想。真是天賜子敬於我。」

還有一次，孫權出營勞軍，人報魯肅先到了，孫權立刻下馬，於軍營門口垂手侍立。眾將大驚。孫權與魯肅並馬而行，低聲說：「我下馬相迎，給足先生面子吧。」魯肅卻說：「不夠，不夠。如果您能威加四海，統一九州，成就帝業，讓我魯肅名留史書，才算給足我面子。」

把個孫權高興地合不攏嘴。

這話說得多漂亮，這馬屁拍得多響亮。這樣的話誰不愛聽。這番話，足可讓魯肅列為《三國演義》裏的頭等大馬屁精。

魯肅老實。那是跟誰比。跟諸葛亮、周瑜之輩比，他是老實。但老實人能拍出這種水準的馬屁，可見這個老實人也絕不是木頭，不是呆子。忠心到魯肅這種程度，就是種特長，而且是很不一般的特長。這種特長在某種程度上，比足智多謀更重要，甚至是無法替代的。

魯肅這樣的人，只要是領導，誰不喜歡，誰不希望有這樣的下屬。

馬屁歸馬屁，只有馬屁，還不足以得孫權青睞。魯肅的「老實」，是的能護國衛疆的「老實」。魯肅的「忠厚」，是能定鼎三分的「忠厚」。一小事與一大事，可見魯肅之「老實」非比尋常。小事為薦龐統一事。周瑜知龐統之能，而不向孫權推薦；魯肅知龐統之能，而卻向孫權力薦。孫權不用龐統，魯肅則推薦龐統相輔劉備，較之周瑜因孔明輔佐劉備，而欲殺孔明，魯肅之格實非周瑜可比。一大事是孫劉聯盟。孫劉兩家能成功聯盟，魯肅是首功。曹操取下荊州，諸葛亮向劉備提出，為今之計，惟有孫劉聯合；魯肅亦向孫權提出，欲退曹操，須聯劉備。這一方針，是唇亡齒寒的存國大計。魯肅此見，高出周瑜，也高出日後的呂蒙、陸遜，堪稱東吳無雙。諸葛亮出此計，是劉備走投無路，需要孫權救助，是以弱聯強，是順計；魯肅出此計，是令孫權以強聯弱，是逆計。逆計之施猶難於順計。孔明雖出計，卻端著架子不求救於孫權；魯肅出計，卻親自上門聯絡。弱不求強，強反求弱，雖顯孔明之計高一籌，卻更顯魯肅之寬宏大度。若兩家人儘是如孔明所算計，都不肯屈尊，則兩家聯盟無非是鏡中觀花，水中望月；即使孔明肯屈尊，若無魯肅給孫權吹風撮合，也難玉成其事。諸葛亮和劉備，於魯肅身上占盡便宜，魯肅又豈會不覺，正因其以大局為重，方才不計私人得失，此正所謂大智若愚。

24

張昭

難與進取

董卓，涼州臨兆郡人。天性好鬥，又自小和羌人生活在一起，而愈加兇暴成性。沒發家的董卓當過涼州的小官，屢戰屢敗，是有名的「常敗將軍」。後來，在一次敗仗中，董卓全身而退，保存了兵馬，以此為功勞，升了官。打仗不行，政客的手段董卓很有一套，所以官越升越高，兵越來越多。董卓是典型的軍閥，卻遇到難得的機遇。受何進之邀，他名正言順地入主朝廷，獨攬大權，政令天下。董卓有機會成為曹操，也有機會令「三國」之爭消失或延期。大權在手的他，卻以最粗暴的方式，把漢朝大卸八塊，自己也死於「兒子」呂布之手。（《三國演義》第三、四、六回）

讀《三國演義》，對張昭難有好印象。因為有個風吹草動，他就坐不住，要投降。曹操攻打東吳時，他是鐵杆投降派。

《三國演義》第四十三回，登了曹操給孫權的一封恐嚇信。孫權看完沒了主意。張昭對敵我雙方形勢，進行了分析，他說：「曹操擁百萬之眾，借天子之名，以征四方，拒之不順。且主公大勢可以拒操者，長江也。今操既得荊州，長江之險，已與我共之矣，勢不可敵。以愚之計，不如納降，為萬安之策。」張昭的話，贏得了眾謀士的滿堂彩。

張昭的話，經不起推敲。既然你說曹操是借天子之名，就說明你知道曹操的名義是假的，是借來的，是拉虎皮當大旗。既然不是真的天子之名，抵抗他何來「不順」之罪？如此說，不僅可以抵抗，還應該以「挾天子」下矯詔的罪名，反征討曹操。張昭的第二層意思，說出了投降的主要原因「勢不可敵」，因此，「不如納降，為萬安之策」。但問題是，投降是誰的「萬安之策」？張昭又打馬虎眼了。

聽了張昭的話，孫權沉吟不語。張昭又說：「主公不必多疑。如降操，則東吳民安，江南六郡可保矣。」

張昭見孫權不語，先勸孫權不要多心——我勸主公投降不是為了自保。這給人越描越黑的感覺。如果投降，東吳的老百姓可以安居樂業，江南六郡可免遭戰亂之災。這頂帽子就有份量了。你孫權號稱明主，總不能不顧老百姓的死活吧！

孫權不能說什麼，但魯肅能說。魯肅對孫權說：「如果我們投降，大不了降職回家，還有升官的機會，給誰當官不是當，我們不會失去什麼。您如果投降曹操，打算去哪裡？那時，您不過一車一騎，幾個跟班，叫得好聽點，稱您句『侯爺』，至於稱王稱帝的機會，是絕不會再有了。這些人的意見都是在為自己著想，千萬不能聽。」

魯肅雖馬屁拍得響，說的卻是實話。劉琮的事就是孫權的前車之鑒。劉琮投降曹操，勸劉琮投降的王粲、蒯越等人都升了官，唯獨劉琮丟了性命。魯肅說中孫權心中之忌，張昭那頂不顧百姓安危的帽子，也就給他扣上了。張昭這幫人明明是自己害怕，卻偏要找一大堆官冕堂皇的藉口。而尤其令人厭惡之極的是，張昭不管自己說的對不對，不管別人說的是什麼，搶先給自己註冊了個正義的商標。你不同意我的意見，那你就是邪惡的。

這種行事，可謂無恥。這樣的人遇有不同意見時，常有以下說辭：這不是為我，這是為大家好；對我無所謂，關鍵是對大家不好；這不是為了某某嗎。本來，他自己願意做什麼，是他自己的事，與別人無關，他自己盡可以放手去幹。但是那樣，一者太招搖，目的用意一下子就讓人看出來。就算讓人看出來，本也是無所謂的事。個人有個人的想法，只要自己樂意，又沒礙著別人，願意怎麼做，怎麼做就是了。偏是又抹不開臉，就想大家都能和他一樣，這樣就不著痕跡。再者是只有自己想這麼幹，難免勢單力孤，成不了事，需要借助大家的力量，就玩起這一手。他早早地佔領「大家」的陣地，把自己放在代表「大家」的立場上，把自己的事，強化為「大家」的事，人人都應和他一樣。誰如果不這樣做，誰就是不為別人著想，是拆大家的台，大帽子隨時往人頭上扣。特別是一些本無對錯的事，如果你和他的想法相左，那你就是和「大家」唱反調，和「大家」作對，是居心不良，是要害「大家」。這樣的人口口聲聲說要為大家好，但大家當中得好處最大的，往往正是他自己。說來說去，第一等好人只有他。這一套經常很管用。

再說張昭。張昭聽說孫權被孔明說動，要興兵抗曹，急忙來見孫權。這一次他抬出了袁紹。他對孫權說：「您自比袁紹如何？當年的曹操就能以弱勝強，何況今天已擁有百萬之眾，與曹操對抗是負薪救火。」把孫權和袁紹相比，不知道孫權怎麼想。我要是孫權，就打張昭的板子。作為江東第一謀士，張昭的眼光實在讓人不敢恭維。跟屁蟲顧雍說得更可笑：與曹操抗衡，是被劉備利用，應該聽張大人的話，投降曹操，不能被劉備利用。好像兵臨城下的是別人家。

張昭的這套說辭，讓人想起了漢奸汪精衛。一九三九年七月九日，汪精衛在上海發表題為〈我對於中日關係之根本觀念及前進目標〉的講話中稱：「我必反對一種論調，這種論調就是當時所謂主戰派，試問以一個剛剛圖謀強盛的中國，來與已經強盛的日本為敵，戰的結果會怎麼樣？這不是以國家及民族為兒戲嗎？」接著汪精衛又發表了〈敬告海外僑胞〉的講話，其中有：「甲午戰敗，是一件極不幸的事，然而當時的滿洲政府，還算是有愛國心的，戰敗了，就承認戰敗，講和的結果，雖然割地賠款，卻還保得住大部分未失去的土地民主權。如今呢，戰敗不承認戰敗，和一個賭鬼似的，越賭越輸，越輸越賭，寧可輸精光，斷斷乎不肯收手。這不是比起當時的滿洲政府還沒有愛國心嗎？……簡單一句話：抗戰不足，國亡種滅有餘。」張、汪論調，如出一轍。

張昭是膽小鬼，是投降派。為什麼孫權還如此倚重他，他能位至東吳文官之首？孫策臨終前有句話：外事不決問周瑜，內事不決問張昭。何為外事？禦敵衛國，開疆拓業。何為內事？勤王理政，經世濟民。亂世多外事，則英雄倍出。比如《三國演義》裏有名的武將，呂布、關羽、張飛、趙雲、黃忠、魏延、馬超、姜維、張郃、顏良、文醜、典韋、許褚、張遼、徐晃、夏侯惇、曹仁、曹洪、龐德、孫策、黃蓋、甘寧……張口就來，如數家珍。給人印象深刻的文官，則與武將數量相去甚遠，整體上看，其風頭也遠不如武將盛。曹操的郭嘉、司馬懿，劉備的諸葛亮等人，身為文官，卻能獨領風騷，也不是憑其文，而是靠其智。純文人在亂世是最沒有市場的。文學史上大大有名的王粲、鄭玄，在《三國》裏，都是一筆帶過的群眾演員。「建安風骨」的曹氏父子，也幾乎讓人忘記了他們在文學史上身份地位。

一旦由亂世轉為治世，就慢慢成為文官的舞臺。治世多內事，正是文官所長。文官有文化，研究政治和進行建設都需要文化。文人自身知書達理，顧守綱常，這樣的人當大官，可以作為遵規守法的楷模，人人都能如此，有利於國家的長治久安。文人膽子小，造反這樣的事，一般不會發生在文官身上。就是有，也是「秀才造反，三年不成」。而此時，武將往往就成為不安定因數。宋朝一開國，太祖趙匡胤「杯酒釋兵權」，就是防備這一手。國家太平的時間越久，文官的數量就越多，文人化的程度就越高，文人就越吃香。應該說文官治國，還是很有一套，歷朝歷代都有成功的例子。《三國演義》裏，諸葛亮當丞相的西蜀時代，魯肅當都督的東吳時代，都是路不拾遺，夜不閉戶，一派國富民安的氣象。孫策這樣評價張昭，是用其所長。孫權也是因此對他高看一眼，以他為東吳文官之首。

若僅靠文官當家也很危險。宋朝剩下一幫文人，有敵入侵，皇帝頭兒一下子就讓人抓走了。在當時的人看，這就算亡國了。再就是像張昭，其實也不單是張昭，東吳的文官除了魯肅，多是主降派，一聽別人要打來了，就張羅著舉白旗。

文人可與守成，難與進取。張昭是個例子。

25

諸葛瑾　兄弟異主

諸葛瑾，字子瑜，琅琊南陽人，諸葛亮之兄。魯肅推薦諸葛瑾給孫權，孫權待瑾為上賓。周瑜、魯肅、呂蒙、陸遜諸人在日，諸葛瑾不彰不顯，恨以無功。曾為關羽之子做媒孫權之女，反遭關羽所辱。周瑜、魯肅、呂蒙諸人陸續亡故，諸葛瑾漸受重用。曾任東吳長使、中司馬、左將軍。（《三國演義》第二十九、四十四、六十六回）

諸葛瑾歸事東吳，是在《三國演義》第二十九回「小霸王怒斬于吉碧眼兒坐領江東」。一看題目，就知道在這一節，發生了什麼事。小霸王孫策西歸，孫權正式上臺。孫策死時，為孫權立下兩根頂樑柱：外事不決，問周瑜；內事不決，問張昭。等周瑜趕到，孫策已死。周瑜與新主見罷哭畢，孫權即問周瑜：「將以何策守江東？」周瑜的回答是：人才第一。「為今之計，須求高明遠見之士以輔將軍，然後江東可定也。」接著，周瑜向孫權推薦了三國的一大名人：魯肅。魯肅又向孫權引見了諸葛瑾。自此，諸葛瑾一心一意事孫權。

諸葛瑾追隨孫權時，諸葛亮尚待業在家。當時孫權正在廣納人才，而且其本身也是公認的明主，這個時候，諸葛瑾為什麼不向孫權推薦自己的弟弟諸葛亮，而直要等到第三十七回「司馬徽再薦名士　劉玄德三顧茅廬」，才讓諸葛亮出世，白白讓劉備撿個大便宜？也許是諸葛亮與劉備的天做之合，禁錮了人們的思維，認為諸葛亮生而就是為劉備準備的，而無法想像諸葛亮還很有可能跟隨他人。這個不是問題的問題，一旦提出來，卻是個很有意思的問題。

諸葛瑾確實從沒向東吳推薦過諸葛亮。諸葛亮舌戰江東群儒，遊說孫權抗曹，周瑜深懼其才，欲殺之，為東吳先去日後一患。魯肅提議：「諸葛瑾乃諸葛亮親兄，可使之招其同事東吳。」周瑜命諸葛瑾前往勸降。諸葛瑾道：「瑾自至江東，愧無寸功。今都督有命，敢不效力。」由諸葛瑾的這一番話可知，此兄自來東吳後，就根本沒為弟弟的前程著想過，從沒想過還要拉兄弟一把。

原因何在？可以分析一下。

原因之一：目不識弟。身為哥哥的諸葛瑾不知道弟弟的水平，所以不敢胡亂推薦。這種可能性不大。諸葛亮在隆中之際，就常以管仲、樂毅自比。司馬徽和徐庶向劉備推薦諸葛亮時，都認為管仲、樂毅也不足以一比。兩人都不約而同地認為，只有「興周八百年之姜子牙、旺漢四百年之張子房」，方可與諸葛亮一比。諸葛亮之才之名，連徐庶、司馬徽、石廣元、崔州平、孟公威等人都知道，身為哥哥的諸葛瑾不會不知道。

原因之二：嫉賢妒能。諸葛瑾深知弟非池中之物，怕其勝過自己，故知而不薦。也不太可能。從諸葛瑾對周瑜的態度可知，諸葛瑾自來東吳，一直恨以無功，而視為東吳勸降諸葛亮為一大功。既立功心切，且以之為功，應該不會裝傻充愣，故作不知。再者，以諸葛亮之才，與之同事一主，相信只會給自己帶來好處，既得舉賢之名，又得實利，何樂而不為！

原因之三：兄弟不睦。諸葛兄弟二人在東吳一見面是淚流滿面，諸葛亮更是「哭拜」於地。兄弟感情親如手足。此說也不足以成立。

那麼，為什麼諸葛瑾不向東吳推薦自己的弟弟？根據上面的推測，我們的思考有必要更換一下方向，把命題假設為「假如諸葛瑾向東吳推薦諸葛亮，諸葛亮會不會去輔佐孫權」。希望通過這個反證。來為問題找到答案。

首先，比較一下劉備和孫權的綜合實力。諸葛瑾來東吳時，孫權子承父兄之業，坐領江東六郡八十一州，地憑長江之險，人既有程普、黃蓋一幫三世老臣，又有甘寧、太史慈一群忠勇少壯；內有張昭，外有周瑜，可謂盡得江東精英。天時地利人和，孫權統治下的東吳已具王霸之相。再看劉備，諸葛亮追隨劉備之時，劉備正住在新野，彈丸之地，約等於無處立足；兵不過千，將不過關張趙雲；出謀劃策的人不少，有用沒多少。一夜之間，淪為一無所有，無家可歸，是常有的事。論實力，當時的孫、劉兩方不能比。

不過，劉備有一樣得天獨厚的優勢：漢室宗親的身份。劉備是中山靖王之後，是當今皇上的叔叔，是正宗。這一點曹操、孫權都比不了。千萬不要小看這一點，有了這塊金字招牌，就意味著漢朝天下是人家劉備家的。不管發生什麼事，劉備就有資格站出來說話：別人不可以幹的事，劉備就可以幹；別人幹是大逆不道，劉備幹就是理所應當，包括當皇帝。較之劉備，無論是曹操還是孫權，都不具備當皇帝的資格，即使有當皇帝的勢力，那也叫「篡」，是以下犯上，是天理不容，要受天下人唾罵。而劉備就不一樣，不管怎麼說人家姓劉，是自己人。輔佐曹操或孫權都很不保險，搞不好就要背上亂臣、逆賊的罵名，都不如輔佐劉備來得名正言順。對講究君臣父子之政治倫理和人生信仰的「賢士」來說，這「一張臉」是超乎尋常的重要。很顯然，諸葛亮就屬於這一種生死事小、名節事大的人。對諸葛亮來說，劉備漢室宗親、當今皇叔的名號，遠要比暴發戶孫權的財大氣粗更有吸引力。

諸葛亮江東舌戰群儒，就以這一手為「殺手鐧」：

忽一人問曰：「孔明以曹操何如人也？」孔明視其人，乃薛綜也。孔明答曰：「曹操乃漢賊也，又何必問？」綜曰：「公言差矣。漢傳世至今，天數將終。今曹公已有天下三分之二，人皆歸心。劉豫州不識天時，強欲與爭，正如以卵擊石，安得不敗乎？」孔明厲聲曰：「薛敬文安得出此無父無君之言乎！夫人生天地間，以忠孝為立身之本。公既為漢臣，則見有不臣之人，當誓共戮之：臣之道也。今曹操祖宗叨食漢祿，不思報效，反懷篡逆之心，天下之所共憤；公乃以天數歸之，真無父無君之人也！不足與語！請勿復言！」薛綜滿面羞慚，不能對答。

座上又一人應聲問曰：「曹操雖挾天子以令諸侯，猶是相國曹參之後。劉豫州雖云中山靖王苗裔，卻無可考，眼見只是織席販屨之夫耳，何足與曹操抗衡哉！」孔明視之，仍陸績也。孔明笑曰：「公非袁術座間懷桔之陸郎乎？請安坐，聽吾一言：曹操既為曹相國之後，則世為漢臣矣；今乃專權肆橫，欺凌君父，是不惟無君，亦且蔑祖，不惟漢室亂臣，亦曹氏之賊子也。劉豫州堂堂帝胄，當今皇帝，按譜賜爵，何云無可考稽？且高祖起身亭長，而終有天下；織席販屨，又何足為辱乎？公小兒無知，不足與高士共語！」陸績無言。

這話厲害，一方面，給曹操定了性：無君、蔑祖、亂臣、家賊；另一方面，以曹操為樣本，把所有非劉姓犯上人員一網打盡。換言之，誰和曹操一樣，誰就是無君、蔑祖、亂臣、家賊。劉備呢？則是堂堂帝胄，是當今皇上按譜賜的爵位。

這是諸葛亮的辯辭，也是他的政治信仰和人生宣言。其實，這一點諸葛亮早在「隆中對」中已有所表：「誠如是，則大業可成，漢室可興矣。此亮所以為將軍謀者也。」以「漢室可興」為「大業」的諸葛亮，怎麼可能做無君、蔑祖的亂臣、家賊。

再看諸葛亮自己。諸葛亮自比管仲、樂毅。管仲相桓公，稱霸諸侯，一國天下；樂毅扶持微弱之燕，下強齊七十餘城。這二人都是濟世良才。諸葛亮很「狂傲」，很敢說話。但是諸葛亮確有經天緯地的能耐，周圍的人不僅不以他的「狂傲」為過，反而認為他的自比很謙虛。這就不叫「狂傲」，而叫「恃才傲物」。人家有狂傲的資本。這樣一個人，除去居於人主一人之下，是決不會再屈居他人之下的。諸葛瑾到東吳時，東吳已有託孤重臣周瑜、張昭。這兩個人是東吳的元老、嫡系，已穩居東吳前二的位置。諸葛亮此時來投，指不定排名老幾，那就真成了「臥龍」。反觀劉備。劉備三顧茅廬時，對諸葛亮的懇求是「先生不出，如蒼生何！」這是在給諸葛亮戴高帽子，同時也是在申明，如果諸葛亮出山，他將會獲得無上的權威。禮賢下士的渴望與迫切，對諸葛亮來說不是最重要的，劉備帳下空著的頭把交椅，和對坐上這把交椅的人的言聽計從，才是實在而重要的。劉備自己「待孔明如師」，以後更是要求兒子要「以父事丞相」，劉備的身份加上這個「我第二，沒人認第一的」位置，成為決定諸葛亮「賢臣擇主而事」的決定性因素。

那麼實力呢？諸葛亮就不為劉備一窮二白的家底發怵？如果為這點兒難題就棘手皺眉，也就別叫諸葛亮了。能未出茅廬已定三分天下，什麼地盤、兵馬，還不是唾手可得之事！

諸葛亮不會輔佐孫權，問題也算有了個不是答案的答案。

26

徐氏　智婦除凶

徐氏，孫權弟丹陽太守孫翊之妻。不僅貌美，且智膽過人，極善卜《易》。孫翊遇害，徐氏憑其智膽，為夫報仇。江東人無不稱其德。（《三國演義》第三十八回）

名著世界裏的女人，各有不同，各有所屬，隨便拎出來一個，保險認不錯門。

「你怎麼對著小廝說我，那裏又鑽出個大姑娘來了，稀罕他，也敢來叫我？你是甚麼總兵娘子，不敢叫你？俺每在那毛裏夾著來，是你抬舉起來，如今從新鑽出來了？你無非只是個走千家門、萬家戶、賊狗攮的瞎淫婦！你來俺家才走了多少時兒，就敢恁量視人家？你會曉的甚麼好成樣的套數唱，左右是那幾句東溝籬、西溝壩、油嘴狗舌、不上紙筆的那胡歌錦詞，就拿班做勢起來，真個就來了！俺家本司三院唱的老婆，不知見過多少，稀罕你這個兒！」

說這番話的人，斷不會是大觀園裏的。大觀園裏若冒出這個貨色來，寶二爺就不是出家，而是要上吊了。

這是《金瓶梅》裏的春梅姐姐，在罵個得罪了她的戲子。春梅派小廝叫那戲子唱曲兒，那戲子忙碌之中，回了句：「她算是哪門子的姑娘，也來支使人。」這當丫環的最忌諱人家說她是伺候人的。春梅聽這話，受不了了，大罵了那戲子一通。

一俗一雅，西門大官人府上的女人和大觀園裏的女人，竄不了門。《三國演義》和《水滸傳》裏的女人，也不是在一條道上混的。

《水滸》裏有頭有臉的女性，大致可分二類。一類是梁山上的「好漢」，孫二娘、顧大嫂和扈三娘。《水滸傳》講的是個「義」字。這一類女人入夥梁山泊，是從正面宣揚義。這類女人多數是粗魯、豪邁，武藝高強，較之好漢們有過之而無不及。那賣人肉包子的母夜叉孫二娘生得：

眉橫殺氣，眼露凶光。轆軸般蠢坌腰肢，棒錘似粗莽手腳。厚鋪著一層膩粉，遮掩頑皮；濃搽就兩暈胭脂，直侵亂髮。金釧牢籠魔女臂，紅衫照映夜叉精。

再看那母大蟲顧大嫂：

眉粗眼大，胖面肥腰。插一頭異樣釵環，露兩個時興釧鐲。紅裙六幅，渾如五月榴花；翠領數層，染就三春楊柳。有時怒起，提井欄便打老公頭；忽地心焦，拿古碓敲翻莊客腿。生來不會拈針線，正是山中母大蟲。

這二個動起手來，都是二三十人近不得身。殺起人來，便如砍瓜切菜一般。扈三娘和那二個不同，不僅武功好，人更生得漂亮，她也正是以一朵鮮花插在牛糞上，來宣揚梁山之義。

另一類是死於梁山好漢刀下的「淫婦」。有毒死武大郎的潘金蓮、私通裴如海的潘巧雲、給宋江戴綠帽子的閻婆惜、陷害史進的妓女李瑞蘭、恃強霸道的白秀英、和管家私通陷害盧俊義的賈氏。萬惡淫為首。淫必不義。這類女人生得容貌妖嬈，而水性楊花，更有心如蛇蠍者，做下背夫、背主不倫之事。故以其行為之不端之不義，來反襯梁山之義。王婆和閻婆兩個有名的女性角色，雖年事已高，不是自己親歷親為，也是穿針引線之徒，亦可算這一類。

《三國》的女人又該是何等形狀？當看孫權之弟媳徐氏。

孫權的弟弟孫翊為丹陽太守，此君性格暴躁且嗜酒如命，醉後常常鞭撻手下士兵。丹陽督將嬀覽、郡丞戴員，便有殺孫翊之心，收買了孫翊的從人邊洪為臥底，伺機下手。

一日，孫翊欲在外設宴，款待丹陽諸將。孫翊有一妻子徐氏，不僅貌美賢慧，而且極善卜易問卦之術。是日，徐氏卜得一卦，為大凶之象，便勸告孫翊，今日不宜出行宴客，孫翊不聽，照舊赴宴，與眾人相會。這也怪了，孫家的人好像都不信這一套。孫堅不信，孫策不信，這個孫翊也不信。晚間席散，邊洪帶刀悄悄跟出門，乘孫翊不備之時，偷襲出手，砍死孫翊。嬀覽、戴員則以謀主之罪，殺人滅口，將邊洪問斬於市。

邊洪已除，嬀、戴二人再無顧慮，以安撫為名，借機擄掠孫翊家財和侍妾。那嬀覽見徐氏貌美，便有了心事，對徐氏道：「我替你夫報仇，有恩於你，你怎麼也應該意思意思，這樣吧，我也不嫌你是二婚，從了我，就算報恩，如若不然，嘿嘿！」嬀覽低聲獰笑。徐氏歎道：「唉，你道這守寡的日子好過，妾身也是熬著就是了。無奈我夫剛死沒幾日，實在不便馬上相從。可等到這個月最後一日，祭奠已設，孝服已除，再提及此事也未遲。」嬀覽一聽，也是，不差這幾天。

嬀覽去後，徐氏密召孫翊的老部下孫高和傅嬰，泣告二人道：「先夫在時，常對我說您二位都是忠義之人。如今，嬀覽、戴員這二個奸賊，幕後主使邊洪謀害我夫，然後歸罪於邊洪，以為我不知，又侵吞我家財，霸佔我童婢。更有那嬀覽還打起我的主意，我無奈假裝同意，令其放鬆戒備，二位將軍可派人星夜報知吳侯，再設計應對二賊，雪此深仇大恨，此大恩妾身生死銘記。」說完，徐氏再拜。

孫高、傅嬰二人都掉了淚，誓願以死效力，遂與徐氏定下復仇之計，並遣心腹通知孫權。

轉眼至當月最後一天，徐氏先使孫高、傅嬰於密室幃幕之後埋伏好。於堂祭罷孫翊後，徐氏脫去孝服，沐浴熏香，濃裝豔抹，談笑風聲，渾似全無喪事一般。媯覽聽說，高興得心直癢癢。天剛一黑，徐氏立刻派人請媯覽入府，在席堂設宴共飲。此時的媯覽不飲已是半醉，又怎經得起徐氏殷勤相待，不一會兒，醉意已濃。徐氏見時機已到，便邀媯覽入密室相會。媯覽狂喜，色借酒興，酒助色膽，推門即入，結果只聽徐氏大喝一聲：「孫、傅二將軍何在！」孫、傅二人聽得召喚，從幃幕之後持刀躍出，媯覽尚未明白是何事，已被傅嬰一刀砍翻在地，孫高上前再補一刀，媯覽立時身死。

徐氏如法炮製，又與孫、傅二人殺了戴員。

其後，徐氏立刻派人誅殺媯覽、戴員家小及其餘黨，又重穿孝服，以二賊首級，祭於孫翊靈前。孫權領兵馬趕到之時，徐氏已除凶平亂。

凡聞徐氏之事，江東人無不稱其德。

徐氏膽色之過人，心思之機敏，計謀之老辣，行事之沉穩，尤勝過鬚眉丈夫。此《三國》女人也。

《水滸》崇武尚義，《三國》重節尊智。女人也不例外。

27

孫夫人

侯門如晦

孫夫人，名尚香，吳主孫權之妹，蜀主劉備之妻。孫夫人尚武，尤其喜歡模仿男子，身邊常帶由百名武裝齊備的丫鬟組成的護衛隊，閨房內外刀槍林立，宛如軍事重地。孫夫人與劉備的結合，是一場純政治婚姻。周瑜以孫夫人為計，欲取回荊州，卻「陪了夫人又折兵」。孫權並不甘休，趁劉備入川，誆騙孫夫人攜阿斗回吳。趙雲截江奪鬥，孫夫人隻身回吳。後劉備為關羽報仇，興兵伐吳，兵敗身死，孫夫人聞訊，投江自盡。（《三國演義》第五十四、五十五、六十一、八十四回）

折子戲《甘露寺》講的是東吳招親，吳國太相女婿的事。很好看的一齣戲。劉備和孫夫人，英雄美人，能夠歷盡險阻，挫敗陰謀，終成眷屬，自是佳話。當時我姥姥，不論是聽戲，還是聽評書，每到這一段，總是眉開眼笑，情不自禁，陶醉之極。

這一齣在《三國演義》裏，叫「吳國太佛寺看新郎劉皇叔洞房續佳偶」，是孫劉兩家爭奪荊州，瑜亮鬥智的一個情節。事件過程是：為了從劉備手中奪回荊州，周瑜給孫權出主意，用妹妹孫夫人作餌施美人計，招劉備為東吳的乘龍快婿，再以劉備為人質，交換荊州。怎奈，此計剛一出手就被諸葛亮識破，諸葛亮將計就計，來了個「二氣周公瑾」，讓周瑜「陪了夫人又折兵」。

這個事件裏的主要角色，往遠了說，是周瑜和諸葛亮；往近了說，是劉備和孫權。作為當事人的新娘、孫權的妹妹孫夫人，只是事件的配角，雙方鬥法的「工具」。

孫夫人是吳主孫權的妹妹，地位之顯赫不用多說。找了個老公劉備，論起來是當朝皇帝的叔叔，是當時有頭有臉的人物，以後就更了不得，當了王，還稱了帝。生在這樣的豪門，嫁入如此人家，這樣一條人生路線，能把人羨慕死。但是，孫夫人的遭遇，書寫的卻是侯門如晦的另一面。

在周瑜和孫權手裏，孫夫人是香餌，釣的是劉備這條大魚。孫夫人和劉備即成事實後，孫權對手下大將蔣欽、周泰下了死命令：「用我的劍去取我妹妹和劉備的頭來。取不來他們頭，就砍你們的頭。」一魚沒釣著，魚餌倒被魚吃了，釣魚的面子丟大了，一反臉，只要能逮著魚，魚餌沒了也再所不惜。

在諸葛亮和劉備那裏，則是拿孫夫人當槍和擋箭牌使。孫權和周瑜的人來了，劉備隆重推出孫夫人，自己往老婆身後一躲，等著看熱鬧。先是周瑜安排的丁奉、徐盛攔住去路，孫夫人說：「你們是想搶劫我夫妻財物，還是想造反。你們怕周瑜，就不怕我，周瑜能殺你們，難道我不能殺周瑜？」丁奉、徐盛不傻，連咱大都督都是替人家打工的，何況咱們，廢話少說，靠邊站吧。孫權的追兵陳武、潘璋到了，孫夫人說：「都是你們這些渾蛋，離間我們兄妹間的感情不和！我這是嫁人，是光明正大的回家，不是私奔。我還有我母親的慈旨，就是我哥哥來，也要照禮數行事。你們兩個是不是仗著人多，想謀害我？」投鼠忌器，這誰敢阻擋。蔣欽、周泰帶著孫權的「必殺令」到時，劉備一行人等已被孔明接上船去。

別看劉備拿孫夫人當槍和擋箭牌使，他對孫夫人並不放心。孫夫人剛勇好武，頗有仍兄之風。她的百十個侍婢丫鬟，平日都是攜刀佩劍。入洞房那天，這些侍婢丫鬟曾把劉備嚇了個花容失色，魂不附體。不只是進洞房，劉備每進孫夫人房中，都是提心吊膽，「衷心常凜凜。」《三國志・蜀志・法正傳》中記了諸葛亮一段話：「主公（劉備）之在公安也，北畏曹公之彊，東憚孫權之逼，近則懼孫夫人生變於肘腋之下。」把孫夫人與曹操相提並論，實在是有趣之極。可見孫夫人在劉備心目中的性質與分量。這是劉備身邊的一顆定時炸彈。

劉備入川，孫權差人到荊州，謊報孫夫人，說吳國太病危，請攜子回東吳一見。所攜之子不是別人，是劉備的獨苗阿斗，也就是劉禪。這又是孫權一計，把孫夫人誑回東吳，再用劉禪當人質，交換荊州。孫夫人立刻帶上劉禪，趕往東吳。不料想，半路殺出個趙雲，截江奪回阿斗。孫夫人隻身回吳，從此，與劉備兩地分居。

哥哥拿妹妹當釣餌，氣急敗壞之下，連妹妹的性命亦無所顧；丈夫一邊拿老婆當槍使，一邊睡覺都要提防著。都不拿孫夫人當人看。這件「工具」不僅沒有自主權，一旦失效，不好使，還會遭到或毀或棄的下場。生於侯門的夢，不好做。

江湖是條不歸路，一朝生於公侯帝王家，也是踏上了一條不歸路。這條路上，最常見的兇險有兩處：一是王權之爭，二是作為人質、籌碼。王權之爭，主要是廢立大事，經常上演的是父子相向、母弒子、兄弟鬩牆、叔侄相殘和外戚廢立。父弒子，多是因為老皇帝有了新寵，愛屋及烏，就想連太子一起換。新寵甚至不排除是自己的兒媳。衛宣公見兒媳齊女宣姜貌美，自己就留下了，日後，為立宣姜之子為東宮，想盡辦法剷除了太子伋。漢武大帝不可謂不英明，一樣辦糊塗事，寵愛一個鉤弋夫人，為奸人所利用，殺了戾太子劉據和自己的三個孫子一個孫女。孫權的第一個太子孫和，遭全公主所譖，被孫權廢之，憂恨而死。兒子為當皇帝，對老子也是毫不留情。楚成王和漢武帝一樣，也很能幹，也想廢長立幼，不同的是這一次是太子商臣先下手為強，幹掉了成王。最著名的要算楊廣弒父。母弒子的經典是晉驪姬的「蜜蜂計」。晉後驪姬為立自己的兒子奚齊為晉主，以「蜜蜂計」污太子申生調戲自己，使晉獻公殺了申生，公子重耳外逃而生。鄭伯克段，既是親母欲害子，反被兒子所制，又是親兄弟相殘。還有呂後，為鞏固大權，對自己的兒子和孫子毫不留情，大開殺戒。劉表的大兒子劉琦，看到後母要對自己不利，趕緊向諸葛亮求救，方才逃過一劫。

兄弟鬩牆，更是歷朝歷代的家常便飯。《三國演義》裏就有曹家兄弟爭王之鬥，袁家兄弟兵戎相見。晉朝上演了歷史上最混亂的家族內戰「八司馬之亂」，兄弟殺做一團；李世民除掉了自己的哥哥和弟弟，又殺十個侄子，逼老皇帝讓位；趙匡胤陳橋兵變，奪了義兄天下，爾後遭了報應，又被自己的弟弟不明不白地算計了。兄弟相向，蹀血宮門之慘事，大抵如此。

沒有辦法，僧多粥少，皇位只有一個，而兒子兄弟親戚家口太多。歷史上的王權皇位，從沒有穩穩當當從樹上掉下來的果子，能坐上皇位的，沒有不見紅的。

也許這裏面不是每個人都想害人，都想殺人，都想參與到競爭之列。可是，我不害別人，誰能保證別人也不害我。申生不想害人，卻被人害了；重耳有防人之心，才逃過一劫。都說鄭莊公陰險，如果莊公不動手，也必為其母姜氏和其弟共叔段所害。當一切成為事實，大家都這樣想的時候，事情就成了人在江湖，身不由己。我不殺人，人就要殺我，管他是親爹親娘、兄弟姊妹，先下手為強。

身不由己之二，是被當作人質或籌碼交換出去。孫夫人屬於這一類。孫權為討回荊州，用妹妹當誘餌。呂蒙襲取荊州後，劉備為給關羽報仇，親率大軍七十五萬，討伐東吳。孫權害怕了，又立刻表示，願意把妹妹、荊州的一班降將，連同荊州一起，還給劉備，作為劉備退兵，兩家修好的條件。紅了眼的劉備沒答應孫權。呂布落難，也是要把自己的女兒送給袁術當人質，袁術才肯發兵相救。孫權曾替自己的兒子向關羽提親，打算用這一手，騙回荊州。剛說過阿斗，差點被人當人質騙走。遼東公孫淵被司馬懿打得沒轍了，為保命，提出把兒子公孫修押給司馬懿，司馬懿用不著，不久公孫爺倆兒就結伴上路。魏將諸葛誕為聯合孫吳討伐司馬昭，把兒子諸葛靚當人質送入東吳。在《東周列國志》裏，把太子當人質，抵押給別的國家，屢見不鮮。這經常成為國與國之間為表示和解停戰，達成的一種約定俗成的規定。當然，人質送去了，並不是說就真不打仗了，該出手時照樣出手。至於人質，就只有看個人造化了。秦始皇就是因為他名義上的父親，秦國二十多位王子中的一位，年輕時要像服兵役一樣，作為人質住在趙國，邂逅了呂不韋和他的美姬，才有了關於其身世的千古之謎。

都知道當王子好，是未來的人主，誰也不敢惹，可以花天酒地，為所欲為。又有誰知道當王子還有性命之憂，搞不好頭上就會懸著把刀。一旦被抵押，便我為魚肉，人為刀俎，生死不由自己，夜夜只剩燒香叩頭，求老天保佑。工作幹得不順心，還可辭職。生在這樣的家裏，連職都沒個辭。大將軍曹爽和司馬懿奪權，曹爽受不了這份刺激，說：「我不幹了，我願棄官回家，當個富翁就足夠。」曹爽棄權，一同棄掉的還有曹氏滿門的性命和曹家的天下。

不如此，又會怎樣？

曹操前往徐州攻打劉備，劉備給袁紹一封信，要袁紹趁曹操傾巢而出之際，出兵抄曹操的老窩。此時的袁紹，面容憔悴，衣冠不整，看信後，無精打彩地對田豐說：「我快死了。哪還有心思去打別人。」田豐嚇了一跳，忙問發生了什麼事。袁紹說：「我五個兒子，最喜歡老小。現在老小身上長瘡，性命垂危，我哪還有心思想其他的事。」

若換個人家，自己最喜歡的兒子快不行了，撇開其他事，陪陪兒子，是人之常情。相反，若此時，還因事不歸，撒手不管，倒會被人指責為沒有人性，為了什麼什麼的，連親兒子都不顧。但在袁紹，卻成為憂柔寡斷，不堪大事。袁紹的結局大家都知道，沒人可憐他。

生在這樣的人家，處在這樣的地位，沒法有人性、有親情。有人性、有親情，就要沒性命。這是很具諷刺意味的事。原本應該最文明，成為表率的一族，卻成為最獸類、最野蠻的。

這也可說是富貴權力辯證式的存在。

陸遜火燒連營七百里，於彝陵大敗劉備。孫夫人聞聽夫君身亡，投江自盡。生於侯門，有情如此。

28

蔣幹　無用之用

蔣幹，九江人，字子翼。蔣幹是曹操的幕賓，又是周瑜的同學。赤壁大戰中，為曹操勸降周瑜，成為蔣幹當仁不讓的要務。在敵人的心臟裏，蔣幹進行了不懈的戰鬥，最終為曹操帶回的，卻是一場空前的浩劫。蔣幹的精神可嘉，他想把僅在理論上存在的可能變為現實。曹操赤壁失利後，蔣幹不知所終。蔣幹的地位、身份、智能，註定了在赤壁鏖兵中，他會是個不甘寂寞的角色。（《三國演義》第四十五、四十七回）

蔣幹，九江人，字子翼。蔣幹的出場很有意思。曹操首戰敗給周瑜，又被周瑜偷窺了水寨，正在喪氣窩火，忽聽帳下一人說：「某自幼與周郎同窗交契，願憑三寸不爛之舌，往江東說此人來降。」周瑜是誰？東吳的大都督、軍事總指揮，一人之下，萬人之上。和他是同學，那是什麼概念！更重要的是能把他拉過來，讓他投降。周瑜投降，意味著什麼？這樣的話任誰聽了能不動容。

蔣幹的話說得大，來得急，噴出的是自己多年來的一股辛酸和怨氣。蔣幹是曹操帳下幕賓，是不入流的謀士。他在曹營中的身份地位，與荀彧、荀攸、郭嘉、程昱、劉曄、賈詡等人，不能相比。他這樣的角色少有參與軍機大事的份兒，自然也就少有出頭露臉的機會。時間久了，遭人怠慢、輕視，想必是常有的事。人在矮簷下，便急於逮機會露一手，好讓人刮目相看，也改善一下自己的待遇。最高領導人正一愁莫展之際，豈不正是自己揚名立萬的好時機，便不加思索地把話說了個月滿弓圓。這一次，誰還敢小看我，誰還敢拿我不當盤兒菜。其揚眉吐氣、是金子總會發光之情，溢於言表。

蔣幹是被建立奇功之心沖暈了頭腦。以曹操之識人、之謀略，難道就不想想事已至此，周瑜可能投降？蔣幹真有足夠的能力令周瑜投降？赤壁之前，曹操大仗硬仗沒少打，卻從無蔣幹的身影，一方面，可以從中推測出蔣幹的水平如何；另一方面，也說明曹操在對蔣幹的使用上，沒有大問題。在關鍵時刻，只憑蔣幹幾句腦門一熱的大話，曹操就貿然起用他，絲毫沒有對此加以論證，這種草率所表現出的，乃是曹操對蔣幹的輕視。曹操並不相信蔣幹能成事，對蔣幹之行，他是死馬當活馬醫，試試而已。當蔣幹帶來的消息，完全出乎他意料時，事先考慮不周的漏洞就暴露無遺，他方寸大亂，想都沒想就信了，就做出蠢事。有病亂投醫，讓曹操大大破費一番，還差點把性命搭上。

蔣幹未必沒有所長，否則，不會有機會和曹丞相坐上一坐。但蔣幹所用，顯然非其所長。《三國演義》裏，蔣幹只在赤壁大戰中，出現過兩次，辦了兩件事。一件事是偷回一封假信，讓曹操殺了最重要的水戰專家蔡帽、張允。另一件事是請回龐統。曹操聽信龐統的話，給自己所有的戰船都戴上鐐銬。就這兩件事，足以成就日後三國鼎立的大格局，也足以奠定蔣幹在《三國演義》中無法取代的地位。試想，若無蔣幹盜書，蔡帽、張允不會死，曹軍水師力量必盛；若無蔣幹請回龐統施用連環計，周瑜縱有火攻計，諸葛亮縱借來東風也枉然。若無蔣幹，赤壁之戰結局難料。赤壁之戰為三國局勢的轉捩點，若曹操赤壁不敗，則東吳難保，劉備更無取西川、定漢中的機會，三足鼎立之勢，蕩然無存。

蔣幹成就了《三國演義》最關鍵、最精采的一幕。這個小丑一樣的人物對於整個局勢，牽一發而動千鈞。從故事上說，《三國演義》裏可以沒有馬超、華雄、楊修、陳宮、田豐、沮授等人，卻不能沒有蔣幹。從人物上看，蔣幹可以看作是曹操性格中某些缺點的象徵，多疑多慮中也有簡單草率，老謀深算中也有盲從輕信。曹操輕視東吳，在戰略上尚可解釋過去；輕視自己人蔣幹，則犯了戰術上的錯誤，就是無視自己的弱點，把自己的要害交到對方手裏。蔣幹之妙，正在於他的存在是人無視自己弱點和缺點的必然存在。

蔣幹招來滔天大禍，在《三國演義》裏卻並未提到曹操把他怎麼樣了。我猜測蔣幹的結局無非以下：或死於亂軍之中；或是無顏見人，從此隱於江湖；或是仍在曹操營中，苟且偷生。

總之，曹操不會殺他。曹操如要殺他，在他第一次盜書，令曹操錯殺蔡帽、張允之後，就已經有足夠的理由，不用等到事已至此。而且，殺了蔣幹，曹操就等於承認了自己的失誤，曹操不會丟這個面子。《三國志平話》裏蔣幹的下場，是被戰敗的曹軍亂刀銼為萬段。這個結果，我不喜歡。我還是更願意讓蔣幹活著，哪怕是不知其蹤跡。這意味著人性弱點和缺點的不滅。

如何面對人性中的弱點和缺點，蔣幹的啟發是：這種必然存在的用處就是不用，不用即為大用。

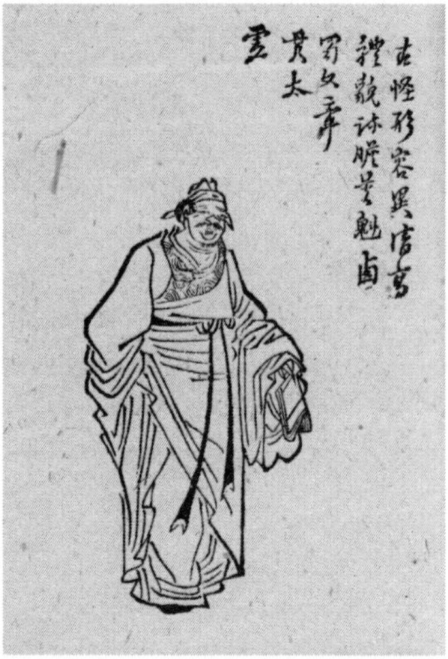

29

張松　竊國賤人

張松，字永年，益州別駕。其人生得額钁頭尖，鼻偃齒露，身短不滿五尺，卻聰明絕頂，有「話傾三峽水，目視十行書」之才。漢中張魯兵犯益州，張松名為益州求援，實為把益州獻送與他人，是西川背主叛國第一人。張松先到許昌，曹操不知內詳，將其趕走。再到荊州，正中孔明下懷，遂為益州劉璋請來劉備，使益州易主。勾結劉備一事，不慎洩露，張松被其兄告發，全家遭斬。（《三國演義》第六十、六十二回）

《三國演義》裏說話刻薄的人很多，有二個格外扎眼：一個是彌衡，一個是張松。彌衡不用多說，出名就出在一張嘴上，張松之牙尖嘴利，唇槍舌箭，絲毫不遜於彌衡。

張松作為西川使者，進京上貢。曹操問張松：「劉璋為何連年不上貢？」張松回答：「因為路途艱難，賊寇不斷，故無法前來。」這話曹操不願聽：「我已經掃清中原，哪裡還有什麼盜寇之說？」張松又答：「南面有孫權，北面有張魯，西面有劉備，最少的一個也有十幾萬兵馬，這能說是太平？」

這些話句句戳到曹操的痛處。氣得曹操拂袖而去。

楊修想為曹丞相挽回點面子，也是自找個下不來台。張松問楊修現居何職，楊修道：「現為丞相府主薄。」張松就說：「我久聞楊家大名，世代為朝中重臣，到您為什麼不為朝廷效力，輔佐天子，卻作別人家的管家？」——這豈不丟盡了你楊家祖宗的臉。張松的意思，楊修豈能不知，羞得滿臉通紅。

曹操為了挫一挫張松的銳氣，請張松參觀他的閱兵式。

曹操指其部下問張松：「你在川中可曾見過如此英雄人物？」張松回答：「當然沒見過如此之兵甲，我們是以仁義治人。」曹丞相的臉色有些變了，對張松道：「我看天下人物都是鼠輩、草芥，我的大軍所到之處，戰無不勝，攻無不取，順我者生，逆我者死。你應該知道吧！」曹丞相的話中之意很明顯，你給我說話注意點兒了。

張松卻說：「丞相驅兵到處，戰必勝，攻必取，我當然知道。昔日濮陽戰呂布之時，宛城戰張繡之日；赤壁遇周郎，華容逢關羽；割須棄袍於潼關，奪船避箭於渭水；此皆無敵於天下也！」

都說古代資訊閉塞，消息傳得慢，看來也不對。那得分什麼事，是壞事，照樣一日千里。曹操的糗事，張松一點也沒漏掉，一塊疤一塊疤，全給揭出來。曹操焉能不惱。

曹丞相終於顧不上什麼風度了：「你這個小子竟敢揭我短處！拖出去，宰了。」楊修等人好一個勸，最後，亂棍將張松打出，滾蛋。

張松嘴厲害，腦子也好使，有過目不忘之能。在楊修府上看了一遍曹操還沒出版的新書《孟德新書》，就一字不差地背了出來，說這書古人早已有了，在我們那兒，小孩子都能倒背如流。堂堂丞相總不至於抄襲別人的作品吧，把個曹操逼得連書都燒了。

《三國演義》裏說張松是「話傾三峽水，目視十行書。」確實是名不虛傳。張松雖然能說，聰明，卻是個十足的小人、賤人、賣國賊。是他背叛劉璋，把西川送給劉備。

張松是小人，為什麼說他還是賤人，因為他出賣西川與普通的賣國不太一樣。一般情況下，這種事情多發生在兵臨城下，國家危急之時，難免有人為求自保，做下苟且之事；或者是與國家有個人恩怨，借此機會報私仇、泄私忿；再或者是被人收買，拿人家的手軟，作為條件報答於人，才背主賣國。這些原因對張松都不存在。劉璋不僅沒虧待張松，還待張松極為不薄。

張松的官是益州的「別駕」。這個官在地位上僅次於州牧和「治中」。也就是說，張松在劉璋那兒，至少是排第三的大官。《三國演義》裏說，是曹操待慢張松，張松才改主意把西川獻給劉備。如何個待慢法，只是說態度不恭，因為張松的長相對不起觀眾，說話又不討人喜歡，所以，曹操對這個人很反感。按正史講，張松上完貢後，曹操沒問他的官職是什麼，直接賞了他個縣令，這便大大地傷害了張松的自尊心。古代地方官進京打點上貢，皇帝一般都是要多少提拔一下，給個彩頭。那麼當時，說是給朝廷進貢，其實就是給曹操進貢，提拔官的事，也是曹操說了算。曹操給張松的官，還沒有他本職官大，所以，張松不願意了。於是，改投劉備。張松的官職原本是很高的，不應該做對不起主人的事。他出賣劉璋，真應了一句話：待小人不可以大恩。

張松出賣劉璋的理由是，劉璋不是個明主，做事糊塗，願意聽小話，遲早要被人取代。這話聽起來很迷惑人。照張松的說法，他為西川找了個明主，豈不是成為功臣！這完全是無賴邏輯。

劉璋是不夠精明，但絕非暴君。劉璋在位期間，西川的百姓基本未遭兵燹之亂，一直過著較為安定的生活。相較於中原的生靈塗炭，干戈殺伐，西川的百姓真是生活在「天府」裏。劉備兵臨城下，千鈞一髮之際，從事鄭度給劉璋出了個主意，他說劉備是遠道而來，立足出未穩，只能是速戰速決，如果我們採取堅壁清野的戰術，燒糧燒路，深溝高壘，和劉備打持久戰，劉備必拖不起，不用多久，就會退兵。鄭度的戰術正是劉備最怕的。長途跋涉，孤軍深入，兵源和物資接濟不上，還有曹操在後方虎視眈眈，搞不好就連老本也搭進去。劉璋若用此計，劉備就是偷雞不成，反蝕把米。別忘了，龐統已喪命於此次行動。劉璋不聽，因為這樣，西川的百姓就會無家可歸，受流離之苦。如果這樣，他劉璋寧願投降。可見，劉璋這個人不失仁道。

除了張松、法正、孟達，這個「小人組」外，西川的百官對劉璋多數也是忠心耿耿。聞得張松招來劉備，黃權叩頭流血，咬住劉璋衣襟不鬆口，勸劉璋不要中計；王累把自己倒懸於城門上，以死進諫；更有一班武將劉瓚、泠苞、張任、鄧賢，時刻護衛於劉璋左右。劉璋的糊塗，是耳根子軟，與袁紹動不動就殺手下重臣是兩回事。西川文武官員保衛劉璋和西川，根本無須動員。

劉璋本人有毛病，但西川百姓安定，政局穩定。所以，張松「為國為民」著想，要為西川找個明主，是極具欺騙性的幌子。

劉璋能力不強，做事糊塗，這不足以成為張松出賣的理由。恰恰相反，越是這種情形，越是應該體現出身為重臣的作用和價值。你被委以重任，獲得比別人更多的權利和利益，是要你來保家衛國，解危救難，而不是竊國賣國。況且這個任務對西川之人來說，並不是不可完成的。西川地廣物博，糧草充足，地勢易守難攻，又有一班忠臣良將，上下齊心，自保綽綽有餘。曹操那麼大的野心和勢力，也沒敢打西川的主意，劉備倒是連做夢都在想西川，不也是沒敢輕舉妄動。這些大家都心裏有數。如果不是西川自己出了家賊內鬼，真要一板一眼的打下西川，可以說當時還沒有誰有這個實力。至於張魯引起的那點麻煩，就像王累所說，不過是癬疥之疾。

張松的邏輯是，反正你遲早要被別人取代，所以不如現在直接獻給別人。這就好比，你這個人遲早是要死，所以現在我可以先殺了你。於是，張松不僅小人，還開始犯賤。他先跑到曹操面前，試探曹操。這就可以知道，張松為什麼敢在曹操面前口無遮攔，肆無忌憚。因為他自恃懷中有寶，他有狂妄的資本。他對曹操的戲弄與狂妄，是對曹操的考查，是待價而沽。可是，曹操無論如何也想不到，世上還有如此下賤小人，不用你開口動手，他自己就想把主人家地盤拱手奉送。曹操想不到，所以對張松沒好氣，這就得罪張松。在曹操那裏沒得好臉子看，張松又跑到劉備那兒。這是不打自招。上完貢，不回自己的家，沒事跑你到別人地裏幹什麼。

諸葛亮和劉備當然不會放跑這隻鴨子。因為這隻鴨子還沒煮熟，諸葛亮便用欲擒故縱之術。張松還沒到荊州，趙雲已奉命在路邊迎候，張松聽到趙雲大名，激動地問：「莫非是常山趙子龍？」大名鼎鼎的常勝將軍趙雲，竟在此地恭候我，這是什麼感覺！到了館驛，負責接待的人是關羽，更是重量級的人物。第二天一大早，劉備帶著諸葛亮和龐統，親自上門拜見。一見面，就是一通如雷貫耳，恨雲山遙遠，不得聽教的恭維。張松這回面子大了，自己也沒想到會有如此禮遇，頗有些受寵若驚。一連三天，天天主人不離左右，上下一群人圍著張松一人轉，但就是沒人提西川的事。無論張松怎麼挑逗，也不提。

到了張松離去之日，劉備於十里長亭送別，流下難捨的淚水。張松再也忍不住，已經失去曹操這個買家，不能再錯過劉備。張松直接向劉備交了底牌：「劉璋無能，我欲把西川獻給曹操，哪想曹操目中無人，傲賢慢士，只有您禮賢下士，是我理想中的西川之主。您可先取西川為根基，然後，北圖漢中，收復中原，匡服天朝，名垂青史，功莫大焉。如果您有意，我願為內應，效犬馬之勞，您意下如何？」

劉備不愧是梟雄，已經吊足了張松的胃口，到這時候還不鬆口：「啊呀，你的好意我心領了，可是怎麼說劉璋也是我的親戚，這樣做，恐怕不太好吧。」張松真急了，忙說：「大丈夫建功立業，豈能婆婆媽媽，您不趕緊，過了這個村兒，就沒這個店兒了。」劉備繼續拿腔作勢：「我聽說蜀路崎嶇難行，車道無軌，馬不並行，我就是有這個想法，也難啊。」終於，逼得張松取出了他最想要的：西川軍事地圖。上面遍注地理行程，庫府錢糧等機密。劉備至此，戲才唱完，拱手道：「青山不老，綠水長流。他日事成，必當厚報。」

曹操眼前沒有要取西川的想法，劉備雖打西川的主意，卻力不從心。劉璋的禍事，完全是張松犯賤，投懷送抱，招引虎狼入室。

小人行事，必有所圖。張松圖的是什麼？先是名。他勸劉備取西川時說：「取下西川，再圖漢中，匡服漢室，名垂青史，功莫大焉。」這是在說劉備，也是他的內心獨白。此所謂臣以君貴。劉璋就這樣了，所以，他張松也只能就這樣了。跟了劉備就大不一樣。劉備有當皇帝的可能，如果他真能當皇帝，自己自然是水漲船高，身價倍增。而且劉備還是自己引進的，這更非普通的功臣可比。其次，是實利。有了名和位，實際利益是水到渠成的事，到時想不要都難。所以，當聽說劉備要退兵，不取西川了，張松立刻急了眼。劉備一走，就是自己的名利榮華打了水漂兒。於是，忙中生亂，露出破綻，送了性命。

小人唯利是圖，見利忘義。歷史上或小說裏的賣國賊、小人很多，但像張松這樣，什麼都沒見著，不過是暢想一番，就不遠萬里，跋山涉水，上趕著犯賤的，好像是絕無僅有。

30

孟達　小人無畏

孟達，字子慶，右扶風郿人，張松好友。張松欲獻益州與劉備，約孟達同為內應。劉備奪下西川，而輕賞孟達，孟達甚是不滿。關羽失荊州，為東吳困，孟達與劉封見死不救，關羽身死，孟達投魏。後諸葛亮伐魏，孟達又反，約為西蜀內應，被手下出賣，為司馬懿所敗，自刎而亡。（《三國演義》第六十、七十六、七十九、九十四回）

孟達的履歷很不一般。他先是在劉璋手下為官，後來做臥底，冒死迎來劉備這位明主，成為劉備的下屬；沒過多久，又反劉備，投降曹丕，成為曹丕的坐上賓；曹丕死後，又反曹家，重回西蜀的懷抱。在曹、劉不共戴天的大形勢下，孟達將軍卻能夠來去自如，左右逢源，真可謂獨領投降派人物之風騷。

是什麼讓這位孟達將軍如此反覆無常，坐臥不寧？這需要從頭說起。

孟達和張松原先同在益州為官，但官職相差很大。張松在益州官居別駕，相當於益州的第三把手，官職很高。孟達的官職，則要比張松低好幾級，屬於基層的普通小官員。張松可以常伴一把手左右，孟達不行，孟達只能先仰仗張松這棵大樹。在把西川獻給劉備這件事上，孟達的要求要簡單的多，希望自己借此大功，能坐上直升機連升幾級，最好能直達一品大員之列。

在這種信念的支撐下，孟達同志咬定青山不放鬆，東窗事發，張松全家被殺，都沒能讓孟達同志後退半步。歷經無數個提心吊膽之夜，孟達終於迎來了勝利的歌聲滿天飛的日子。

劉備入主益州後，先對投降過來的劉璋手下的一幫文武大臣，進行了重重封賞，名單是這樣定的：

嚴顏為前將軍，法正為後將軍，董和為掌軍中郎將，許靖為左將軍長史，龐義為營中司馬，劉巴為左將軍，黃權為右將軍。其餘吳懿、費觀、彭羕、卓膺、李嚴、吳蘭、雷銅、李恢、張翼、秦宓、譙周、呂義、霍峻、鄧芝、楊洪、周群、費禕、費詩、孟達，文武投降官員，共六十餘人，皆盡封賞擢用。

我們先來看一下這份名單。法正在提拔人員中，位列第二，排名非常靠前。與法正同作為投降發起人之一的孟達，卻位列名單最後一個。按官職從高到低的排序，他的官職應該是名單中最小的一個。要知道，投降劉備的主要發起人張松，已早早就被劉璋處死，真正完成投降大業的人是法正和孟達，而兩人的封賞級別卻判若天壤。

在名單公佈之前，不僅孟達自己，想必滿朝文武也一定都認為孟達會一飛沖天。在滿朝文武的賀喜、恭維和巴結聲中，孟達同志也一定與滿朝文武都客氣過了：哪裡哪裡，不敢不敢，一定一定。益州能有今日，全仗我主劉皇叔德高才俊，孟達不做益州的罪人，已是心滿意足了。

這是在提拔名單公佈之前經常能看到的一幕。大家對公認的擬提拔對象提前大肆祝賀、巴結，擬提拔人則顯得異常的推辭和謙虛。雖然面上謹慎，想法都是一致的。只不過有的是自己沒有充分把握，忐忑不安，有的則是胸有成竹，認為非自己莫屬。孟達就是認為非自己莫屬一類。

孟達的想法可以理解。孟達的主要功勞是，他是投降的發起人之一。發起人的功勞不是一般的功勞所能相比的。因為發起人所起到的作用，是開天闢地式的，沒有發起人邁出的第一步，就沒有事業的開始。後來人的功勞，都是建立在發起人的功勞之上。所以，開國元勳特別受禮遇，其地位、其影響是普通大臣所不能相比的。

在名單剛開始公佈的時候，孟達的心情一定時而如春風蕩漾，時而如海潮澎湃。但隨著名單的宣佈，孟達的心理溫度開始降溫。法正念過了，反對投降的劉巴和黃權，出現了，一個左將軍，一個右將軍，官都不小，一個個熟悉的名字從自己的耳邊飛過去，還是沒聽到自己的名字，是不是自己聽錯了，漏過自己的名字，不會，是自己的耳朵出問題了……當終於聽到自己的名字時，孟達的心如高空失足，江心斷纜，驚呆了，涼透了。

劉備的這份封賞名單，是按什麼標準制定的？主要是看功勞和才能兩個方面。孟達雖然有發起人之功，但為劉備打開益州之門的人，是後來成為「烈士」的張松。在取西川過程中，出謀劃策，立下大功的人是法正，基本沒孟達什麼事。孟達只是擔了個名，而無其實。至於才，孟達就更談不上。在益州之時，連劉璋那樣的水平都不重用他。劉備打益州，讓孟達鎮守葭萌關，時不時就收到「軍情告急」的文書，搞的劉備百忙中還要再抽派人手去支援孟達。當然，孟達自己不這麼看。孟達自己怎麼看並不要重要，重要的是他的願望已成黃粱一夢。

受傷的孟達，對劉備的報復是致命的。關羽敗走麥城，派廖化向孟達和劉封鎮守的上庸求救。關羽是什麼人，關羽和劉備是什麼關係、什麼感情，孟達不會不知。但孟達就敢唆使劉封見死不救。這不是一般的膽量。亦可見，其心中不是一般的積怨。孟達笑呵呵地對劉封說：「你把關某當叔叔，關某未必把你當侄子。我聽說漢中王當年收你當乾兒子時候，他關羽就不高興。漢中王即位後，關羽怕你爭名份，就勸漢中王把你派到這兔子不拉屎的地方，以絕後患。你不會不知道吧！」孟達這是在說劉封，又何嘗不是夫子自道——我為你劉備立下那麼大的功勞，你就這樣對待我。報復心理讓孟達無所畏懼，沒有什麼不敢幹的。

很快，孟達意識到自己闖下滔天大禍，與他的部將申耽、申儀兄弟一商量，三十六計——走為上，投了曹丕。孟達走的時候，給劉備寫了封信，信中說：我投靠殿下您，是希望您能建立像齊桓、晉文那樣的事業，使天人有為之士，望風而歸。我自跟隨您以來，卻很不討您喜歡，這一點我有自知之明，您心裏也很清楚。現在，您身邊滿是英雄才俊，我在內沒有輔佐您的本事，在外又不具備為將領的才幹，您還拿我當有功之臣，我很慚愧！我聽說，范蠡作為有功之臣，在大事將成之際，卻泛舟五湖，不告而退，這是為什麼？這是要表明他要走就走得乾乾淨淨。我孟達不能和范蠡相比，人家是大功臣，我是小人物，大功臣都走了，我這小人物就不待在這兒丟人了。

這一層意思大家都能聽出來，說的全是反話，露的都是怨氣，就是你劉備忘恩負義。最早是我孟達追隨你，你才能有今天。你不僅不有所表示，成事後還把我撇在這邊遠之地，把有功之臣忘個乾淨，你心裏慚愧不慚愧。我今天走了，我不欠你的，咱倆到底是誰欠誰的，你自己想想吧。

接下來，又說：申生是大孝子，伍子胥是大忠臣，蒙恬、樂毅都是開疆拓業的大功臣，最後全都不得好死。我每讀到這些人的事，都感慨不已，現在，沒想到我要親自經歷這種事，真是令人傷感。

這話開始指責，我對你劉備有功，你劉備卻要加害於我。我今天棄蜀投魏，都是拜你所賜。

最後，孟達說：不久前，荊州出事，大臣們都為國捐軀了，只有我僥倖活下來。為了活命，我不敢再回去見您。在外面，我經常想起您的教導。可惜我是個無能之人，不能再追隨您了。我知道這是不對的，所以不敢辯解。我常聽說，既然絕交就不要再互相指責什麼，對離開的大臣也不必再怨恨什麼，我認為這是君子之道，希望我們共勉，臣不勝惶恐。

劉備聽了這話能不生氣。你孟達反倒擺出高姿態，一口一個君子的來勸我，我劉備倒成了小人。劉備的批註是：「匹夫叛吾，安敢以文辭相戲耶！」

至此，孟達的形象已經概括而出：一個小人，十足的小人。為利所驅，賣國投降，沒得到想像中的利益，就存心報復，而且是利令智昏，不擇手段，更別說什麼顧不顧大局了。孟達這種小人，還有一個突出的特點，就是從來不認為自己有錯，錯的永遠是別人，所有的事都是別人對不起自己。而自己的所做所為，都是被逼的，是出於無奈。

小人孟達的極至之處是，他竟然能從曹丕處，再反投回西蜀。事情是這樣的：孟達剛投曹丕之時，曹丕對他很賞識，經常是以駿馬珠寶相賜，進出共乘一車，還封孟達為散騎侍常，領新城太守，鎮守上庸、金城等西南一帶重地。孟達風光了好一陣。曹丕一死，新主曹睿對孟達很不感興趣，孟達開始受冷落，私下常對手下發牢騷：我本來是蜀將，迫不得已才投到此處。不久，孟達就忍不住又犯病了，他託人轉告諸葛亮，他要集合軍馬舉事，配合諸葛亮攻魏。諸葛亮給他回了一封信，告訴他，若事成，他就是漢朝的第一大功臣。這下孟達又來勁了，開始緊鑼密鼓的籌備反魏。孟達是投降專家，可是這一次孟達碰上的是司馬懿，孟達終於玩火者自焚。

孟達如此反覆無常，原因是利益所驅加小人天性。為利所動是人之常情，為利做下不恥之事是小人之舉。為利而為的小人之舉，可以解釋得通。小人天性用常理則是不太好解釋的。比如，為了報復，孟達連關羽都敢不救，他不怕劉備找他算帳？他在西蜀闖下這麼大的禍，在曹家混得也不錯，他卻敢再重新投降西蜀，就不怕西蜀跟他秋後算舊賬？若換個人，就是有這個臉皮，也沒這個膽子。

骨子裏的小人氣用常理無法理解。骨子裏帶出來的東西，是天生的，是自然而然的，很難受到理智的控制。孟達行為那麼嚇人，而他自己絲毫沒覺得這有什麼。英雄無畏，小人小到極處，也有大無畏的精神。英雄無畏，是有信念支撐。小人無畏，則正是因沒有任何信念。沒有信念，沒有立場，甚至連自身都不成其為原因，剩下的只有無所畏懼的肆無忌憚。

孟達由魏投蜀功敗垂成，是因為他的心腹申耽、申儀兄弟在關鍵時刻出賣了他。

31

彭羕　物以類聚

彭羕，字永言，廣漢人。孟達、法正的好友。其人恣性驕傲，輕慢不拘。彭羕曾仕益州書佐，被眾人在劉璋面前譭謗，受髡鉗之刑，罰為徒隸。劉備入川，彭羕取悅劉備，進獻密計，有功。劉備稱王，封彭羕江陽太守。彭羕不滿，乃密約馬超謀反，被馬超告發，獄中受誅。（《三國演義》第六十、六十二回）

彭羕的出場很有噱頭。先未知姓名，只報「有客特來相訪」，來人身長八尺，形貌魁偉，一頭短髮，披散頸上，衣服邋邋遢遢。一副狂士派頭。當時男人留短髮的效果，可比今日男人留長髮。來者何人?吊足人胃口。

接待彭羕是龐統。龐軍師恭問：「先生何人？」彭羕不答，進的屋來，找張床躺下，閉目養神。被龐統問煩了，才說句：「我歇會兒，你也歇會兒，我自當跟你說天下大事。」果然是大人物，不說則已，一張口就是「天下大事」。

龐軍師不敢怠慢，「天下大事」都來了，誰敢怠慢，趕緊吩咐左右：「快，酒食侍候。」彭羕來者不懼，吃好喝好，再睡。哪那麼些好事，吃了喝了就告訴你天下大事，這麼快就抖包袱，那還叫名士派頭?

龐統還真沒見過這個場面，不敢定奪，只得派人去請法正。法正一聽，慌忙趕到，龐統上前，對法正如此這搬，情況還沒說完，法正說：「莫非是彭永言？」進屋一看，果然。床上人一看法正，也跳起來道：「孝直別來無恙！」

此時，法正向龐統，也向大家，隆重推出彭羕先生。

彭羕，字永言，法正以之為「蜀中豪傑」，說彭羕因為曾直言觸犯過劉璋，被劉璋降罪削掉頭髮為徒隸，所以是一頭短髮。

法正與彭羕見面，「各撫掌而笑」。各位，一看到這「撫掌而笑」四字，我心裏就打鼓。這四個字所營造的場面，給我的印象真是太深刻了。

張松外出學習考察回到益州後，就把與曹操和劉備打交道的經過告訴了法正，並與法正、孟達二人商議，這益州應該送給誰，結果三人不謀而合，認定非劉玄德莫屬，遂即「撫掌大笑」，彈冠相慶。一幅群醜圖。

如今，這法正、彭羕相見，又是「撫掌而笑」，就不禁讓人心裏嘀咕，這彭羕該不會也是張、法、孟之流吧！不過不像啊，彭羕出場，顯得那麼卓而不群，那麼與眾不同，那麼超凡脫俗。

彭羕告訴大家：「我是來救你們這些人性命的，只有見到劉皇叔才能說。」這個噱頭夠大了吧。那還等什麼，劉備親自接見吧，要不，幾萬人的性命可就垂危嘍。

劉備出面，彭羕還真有一手，直指劉備紮寨所犯兵家大忌，幫劉備逃過一劫。

彭羕可能有真才實學吧，至少，他告誡劉備臨江下寨，要防水攻，是有見識的。我所很不適應，也很不喜歡的，是他的態度和方式。

一者，天機不可洩露。就說這件事吧，就只能告訴劉備知道，告訴龐統或者法正就不行？如果劉備恰好不在呢？如果因為等劉備，而貽誤軍情呢？「天機不可洩露」，所包藏的奧妙有二，首先，此功是我的。「不可洩露」不是因軍情重大、緊急，而是功勞不能由旁人占去。我告訴你龐統和法正，你等再轉告上頭，事後這功勞到底算誰的？是你等報告的，我就是有口也說不清。這是恰好劉備在，如果劉備不在，這種人的這種心理，很可能誤事。「天機不可洩露」暴露的正是私先公後。其次，搞小圈子。只對劉備才能說，我和劉備是圈子裏的，或我是劉備圈裏的，你們是圈子外的。圈子裏的關係，自然不是圈子外的所能比。典型的拉幫結派心理。

二者，沒我，你們就完了。就怕自己說的不被別人重視，就怕事成之後被人忘了是自己的功勞，所以，上來就是一句：「沒我，你們就完了。」這話表面看是在邀功，其實卻是獻媚，是要聽話的人知道我付出了，這一切都是為你好。對一個初來乍到的人來說，最迫切的就是能趕快站穩腳跟，拉幫結派，搞小圈，正是出於這樣一種心理。要站住腳，避免被別人小看、遭人排斥，最好的辦法就是讓大家感到，他的到來是對大家有好處的。這就好比初來乍到的人要擺一桌，請個面子。那是把自己置於一個較低的位置上，而一鳴驚人，來個「沒我，你們就完了」，讓大家從心裏刮目相看，要比擺面子高明的多。

兩類人最擅長用這種手法。一種就是彭羕這樣初來乍到，急欲揚名立腕的。再就是凡欲使人從己，又不能讓人覺出是己在求人者，比如勸降的說客和算命的。勸降的說客是拿自己的性命作賭注，誘說敵人投降。最怕的就是敵人不信任自己，不聽信自己所說的，那樣，自己的小命就懸了。怎麼辦？就來這一手。

對方問：「特來做說客。若是做說客請回，否則，休怪我不念舊情。」（做說客的人，一般都和敵軍將領有舊交，比如李肅和呂布、滿寵和徐晃、蔣幹和周瑜、張遼和關羽、李恢和馬超。）

說客道：「某非是來做說客，而是為將軍所來。將軍大禍臨頭，還不自知。」

對方問：「吾有何禍？你且說來。」

好了，這就開始了。只要我坐下了，說開了，就不怕你聽不進去。不這麼說，上來就當面鑼，對面鼓，準壞事。

諸葛亮攻陳倉不下，帳下有個叫靳祥的部曲，與陳倉守將郝昭是老鄉，私人關係也不錯，就向諸葛亮請命，能勸降郝昭。靳祥與郝昭相見後，郝昭問：「老朋友為何到了此地？」靳祥實在，直接向郝昭交了底：「兄弟我現在在西蜀孔明帳下當參贊軍機，混得還不錯。今天我是奉命來見將軍，有話相告。」郝昭不用聽也明白了，對靳祥說：「諸葛亮是我國敵人，你我原為兄弟，今天各為其主，就是敵人，你什麼都不用說，請出城吧。」飯做夾生了，靳祥再怎麼說，郝昭也不聽。哪有如此勸降的。

再就是算命的。上來說是「你有大麻煩，幸虧遇到了我。」這種人和作說客的一樣，是要你自覺自願地交出口袋裏的錢。明明是他求你，但怎麼說怎麼聽，都是你應該求他；明明是他離了你口袋裏的錢就活不了，聽起來卻是沒有他，你就活不下去。

「我是來救你命的」，這樣的話誰不得好好聽聽。求人不如誘人，曉之以理也要先嚇你一跳。這樣，取悅於人就變得含而不露，光明正大，順理成章。一來二去，求人的成了被求的，主動的變成被動的。

彭羕大可不必如此，畢竟你是個有本事的人。有話就不能好好說，非得一口一個「天下大事」，張口閉口「你們這些人麻煩大了」。如此一來，反而讓人有其他想法。

原以為關於彭羕，到此就可以結束。這個人物的出現，就是為了讓劉備在關鍵時刻有高人相助，逃過一劫，以取下益州。不料，彭羕先生在後來又露了一面。這一面，卻很不妙。

孟達見死不救，關羽敗走麥城，命喪東吳。劉備和諸葛亮商議，要收拾孟達。彭羕和孟達關係極好，聽到風聲，彭羕急遣心腹告之孟達。其實，彭羕就是不通知孟達，孟達也很清楚自己闖下的大禍。彭羕的心腹在出南門時，被巡城的馬超捉住。馬超耍了個心眼，先到彭羕處作客。幾鍾下肚後，馬超開始挑逗彭羕：「漢中王起先對先生不錯，怎麼後來就忘了先生？」彭羕恨恨罵道：「老傢伙如此待我，我定會好好『報答』他。」馬超道：「我看這個老傢伙不順眼，也不是一天兩天的事了。」彭羕立即接上：「將軍起本部軍馬，孟達為外合，我領川兵為內應，來個裏應外合，大事可成。」馬超明白了：「好，喝酒，這事改日再細定。」

辭別彭羕，馬超來到劉備處，將事情始末，如實稟告。彭羕先生酒醒時分，已身在大獄。至此，不管前面為彭羕做了多大的噱頭，都無法不讓人相信老話說的：物以類聚，人以群分。彭羕與法正、孟達果然是「好朋友」。

彭羕在獄中，「悔之無及」，給人一失足成千古恨的感覺。彭羕追悔什麼？是良心發現，想起劉備對自己不錯，自己不該忘恩負義；還是想明白了，自己是咎由自取，才落此下場。

「悔之無及」對悔之晚矣的彭羕先生，顯得很玄妙。

32

龐統

三面鳳雛

龐統，字士元，襄陽人，號鳳雛。因避亂寓居江東。少時樸鈍，無人識者，獨潁川司馬徽以之為南州士人之冠，漸為人知。赤壁大戰時，臥龍借來東風，鳳雛親赴曹營獻連環計，助周瑜取勝。周瑜死，魯肅向孫權推薦龐統為東吳都督，不為孫權所用。轉投劉備，成劉備左軍師，助劉備議取西川，於落鳳坡中川將張任之計，死於亂箭之下，時年三十六歲。東南童謠云：「一鳳並一龍，相將到蜀中。才到半里路，鳳死落坡東。風送雨，雨隨風，隆漢興時蜀道通，蜀道通時只有龍。」（《三國演義》第四十七、五十七、六十、六十二、六十三回）

龐統江湖人稱「鳳雛」，是和諸葛亮齊名的人物。魯肅向周瑜推薦龐統，周瑜就向龐統問求破曹良策，作為對龐統的考察。龐統侃侃而談，告之以「連環計」。周瑜深服其論。正愁有計難施之際，糊塗蟲蔣幹二次來訪，結果周、龐等人合夥做套，讓蔣幹把龐統這枚定時炸彈帶回曹營。龐統的連環計成，曹操赤壁之戰大敗。

周瑜死後，魯肅又向孫權推薦龐統，對孫權說龐統成就了赤壁第一功，想讓龐統當周瑜的接班人。孫權說，這個人很有名，我聽說很久了，可速請來相見。事情至此還是進展順利，可一見面出問題了。

龐統其人長的有點對不起觀眾，粗眉、朝天鼻、黑臉、還刺刺著短鬍子。孫權見了就不太喜歡。也是因為周瑜剛死，孫權正滿腦子都是周瑜的影子。眼前這個有可能成為周瑜接班人的龐統，在相貌上卻和周瑜判若雲泥，孫權自然失望。孫權問龐統：「先生平生所學，以何為主？」龐統回答：「敝人沒專門研究過什麼，隨機應變就足夠了。」一幅眼高於頂，無所不能的派頭。孫權終於發出必然一問：「先生的本事，比周瑜如何？」龐統笑著說：「我的能耐和小周是兩個層次，不可同日而語。」孫權極不高興，對龐統說：「先生先請回。日後有用得著先生的地方，自當相請。」龐統長歎一聲而出。魯肅問孫權，為何不用龐統，孫權說：「一介狂士而已，有什麼可用的。」

接著，龐統懷揣魯肅和諸葛亮兩封推薦信來找劉備。見到劉備，龐統沒把魯肅和諸葛亮的推薦信拿出來，而是說，我聽說皇叔您廣招賢士，所以特來相投。想必龐統是想看看，劉備是否真如傳言中說的求賢若渴，禮賢下士。結果劉備的表現還不如孫權。孫權起碼還問問龐統平生所學，劉備一見龐統的長相，問都不問，就把龐統安排在一百三十里外的一個叫耒陽的小縣當縣官。龐統原打算用自己的才學打動劉備，一看孔明暫時不在，只好先勉強上任。

在耒陽縣，龐統當著張飛的面日斷百案，曲直分明，毫無差錯，折服張飛。此時，龐統拿出推薦信給三將軍，諸葛亮又正好回來，龐統才得到劉備重用。

龐統確實曾想投奔東吳，否則不會接受魯肅的兩次推薦和周瑜的考察。龐統在孫權處，無門可入，才改投劉備。但是劉備待龐統並不比孫權好。龐統是言語中冒犯了心情不好的孫權，才遭孫權所棄。誰都知道孫權最喜歡周瑜，在周瑜屍骨未寒，孫權正值倍感傷心之際，有人敢這樣輕視周瑜，這不是絲毫不顧忌孫權的感受，明擺著和孫權過不去嗎！這種情形下，孫權心中怎能容下龐統，以致造成誓不用龐統的局面。劉備沒有什麼原因，只是覺得龐統長的醜陋，便草草安排了事。劉備的做法，應該比孫權更讓龐統心灰意冷。

但此時，龐統的態度卻有了明顯的變化。在孫權處，是長歎一聲而出。這一聲長歎當是包含了對孫權的失望。在劉備處的第一反應，是「欲以才學動之」。勉強上任後，通過張飛，終以才學動之。總之，同是受冷落，在孫權處，是此處不留爺，自有留爺處；在劉備處，則是小不忍則亂大謀。前後判若兩人。

我觀龐統其人，真正想投靠的，乃是劉備。因為劉備已得「臥龍」，此時投奔劉備，難免會位居諸葛亮之下。臥龍、鳳雛本是齊名，如此，豈非鳳雛不如臥龍？所以，才改投孫權。龐統不甘居於孔明之下的心理，在日後隨劉備取西川時，一覽無遺。龐統命喪「落鳳坡」，也正是這種心理作祟。

劉備與龐統進川後，諸葛亮夜觀天象，算出主將帥凶多吉少，便給劉備去信，提醒劉備人等切宜謹慎。天象這種東西，有點玄。但將士在外出征，提醒一下要小心謹慎，是必要的。特別是像劉備這樣的，是到人家家裏玩陰的，幹的是見不得人的勾當，更是不可大意。劉備見信，開始猶豫，龐統一見劉備要打退堂鼓，先想到的是：「這是孔明怕我取了西川，立下頭功，才如此危言聳聽。」他寬慰劉備：「主公不必疑心，孔明夜觀天象，我也觀了。據我觀察，我軍斬了劉璋大將泠苞，正應凶兆所示，凶兆已經解除，早沒事了，現在我們要做的，就是火速進兵。」劉備還是心有疑慮，又對龐統說起自己所做一夢，一神人棒擊自己右臂，疼痛不已。龐統大笑，說：「主公被孔明的話迷惑了。孔明是怕我龐統獨成大功，故作此言讓主公心疑。心疑則會感到凶兆，其實哪有什麼凶兆，主公就不要再多說了，準時發兵就是。」發兵之日，龐統又被其坐騎掀將下來。當天，龐統中計，於「落鳳坡」命喪劉璋大將張任之手。龐統綽號「鳳雛」，「落鳳坡」其名，以及之前星現凶兆、夢折右臂、馬失前蹄，俱為應證龐統之劫，在冥冥中已被註定。而真正使龐統劫數難逃的，不是「落鳳坡」或「落雞坡」之名，不是星、夢、馬之變，而是其立功心切，欲與孔明一較長短的心理。心不靜，則智難辨。龐統之死，雖曰天意，亦是人事！

孫權實為龐統的第二選擇。在龐統看來，自己投奔孫權是屈尊了。所以，在孫權面前，他說起話來，毫無顧忌。若孫權對自己附首貼耳，自己便可與諸葛亮比肩。若孫權不願意聽，不要緊，大不了再投劉備。憑真才實學，再加上手中諸葛亮的推薦信，被劉備收留是十拿九穩的事。龐統是找好了後路，才去見孫權。美中不足的，是在劉備處也遇到了點小波折，不過這就更能看出，龐統是來意已決，你劉備就是不識貨，我也不走了。

劉備憑什麼能這麼吸引龐統，當然是他漢室宗親的正統身份。

真正對龐統禮賢下士，奉為上賓的人是曹操。曹操聞蔣幹請回龐統，親自出帳迎接，殷勤相待，臨走時，還給龐統一道手喻，以保龐統家人安全。當然，龐統自是虛與委蛇，最後用連環計，回報了曹丞相的一番厚意。

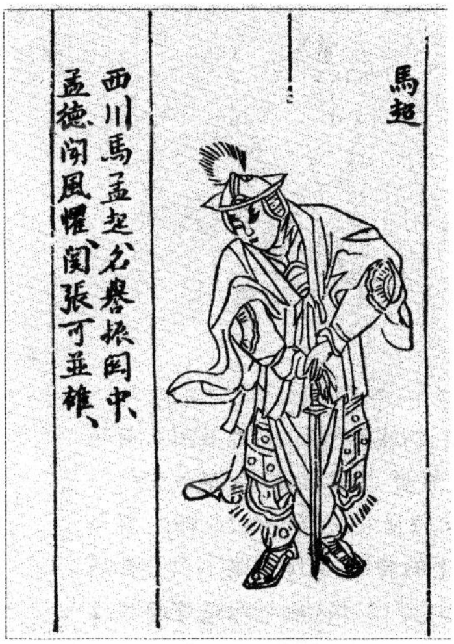
馬超
西川馬孟起名譽振關中、
孟德聞風懼、關張可並雄、

33

馬超

無為英雄

馬超，字孟起，扶風茂陵人，漢名將馬援之後。父馬騰，初平元年，因征李傕、郭汜有功，被封為征西將軍，與國舅董承、劉備，同為衣帶詔簽名之人。衣帶詔事發後，曹操計除馬騰與其二子，馬超與西涼太守韓遂興兵二十萬替父雪恨，被曹操大敗，只剩三十餘騎西逃而去。兩年後，馬超攻打翼州，為魏將姜斜、楊阜、趙昂、尹奉等人所敗，妻子至親十余人，被梁寬、趙衢皆盡剁殺，棄屍城下。馬超率馬岱、龐德等五、七人投奔漢中張魯。劉備取漢中，收降馬超。劉備稱漢中王，封馬超為平西將軍、驃騎將軍，與關羽、張飛、趙雲、黃忠同列五虎大將。八年後，馬超病故。（《三國演義》第十、五十七、五十八、五十九、六十五回）

馬超是侯門世家子弟，漢伏波將軍馬援之後。在《三國演義》第十回、五十八回、六十五回三次出場，三次不惜筆墨進行了介紹，稱其人物倜儻，英姿勃發，武藝超群，萬人難敵。曹操稱他有呂布之勇，劉備與諸葛亮則想盡辦法收至麾下。馬超是人見人愛，花見花開，是偶像級的人物。

馬超首次亮相，是十七歲隨父親馬騰征討李傕，郭汜。一露面，就讓人眼前一亮，好一員少年美將軍，而且英勇絕倫，不費吹灰之力，便於陣上斬殺敵將兩員。其後為報父仇，六戰曹操，殺了曹營中不少將領，最終為曹操所敗，投奔張魯。

馬超被曹操戰敗，投靠的是張魯，不是劉備。我不太理解為什麼。起初我想，可能是地理上的原因。馬超在西涼，劉備當時佔據荊州，在東面，兩地路途遙遠。如果馬超投奔劉備，可能到不了荊州就被曹操的人捉住了。

但在文學世界裏，這個理由說起來並非理直氣壯。看《水滸傳》，梁山英雄江州鬧法場和為救史進、魯智深攻打華州兩節，江州在哪裡？在今天的江西九江，離山東境內的梁山一千四五百里；華州則在華山腳下，從梁山到華山要橫穿河南省，一路漫長不說，其間還有重兵把守的重重關隘。這兩次行動按《水滸傳》的描寫是一日千里，從一地到一地不過一日半日的事，比空降部隊還快。可知馬超因為路遠不投劉備是站不大住腳的。

馬超剛到漢中，就與人結下樑子。張魯一見馬超，就打算招馬超為婿。張魯的心情完全可以理解。馬超那樣的人物，有女兒的，誰見了也想領回家當女婿。張魯的大將楊柏不同意。他說馬超不祥，他老婆就是受他連累而死，誰還敢把女兒許配給他。張魯一聽，也是，這事以後再說吧。不過，張魯竟然把楊柏的話原原本本地告訴了馬超，這個領導真是夠可以的。馬超一聽，惱了，有殺楊柏之心。楊柏也知道馬超要殺自己，便也有先下手為強之意。強龍不壓地頭蛇。馬超投靠張魯後，日子並不好過。

劉備取西川，馬超向張魯自薦領兵援救西川，在葭萌關大戰張飛不下，與劉備僵持對峙。劉備欲收降馬超，派人收買了楊柏之弟楊松。楊松便在張魯面前陷害馬超，說馬超要造反，要奪下西川，自立為王，並給張魯出主意，讓張魯給馬超提了三個要求：一要取下西川，二要劉璋首級，三要擊退荊州兵馬。三件事不成，就自行了斷。張魯聽了楊松的話，斷了馬超後路，嚴防馬超生變。馬超身後受小人陷害，劉備就在眼前，按說此時投靠劉備是再順理成章不過的。但是，馬超還是不降。

馬超與曹操有不共戴天之仇。馬超的父親馬騰和兩個兄弟馬休、馬鐵都死於曹操之手，妻子兒女死得更慘。曹軍活捉馬超家人，馬超在城下眼睜睜地看著妻子、三個幼子，至親十餘人，在城頭上被一刀一個，扔將下來，皆命喪曹軍之手。三國名將之中，若論身世之慘，馬超絕對上數。劉備與馬騰是同在玉帶詔上簽過名的死黨，與曹操是勢不兩立的死對頭，而且劉備還是漢室宗親，其水平也非張魯之輩可比。從哪方面說，馬超最應該投降的人，都是劉備。但是，馬超從沒有這個想法！

李恢勸降馬超說：「你馬超與曹操有殺父之仇，與張魯的人有切齒之恨；可是，向前你不能殺退我們的人馬救劉璋，向後又無法見到張魯制服楊松；天下雖大卻容不下你馬超，你自己都已身不由己；若再被殺敗無家可歸，還有什麼臉面立足於世！」李恢說得沒有什麼高明之處，但馬超拜謝說：「先生說得太對了，但我馬超實在想不出什麼辦法。」在聽到李恢到來之前，馬超還在帳下埋伏好刀斧手，想要殺李恢。可見，即使到了這般田地，馬超也沒有降劉之心。

經過李恢的遊說，馬超終於還是投降了劉備。不知道是否是因馬超是被迫無奈才降，態度不夠積極主動，不能讓人心裏踏實，反正劉備日後對馬超並未予以重用。

劉備奪取漢中，與曹操大戰，當正是馬超施展能耐之際，但破曹的主力是張飛、黃忠、趙雲和魏延。張飛奪了瓦口隘，殺退張郃；黃忠取下曹操屯糧重地天蕩山，又於定軍山斬了曹操的心腹大將夏侯淵；趙雲漢水以寡勝眾，各將紛立大功。馬超只在大局已定的情況下，協助劉備出擊一次。後來，為給關羽報仇，劉備兵伐東吳，帶的是黃忠、趙雲，不曾啟用馬超。留下鎮守漢中的主將則是魏延，身為五虎大將的馬超只是作為魏延的助手留在漢中。諸葛亮曾用過馬超一次，是「安居平五路」，借馬超在羌人中的威名，鎮守平西關。實際也是「不用之用」。僅此而已。待諸葛亮平南王孟獲之亂歸來，馬超已病逝。自跟隨劉備，馬超基本是被雪藏不用。這期間長達八年之久。

馬超身為蓋世猛將，在國家正值用人之際，卻既不能建功立業，又無法報仇雪恨，只能空任歲月流去，扼腕之情可想。馬超本不想投靠劉備，卻無奈跟隨了劉備；劉備收降了馬超，又不信任馬超。馬超在劉備那裏並沒有擺脫李恢說的「目下四海難容，一身無主」的境地。馬超之死，難免不是鬱鬱而終。

馬超其人有毛病。按《三國演義》裏的說法是多疑。因為多疑，中了曹操的反間計，與韓遂鬧反，被曹操擊破。歷史上的馬超不僅多疑，而且反覆無常，殘暴不仁。看來，儘管《三國演義》有意美化馬超，但「假歷史」還是沒能逃出「真歷史」的手掌心，要不，怎麼解釋蜀漢對馬超的不信任，怎麼解釋馬超的英雄無為？

34 黃忠　功在老朽

黃忠，字漢升，南陽人。原為劉表帳下中郎將，與劉表之侄劉磐共守長沙，後事韓玄。黃忠雖年近六旬，卻有萬夫不當之勇。關羽戰長沙，與之鬥百餘合，未分勝負。後隨劉備，取西川中，屢建大功。曾於定軍山斬殺曹操愛將夏侯淵。劉備入主漢中，封黃忠為征西將軍、武威後將軍，與關羽、張飛、趙雲、馬超同列五虎大將。劉備為關羽報仇，與兵伐吳，黃忠中東吳小將馬忠暗箭，身亡，時年七十五。（《三國演義》第五十三、六十二、七十、七十一、八十三回）

劉備入主漢中，封關羽、張飛、趙雲、馬超、黃忠為五虎大將。這五個人是怎麼入圍、當選的，可以借關羽的嘴說一說。關羽聽到這個消息，並不高興，他說：「張翼德是我弟弟；馬孟起是世家名將之後；趙子龍跟隨我兄時間很久了，和我也是親如兄弟；這些人都沒問題。可是，黃忠算是什麼人，也能和我同列？我才不和這個老傢伙為伍。我不受印。」

關羽說的不僅是當選原因，也是排序依據。五虎大將的評定和排序，看的是：親緣關係、家族歷史和工作資歷。黃忠不是劉備的親戚，不是名門世家之後，跟隨劉備的時間在五個人中，僅比馬超長，可又沒有馬超那樣顯赫的家室，年級又大，所以，只能排名最末。這樣，關羽還一肚子不高興。

費詩用蕭何、曹參的例子勸說關羽。蕭何、曹參與高祖同舉大事，是鐵哥們，而韓信不過是後來的一個降將，可是韓信之位卻在蕭、曹之上，蕭、曹二人未有怨言。此大局為重也。費詩連哄帶勸，關羽接印。

關羽很不應該。對黃忠的個人能力，他是最瞭解的。當年在長沙，他和黃忠鬥一百餘合，不分勝負，還差點死在黃忠箭下。他也曾感歎：「老將黃忠，名不虛傳；鬥一百合，全無破綻」。

關羽眼高於頂，氣量也不大，他的眼光主要偏重於親緣關係和家族歷史，而不是工作的實際成績。劉備列黃忠為五虎大將之一，是因為黃忠在取兩川中，發揮了重要作用，取得了突出成績。如果細論武將中，對劉備事業有過實質性貢獻的，黃忠不在任何一人之後。

劉備在沒得諸葛亮輔佐之前，關羽、張飛和趙雲的身份不像大將，而更像是私人保鏢。把劉備一次又一次的從別人的刀口下，解救出來，然後，保護著劉備一次又一次的逃命，攻城取地的正事沒幹多少。得了諸葛亮後，劉備混赤壁大戰的水，摸了荊州這條大魚。然後，立足荊州、南郡、襄陽，才差趙雲取了桂陽，張飛取了武陵，關羽取了長沙。在取西川前，關羽、張飛、趙雲最大的功勞，就是馬不停蹄地救劉備的命。

馬超跟隨劉備前，和曹操打過六仗。有輸有贏，但最終是輸了。而且輸得很慘，地盤、兵馬、妻兒性命，全輸了進去。曹操趕跑馬超，是拔掉了一顆眼中釘。馬超跟隨劉備後，就基本消失了蹤跡。八年中，只是憑神威天將軍在西羌人中的威名，像稻草人一樣，立在西平關或陽平關城頭，在三國人馬的廝殺聲中，看蒼山如海，殘陽如血，直到病死。

取得西川和漢中，是劉備事業的巔峰。幫劉備達到這一巔峰的，武將中黃忠、張飛、趙雲功勞最大。其中，又以黃忠之功最為顯赫。

劉備取西川，黃、張、趙三人各有所斬，功勞難分伯仲。劉備取得西川，曹操的人也佔領漢中。曹營大將張郃攻打孟達、霍峻把守的葭萌關，二人不能敵。劉備要遣一員大將前往葭萌關擊退張郃，並取漢中。黃忠不服老，定要前往。結果黃忠在法正及另一老將嚴顏的協助下，奪了曹軍在漢中的兩處屯糧重地天蕩山和米倉山，更在定軍山斬了夏侯淵，一舉將曹軍趕至漢水邊。等曹操親自出馬時，曹軍已居劣勢。劉備則乘勢一鼓作氣，拿下漢中。

漢中一戰，黃忠是首功。黃忠的功勞，最具戰略意義的，是拿下了曹軍的屯糧重地，斷了曹軍在漢中的養命之源。沒有吃的了，仗還怎麼打。時間一久，必無法支撐。而對曹操來說，最沉重的打擊，則是黃忠刀斬了曹營的「五星上將」夏侯淵。

夏侯淵不是曹營中的普通將領。夏侯淵與曹操的關係，可比關、張與劉備的關係。曹操的父親曹嵩本是夏侯氏之子，過房給曹家，因此，曹操與夏侯淵本為兄弟。夏侯淵，字妙才，不僅武藝精通，而且熟讀兵書，通曉戰略，據說還頗有文才，這正是曹操最喜歡的人才類型。加之兄弟關係，曹操對夏侯淵喜愛之極，也器重之極。黃忠迎戰夏侯淵前，諸葛亮提醒黃忠：「夏侯淵深通韜略，善曉兵機，曹操曾以他一人為鎮守西涼的屏障，當年馬超犯長安，就是夏侯淵抵擋的；今天曹操屯兵漢中，不派別人，而是重托夏侯淵，正是因此人有將帥之才。」諸葛亮的話雖說是為激將黃忠，但也沒有誇大。凡軍事重地，曹操確實很倚重夏侯淵。若曹操手下也封五虎大將，夏侯淵必占一席。

曹操極愛人才。哪怕是對頭的大將，只要是武藝高，有本事，曹操沒有不喜愛的。像趙雲，在長阪坡殺了曹操四五十員上將，曹操也沒生氣，還想捉活的勸降。得不到的，曹操從不吝惜讚美之詞，不掩飾喜愛之情。對人才，曹操確實有王者風範。張繡殺了曹操的兒子、侄子和大將典韋，曹操心疼，但也沒說恨過誰。黃忠斬了夏侯淵，曹操聞聽，卻是「放聲大哭」，「深恨黃忠」。接著，親領大軍二十萬，來為夏侯淵報仇。這不由讓人想起，劉備親率七十萬大軍，殺奔東吳，誓死也要為關羽報仇的情形。可知，黃忠刀斬夏侯淵，對曹操來說，是多麼沉重的打擊。

縱觀五虎大將，取得過這樣具有戰略性戰績的，首推黃忠。

劉備有最厲害的五虎大將。這五個人是魏、吳所沒有的。但細推敲五虎大將的作用和成就，會發現，其中很少有像張遼那樣，能坐鎮一方，獨當一面的。關羽水淹七軍，活捉過于禁，卻於大局無助，接著丟了荊州，則是功不抵過，不能與黃忠一比。與張遼獨守逍遙津，兩次大敗孫權，殺得東吳人人害怕，小兒聞張遼之名，夜裏不敢啼哭相比，更是差得太遠。至於關羽溫酒斬華雄、過五關斬六將、單刀赴會，趙子龍長阪坡殺了個七進七出，張飛當陽橋一聲斷喝水倒流，雖然有名，搶風頭，卻並不具備戰略意義上的價值。一流將官如此，也難怪劉備的勢力發展的最慢。

35

劉封　庸人困境

劉封，原名寇封，羅侯寇氏之子。劉備用徐庶之計，敗曹仁，取樊城，遇同為漢室宗親的樊城縣令劉泌及其甥寇封。劉備見寇封氣宇軒昂，甚是愛之，遂收為義子，改名劉封。劉封名為劉備義子，實為蜀漢末將，頗受關羽排擠。劉備得益州，封劉封為副軍中郎將，與孟達同守上庸。關羽敗失荊州，劉封聽孟達挑唆，見死不救，關羽身死。劉備聞聽，恨劉封入骨，斬之。（《三國演義》第三十六、七十六、七十九回）

劉備兩個兒子：劉封和劉禪。被殺頭的是劉封，「封禪」的是劉禪。

劉封原名寇封，被劉備收為義子後，改名劉封。劉封為小人之屬，因為他見死不救，是害死忠義化身關二爺的間接兇手。小人招人恨，不除不足以平民憤。細品之，則又未盡然，劉封小人，實有諸多冤屈。

劉備收劉封時的境況，說得好聽一點，是虎落平陽，龍困淺灘，說得難聽一點，是喪家之犬，剛喘息待定。劉封在此時跟隨劉備，並無好處可言，反有殺身之禍。

令人如鯁在咽的是，劉備帶劉封見關羽，關羽當面說，大哥已經有兒子了，再收這麼個乾兒子，日後定生亂子。言下之意，大哥日後是要做皇帝的，在繼承權上，多個乾兒子，不好處理。這一點劉備比關羽高明多了。他說，我對劉封像對親兒子一樣，劉封對我一定會像對親父親一樣。關羽聽了並不高興。可以看出，關羽壓根兒就沒把劉封當侄子看。當人面說這樣的話，可以說是對劉封極大的不尊重，對劉封人格的污辱。

劉備不過五六個人，七八條槍，剛剛有個暫時的立錐之地，關羽就想到了繼承權的問題，並因此排斥劉封，這與《水滸傳》中白衣秀士王倫的做法、心思，倒有點相似。先有小人之心的是關羽，不是劉封。聽了這樣的話，劉封應勃然大怒，痛斥關羽才對，拂袖而去，也無不可。劉封當時並無不良反應，可見本性純良，也顧綱常。

以後劉封跟隨劉備，從未以少主身份自居過，反倒像個革命軍中馬前卒，逢山開路，遇水搭橋，押糧運草，誘敵深入，髒活累活沒少幹，是典型的「藍領」。其待遇別說與關張趙馬黃相比，就是一般的將領也不如，並未聽劉封有什麼不滿，發過什麼牢騷。關羽的話，劉封並未計較。倒是關羽，這樣不顧大局的事，後來又做了三回。第一次是劉備列黃忠為五虎上將，關羽不服，不屑與黃忠同列。第二次是劉備收馬超，關羽也不服，要撇下荊州入川，與馬超一決高下。關羽如此容不得人，內部同志可以原諒他，外人就沒有這個義務了。第三次，他置諸葛亮「東聯孫吳，北拒曹操」的戰略大計於不顧，羞辱了上門提親的孫權，罵孫權的兒子為「犬子」，說「虎女怎能夠配犬子」，終於惹火了孫權，自己搭上了性命，還斷送了荊州。關羽氣量小，政治眼光也不長遠，他的下場，可謂咎由自取。

關羽敗走，派廖化向劉封求救。劉封問孟達，這事怎麼辦？孟達何人？曰：小人。孟達告訴劉封：「孫權兵精將勇，而且曹操幾十萬大軍就在周圍，我們敵不過人家。」劉封說：「關羽是我叔叔，怎能見死不救？」孟達笑著說了一番非常厲害的話：「你把關羽當叔叔，他關羽未必拿你當侄子。我聽說漢中王當初收你為義子時，關羽就不高興。漢中王立繼承人時，又是關羽從中作梗，為防後患，才把你安排在這邊遠小城，這是地球人都知道的事，你不知道嗎？你這個叔叔叫的，只是一廂情願。」孟達的譏諷、嘲笑，別說劉封，任何人聽了，都很難再保持冷靜，去理智的想問題。一怒之下，劉封舊仇生惡念，待到鑄成大錯，已為時晚矣。

孟達是真正的小人。孟達原是劉璋部下。為了飛黃騰達，與另一小人張松一起，把劉璋的地盤賣給了劉備。而劉備並未給他想像中的待遇，他便逮機會挑撥劉封見死不救，以泄私憤。關羽事發，他立感不妙，投了曹丕。在曹丕那兒幾年，沒混出樣來，又想再投回西蜀。孟達如此折騰，是出於小人的天性，為了即時利益，能反就反，能挑撥就挑撥。原則與立場，都以自身利益為准。孟達如此反覆，送掉小命，是遲早的事。

孟達投降了曹丕，反過來又替曹丕勸降劉封，劉封大怒說：「孟達你個老賊，挑撥我們叔侄的關係，又來離間我們父子的感情，讓我成為不忠不孝之人。」罵完，扯碎書信，怒斬來使，與孟達決一死戰。劉封敗回成都，向劉備哭陳前事，劉備斥曰：「你吃人飯，穿人衣，不是土木偶人，怎麼聽從小人的挑撥。」將劉封推出斬首。事後劉備聽到劉封毀書斬使，與孟達決裂之事，也頗為後悔。我想劉備之悔，不單是因為聽說劉封最後之舉才悔，想必也是想起了劉封多年來鞍前馬後，任勞任怨，才悔上心頭。

劉封算不上小人，劉封還有天良。劉封還能用實際行動改正自己的錯誤，雖然於事無補，但確實從思想深處認識到了錯誤。小人則執迷不悟，是到死也不會覺悟的。小人從不覺得錯誤是錯，當然也無認錯一說。小人行事乖巧，見風使舵，唯利是圖，劉封總的說還是立場堅定，忠心耿耿，雖然一時失足，也是意氣用事，而非利益所驅。劉封只能算個庸人。庸人一大特徵是有良心，無主見；有身分，無地位。庸人常處於上壓下排，同類不容的境地中，而最為小人所喜。庸人身邊一旦有了小人，在小人教唆之下，就極易犯錯。小人終是少數，但看似多，是因其中混雜了眾多不明就裏的庸人。犯錯的庸人，在良心譴責下，會醒悟會悔改，甚至義無反顧。只是如果犯的錯太深重，或周圍的人並不接受庸人的悔過，仍有成見，那庸人就會陷入悲劇的處境——一個有良心的人欲改過，而不被人接受。這才是對庸人毀滅性的打擊。常人中多庸人，不斷犯錯，又不斷悔過。但常人卻容不下庸人，吝嗇給庸人一個改過的機會，一個增加庸人良心分量的機會，一個堅定庸人主見，把庸人變成好人智人賢人的機會。

英雄有末路，庸人要走出困境也不易。

36

普淨　佛也無奈

普淨，河東解良人，鎮國寺僧人，關公同鄉。關公解曹操白馬之圍後，千里尋兄，行至汜水關。汜水關守將卞喜於鎮國寺設伏，欲圖關公。得普淨相助，關公斬將過關，避過一劫。後關公身死，其魂於荊門州當陽縣玉泉山，再遇在此坐禪參道的普淨。得普淨點化，關公皈依而去。（《三國演義》第二十七、七十七回）

東嶺關前和洛陽城下的兩場廝殺，就像兩枚投入水中的石子，連水花也不曾濺起，就淹沒在了關羽歸心似箭的心中。

下一站是汜水關。汜水關守將卞喜在鎮國寺中設宴，恭候君侯大駕。好兆頭，佛祖在上，屠刀也許有所忌憚。

確實有好兆頭。不是屠刀有緩，而是一個叫普淨的活菩薩，拈刀微笑，救得關羽逃過一劫。我無害人心，人有圖我意。哪怕在佛前，關羽也殺得毫不留情。

沒有什麼能擋住關羽東去尋兄的腳步。

遇人殺人，遇佛弑佛。

普淨和尚也要走了。走的時候，和尚說：「此處再也難留。後會有期，將軍保重。」

和尚是怕人加害？還是怕佛祖怪罪？！

多年以後，和尚與君侯再度相見，已是人鬼兩重天。

離開鎮國寺的和尚，來到了荊門州當陽縣玉泉山，結草為庵，每日坐禪參道，身邊只有一小行者，化飯度日。

一夜月白風清，已是三更過後，正在庵中默坐的和尚，忽聽空中有人大呼：「還我頭來！」和尚凝神仰面，見空中一人，騎赤兔馬，提青龍刀，左首一白面將軍，右首有一黑臉虬髯大漢，一起自雲頭降至山頂。

是他。和尚以手中麈尾指曰：「雲長否？」

關公乘風落於庵前，拱手問：「和尚何人，願聞法號？」

和尚道：「老僧普淨，昔日汜水關前鎮國寺中，曾與君侯相會，將軍今日難道已忘？」

關羽道：「救命大恩，銘記不忘。今關某遇禍而死，願求大師教誨，指點迷津。」

和尚道：「昔非今是，一切休論；後果前因，彼此不爽。今將軍為呂蒙所害，大呼還我頭來，然則顏良、文醜，五關六將等眾人之頭，又將向誰索耶？」

於是，關公大悟，稽首皈依而去。

和尚的話是黑夜中的閃電，一個霹靂把干戈殺伐打回了原形；和尚的話也是當頭棒喝，道破了所謂英雄的假面。

暴徒與邪惡的殺伐，英雄與正義同樣可以為之。因為有了正義的幌子，由英雄進行的殺伐更加理直氣壯，也更加不易被覺察。

賢相諸葛亮火燒藤甲軍。三萬藤甲軍「燒得互相擁抱，死於盤蛇谷中。孔明在山上往下看時，只見蠻兵被火燒的伸拳舒腿，大半被鐵炮打的頭臉粉碎，皆死於谷中，臭不可聞。」

關羽、張飛、黃忠、諸葛亮之死，令人扼腕。然則死於關、張、黃、諸葛之手的鄧茂、華雄、顏良、文醜、夏侯淵、夏侯尚、韓浩、三萬藤甲軍、赤壁百萬曹兵便該得其死？

若按和尚所言，關羽之魂應勸阻劉備：「弟自生於人世，即殺伐不息，所欠冤魂無數。今為東吳小人所害，雖有不平，亦不出天理。自桃園結義，我兄弟之情，天神共鑒，勿為某一人再起干戈，兄若加兵於人，徒增弟之罪過。望兄三思。」

但關羽並未「恍然大悟」。關羽之魂仍向劉備泣告：「願兄起兵，以雪弟恨！」

川蜀七十五萬子弟兵為一句「以雪弟恨」，命歸彝陵。和尚縱然揭穿真相又能奈何？

和尚的話亦為夫子自道：「抱歉，君侯，這一次是真不能救你了。上次救了你，卻害死了卞喜。你該救，卞喜、顏良、文醜、五關六將就該死？以殺人來救人，亦非我佛之道。阿彌陀佛！」

和尚想通了。但我想不通，既然關羽並未如和尚所說「一切休論」，依然要劉備興兵報仇，為什麼作者還要「多此一舉」，插上這段「無用的話」？

歷史是狗改不了吃屎。

而我們何時才有懺悔！

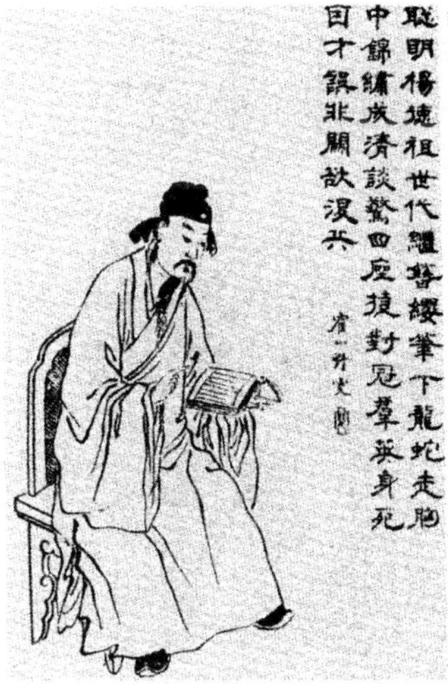
聰明楊德祖世代繼簪纓筆下龍蛇走胸
中錦繡成清談驚四座捷對冠羣英身死
因才誤非關欲退兵

37

楊修

替罪雞肋

楊修，字德祖，太尉楊彪之子。曹丞相門下掌庫主薄，博學能言，恃才傲物，不拘小節，數次觸忤曹操。終因涉足曹操立嗣一事，被曹操尋機問斬。（《三國演義》第六十、七十二回）

微不足道的一塊「雞肋」，因為楊修而名揚天下。雞肋，食之無味，棄之可惜。外國人要翻譯《三國》，單是這一個詞可能就要費一番口舌。

曹操殺楊修有三層原因。表面上看，是曹操漢中一役受挫，以雞肋為夜間口令，楊修又和以往一樣耍小聰明，猜測曹操心事，斷言曹操必退兵，提前收拾行裝。曹操見了大怒，說：「汝怎敢造言，亂我軍心！」遂斬之，並將首級號令於轅門外。二層是「歷史」原因：楊修其人恃才放曠，不拘小節，數犯曹操之忌。有三件事：曹操門上提「活」字，楊修解開，為「闊」門之意，並隨即讓人真把門闊了。「操雖稱美，心甚忌之。」曹操在一盒酥上題「一盒酥」三字，楊修以「一人一口酥」為由，不等曹操發話，就領著一幫從人把曹操的酥給吃了。「操雖喜笑，而心惡之」。還有就是曹操在睡覺時，一個侍從來給他掩被，被曹操持劍殺死。事後，曹操解釋自己乃夢中殺人，楊修歎曰：「丞相非在夢中，君乃在夢中耳！」「操聞而愈惡之。」

從忌到惡，再到愈惡，這就是楊修在曹操心目中的印象。對曹操立嗣一事的參與，是楊修找死的主要原因。

曹植的智囊團成員主要有楊修、丁儀、丁廙，都是和曹植一樣的恃才傲物，目空一切之輩。丁氏兄弟整天陪著曹植飲酒作詩，真正能幫上點忙的是楊修。楊修是怎麼幫曹植的呢？曹操叫楊修出些考試題考曹植和曹丕，楊修就泄題給曹植。曹丕買通朝歌長吳質作內應，經常用個大筐子把吳質運進府內密謀。楊修就親自向曹操揭發此事。吳質給曹丕出主意，叫曹丕第二天把大筐子裏果真裝滿絹，往府裏運。曹操因此懷疑楊修欲害曹丕。曹丕則是買通曹植身邊的人，讓曹植的左右，向曹操告發楊修泄題等種種足以要命的事，惹得曹操大怒：「匹夫安敢欺我耶！」此時已立必殺楊修之心，而只等一個藉口。楊修幫曹植沒幫到點子上，反而暴露了自己的立場，結果引火焚身，終以惑亂軍心之罪被殺。楊修死年三十四歲。曹操也因此認為曹植「虛華少誠實」。

曹丕也有自己的智囊團。曹操為什麼不殺曹丕的人，單殺楊修？在一定程度上，楊修是做了曹植的替死鬼。曹植與曹丕相比，尤為曹操所喜。可是曹植任性，恃才放曠，文人氣、才子氣太濃。這一點和楊修很像，要不他能和楊修這樣的人交好。對於曹操來說，這是他所不喜歡的，這不是他所需要的政治家或軍事家之類的接班人。

曹操對曹植的心情可以說是極其複雜。若曹植一無是處，扶不上牆，曹操也就死了心，無須再費力。偏是曹植有才，卻將其才用在雕蟲小技上。在曹操眼裏，文學較之國家大事，就是雕蟲小技。這一點曹操本人是個很好的例子。曹操自己雖然才華橫溢，頂多也只是在登高橫朔時，用文學為國家大事助助興，卻從不與人在公開場合討論文學問題。若文人只會塗詩抹字，不能從政理國，這樣的文人，在曹操眼裏形如草芥。看一看曹操的用人：得其重用的文人荀彧、荀攸、郭嘉、程昱、劉曄、賈詡等人，都是運籌帷幄，兼通政治、軍事之輩。對曹操而言，這是必不可少的人才。其他則可有可無，像被殺掉的孔融，被放逐的彌衡。對別人可殺可逐，自己的兒子也如此，就只能徒喚奈何！

曹操喜愛曹植，卻不能讓他繼承自己的事業，對一個父親來說，是件不愉快甚至是痛心的事。換個人可能會感情用事，可是曹操絕不會如此。從這件事上，也能看出曹操與袁紹、劉表之流的區別。但總得有個發洩處。而此時，恰有一個和自己兒子很像的楊修，在旁邊竄來竄去，指手劃腳，便很自然地將一腔怒其不爭的怨氣，發洩到他身上。

楊修號稱才華過人。在《三國》裏也只是見他猜出了幾個謎語而已。楊修之才與得曹操重用的荀彧、荀攸、郭嘉、程昱、劉曄、許攸、賈詡等人相比，是兩個路子。楊修之才只是用於為曹操沉悶的政治生活，增加點情趣。就這點工作，楊修也沒做到位。他不僅不捧著英明神武的曹丞相，還經常不知趣的令曹操下不來台。大事用不上，小事不順心，所以殺他也就殺了，沒有什麼大不了，算不上什麼損失。

即使曹操肯放過楊修，別忘了還有個曹丕。曹丕上位後，做的第一件事就是同根相煎。曹丕連自己的親兄弟都不放過，何況是差點壞了自己大事的楊修。曹植的智囊團成員丁儀丁廙兄弟被滿門抄斬，遭滅族之災。楊修之死，是遲早的事。

楊修不瞭解曹操，也不清楚曹丕的實力，更不懂政治的奧妙。他以為這些事和他飲酒賦詩、猜悶射謎一樣，是鬧著玩的事，卻把自己的腦袋玩掉了。很多年後，又有一個叫何晏的著名文人，犯了和楊修同樣的錯。何晏是當時有名的學者，出了不少學術專著。這個人不甘寂寞，認為在廣闊無比的政治天地裏，同樣應該有自己一席之地，就走出書齋，投身於政治的角逐中。何晏的主人是大將軍曹爽。何晏、曹爽，以及輔佐曹爽的一幫「名士」，這群人的共同特點是，大家都從未上過戰場，從未帶兵打過仗，也從未試過政治這趟渾水的深淺。就這麼，在熱情和樂觀的驅使下，在現實和未來的引誘下，就像在書齋裏研究學問一樣，這幫人瀟灑之極地登上了政治舞臺。不幸的是，何晏的對手是司馬懿父子，結果可想而知。何晏、曹爽在手握重兵，優勢占盡的情況下，被司馬氏父子翻盤。何晏在政治舞臺上的第一聲　喊，也成為他告別的絕唱。何晏、曹爽不僅丟了性命，還丟了曹家的天下，自此，拉開了政歸司馬氏的序幕。看了何晏的事，就知道，曹操立曹丕為繼承人，是多麼英明的決定。而楊修之死，也就越發顯得無足輕重和該得其死。

楊修的才是小才，犯了有小才的人常犯的錯誤：愛耍小聰明。何謂「小聰明」？成事也許不足，敗事綽綽有餘；大事鼠目寸光，小事錙銖必較。笨人耍小聰明，要不到點子上，只會博人一笑，無足掛齒；有才的人耍小聰明，輕而易舉就能成功，便以此為榮，樂此不疲，毫不知招人厭惡。而對大事，還是以小事態度處之，只顧眼前，急功近利，自以為是，只憑自己的興趣草率行事，絲毫沒考慮事情的嚴重性、複雜性和危險性，最終害己。在曹操的眼裏，楊修形如雞肋，有他不多，無他不少；在夏侯惇之輩眼裏，則驚楊修為天人。此亦大才與小才之別。

38

張遼

豎子成名

張遼，字文遠，雁門馬邑人。並州刺使丁原以其武力過人，召為從事，後屬董卓，卓死，又隨呂布，為呂布帳下頭名部將。曹操白門樓斬呂布，經關羽、劉備勸，收降張遼，無意中得一大將。赤壁大戰後，張遼獨守合淝，兩敗孫權，威震東吳。後隨曹丕征吳，中吳將丁奉冷箭，回許昌箭傷迸裂而亡。（《三國演義》第十一、十九、二十五、五十三、六十五、八十六回）

為將者，有大將、猛將之別。猛將者，呂布、顏良、文醜、許褚、典韋、馬超、張飛、甘寧、太史慈之輩，以一當百，勇貫三軍。大將者，不僅勇猛善戰，更要能運籌帷幄，獨當一面。大將之中，張遼張文遠要算頭一個。

張遼原為呂布手下頭名部將。呂布兵敗，白門樓被斬，第二個就輪到張遼過堂。張遼寧死不屈，曹操拔劍要斬張遼，此時，劉備攀住曹操胳膊，關羽下跪，齊向曹操求情。劉備說張遼為「赤心之人」，是可用之人；關羽曰：「關某素知文遠忠義之士，願以性命保之。」經劉備、關羽力保，張遼成為曹操手下一員名將。

按劉備和關羽的說法，張遼赤膽忠義，無非有德，至於是否為將帥之才，尚不能斷定。張遼初顯高人一籌之處，是在官渡之戰中。時有許攸來降，向曹操獻計，讓曹軍假扮袁軍，前去袁紹屯放糧草輜重之地放火燒糧，袁紹百萬大軍可不戰自破。第二天，曹操依計行事，要親自前往，只有張遼提醒曹操：「袁紹屯糧之所，安得無備？不可輕信，恐防有詐。」

許攸來降之際，正是曹操最困難之時，糧草已斷，破敵乏術。這時候，人最容易盲從輕信，忙中生錯，給人以可乘之機。而此情境中，張遼卻能臨危不亂，想到要提防其中有詐，這份冷靜極為不易。

足顯張遼大將氣概的是獨守合淝城，力戰東吳軍。

赤壁大戰後，曹操退走，留下張遼鎮守合淝。合淝、荊州、襄陽三地，為魏、蜀、吳之間的樞紐要地，占得三地，不僅得地利之優，更在戰略上搶得先機。荊州的重要性，諸葛亮已在「隆中對」中向劉備作了全面分析。立足荊州，劉備西可圖益州，北可窺宛、洛。劉備後期走勢，止乎荊州一地。合淝則為曹魏門戶要地。合淝一失，魏之要害盡收孫權眼底。曹操讓曹仁守荊州，夏侯惇守襄陽，張遼守合淝，給張遼配的副手是李典、樂進。由這一安排，可見張遼在曹操心目中的地位。曹操走後，曹仁丟了荊州，夏候侯失了襄陽，只有張遼鎮守的合淝，巋然不動。

孫權率部一攻合淝，被張遼殺得大敗，東吳還折了猛將太史慈。如果說第一次戰合淝，孫權只是試探性攻擊，那麼第二次，孫權親起東吳精銳，全力來取合淝，其志在必得之勢則非同小可。

守合淝，張遼難處有二：以寡敵眾和內部不合。對方是一國之主親率全國精銳，而自己只是一名普通將領，所率不過地方部隊。兵力懸殊，氣勢更懸殊。自己的左膀右臂張遼和李典又素來不睦。大敵當前，也是很要命的事。內憂外患，合淝危矣！然危難之中，方顯大將本色。

張遼先安內。曹操與張遼書信一封，內書：「若孫權至，張、李二將軍出戰，樂將軍守城。」張遼、李典不和，行事應把二人分開，才不至掣肘。曹操令二人並肩齊出，其意欲令二人能於絕境中同生共死而冰釋前嫌。張遼把丞相手喻與李典、樂進看，卻並沒對二人以上方旨意強行下令，而是告訴二人：不管二位意下如何，哪怕你們不出戰，只守城，我都要親自出戰，與敵決一死戰。張遼身先士卒，不顧生死，李典慨然而起曰：「將軍如此，典豈敢以私憾而忘公事乎？願聽指揮。」

內已安，張遼對外之策是：「現在主公征戰在外，吳軍以為我等軟弱可欺，只會死守，我反要集中兵力，出其不意奮力一擊，折其鋒芒以振我軍士氣後，方可死守。」張遼沒有完全按曹操的部署，讓樂進守城，而是根據實戰需要，以攻代守，先一鼓作氣，給孫權以重創，讓孫權不敢輕舉妄動，以減輕自己防守的壓力。張遼此舉，是意識到敵眾我寡之際，銳氣和信心上的彼消此長，將成為影響勝負的關鍵。這一陣「殺得江南人人害怕；聞張遼大名，小兒也不敢夜啼。」

趙雲於長阪坡在曹營中殺了個七進七出，殺得曹兵人人膽寒，魏將個個心驚，日後，凡聞趙雲之名，曹魏之將無不未戰先怯，但也沒如張遼般讓「小兒也不敢啼哭」。足見此戰之慘烈。

旗開得勝後，張遼沒有在勝利的小酒中飄飄欲仙，而是冷靜如初，清醒的認識到合淝兵少，如果孫權大兵進攻，還是難以抵擋。一面死守城池，一面急令人星夜趕往漢中，報知曹操，請求救兵。

張遼用兵並沒有什麼特殊高明之處，也非是有奇謀詭計。但是，其一舉一動無不顯出大將素質：聞敵壓境，臨危不亂；安內，國事為先，以身垂範；攘外，不死守成命，見機而作；戰後，「勿以勝為喜，勿以敗為憂」，審時度勢，深謀遠慮。

人多以關羽為大將，張遼實要勝之。關羽守荊州，也是獨當一面。有敵來攻，關羽豈止「臨危不懼」，簡直不屑一顧，但有勝仗，更是目空一切。這與張遼「為將之道：勿以勝為喜，勿以敗為憂。」形成鮮明對照。對內，關羽是全然不察，毫無戒心。他曾反對過劉備收劉封為義子，與劉封有隙，和劉封同守上庸的孟達又為小人一個。關羽的手下糜芳、傅士仁，因犯軍令差點被斬，各受四十大板後，被責罰分守南郡與公安，關羽走時還扔下句狠話：「等我回來再與你二人算帳。」這二人能睡安穩了嗎！王甫提醒關羽：「糜芳、傅士仁二人不可靠，還需一人總督荊州。」關羽說他已派潘浚守荊州，王甫又提醒：「潘浚其人多忌而好利，不可重用。」這些關羽都不察。關鍵時刻，糜芳、傅士仁、潘浚投敵，劉封、孟達見死不救，而置關羽於死地。對戰勢的判斷，關羽也是失誤頻頻。聽說荊州失守，關羽兀自不信，仍放言：「此敵人造謠，亂我軍心。呂蒙病鬼一個，陸遜乳臭未乾一小兒，不足為患！」在向西川撤退之時，明知小路有埋伏，關羽依然「吾何懼哉！」，終為東吳小將馬忠所擒。關羽犯下的最嚴重的錯誤，也是為將者最不應犯的錯誤，是置諸葛亮「北拒曹操，東和孫權」的戰略方針於不顧。連國家的基本戰略方針都不能理解，不能執行，這算什麼將領。

關羽的狂妄已近似於無知。

關羽狂妄自大，目中無人，剛愎自用，一意孤行，為將的大忌他都有。稱他為大將，其所仗者無非馬急刀快，實不過一勇夫耳。

張遼的將領素質也勝過他的很多同僚。曹營之中，名將眾多，夏侯淵、張郃、于禁、曹洪，都曾獨立主持過工作，但都因輕敵、妄動、猜忌等原因出了問題。只有張遼在此類大戰役中取得完勝。

張遼有謀亦有勇。能為呂布手下頭名得力戰將，曾與張郃、太史慈等大戰幾十合不分勝負，武藝必不會弱。

嵇康云：世無英雄，豎子成名。

我亦云：真英雄易混為豎子耳。張遼也。

39

龐德 心理謀殺

龐德，字令明，南安狟道人。郡吏州從事，英勇過人。隨馬騰平羌亂有功，遷至校尉。馬騰死，追屬馬超。馬超兵敗，與龐德入漢中投張魯。張魯派馬超擊劉璋，龐德因病未隨前往。後馬超投劉備，龐德則為曹操收降。關羽攻取襄陽，曹操派于禁率七軍，以龐德為先鋒迎戰，龐德箭傷關羽，遭于禁所忌，為關羽水淹生擒。誓死不降，被斬。（《三國演義》第五十九、六十四、六十七、七十四回）

龐德與關羽大鬥其嘴後，開始動手。一出手，果然不同凡響，能罵也能練，不愧是好把式。第一陣，關、龐二人戰有百餘合，殺得精神亢奮。有幾人能與關羽戰百餘合不分上下？如今平地裏冒出個龐德，難怪能把兩邊軍士看呆了、看傻了。第二陣，二人鬥至五十餘合，龐德詐敗，偷施冷箭，射傷關羽。不管怎麼說，總是贏了關羽。與關羽交過手的，勝過的和有可能勝過關羽的有呂布、黃忠，再也就是龐德。

龐德是三國武將裏的一匹「大黑馬」。關、龐之戰發生《三國演義》在第七十四回。龐德在第五十八回「馬孟起興兵雪恨曹阿瞞割鬚棄袍」中，已隨其主馬超出現。我相信任何人讀到第五十八回，都不會想到，日後此人會成關羽勁敵。此時，回頭再看第五十八回龐德徒步救韓遂，立覺龐德勇力驟增，千軍難敵。

這是心理作用。一見到龐德能與關羽戰百合，其以往形象立刻變得高大英勇。

心理作用不單我輩有，龐德也有。

龐德戰關羽之前，先與關平打了一場。兩人戰三十合，不分勝負。三十合不是小回合，三十合取關平不下，而且關平未露敗相，照說龐德武藝應是和關平一個級別，與關羽是有差距的。但一見關羽，龐德就像見了紅布的西班牙鬥牛，眼睛立刻佈滿鮮紅血絲，口吐粗氣，以蹄刨地，渾身似有無窮蠻力，生死亦無可顧。有了這樣玩命的勁頭，關羽也拿這頭「蠻牛」沒咒念。

今天我們看球賽，也有這種情況，有的弱隊總是扮演強隊剋星的角色。我可以輸給任何一支球隊，但一和你打，就來精神，就有信心。而對方也「配合」，一見這支球隊就自覺不自覺的心虛，未踢腳先軟。都是心理作用在搞怪。

對龐德施以這種心理作用的人，是曹操。

曹操十分喜愛龐德，故用計自張魯處將其招降。曹操命于禁解樊城之圍，龐德自請為先鋒。曹操大喜，對眾將說：「姓關的不可一世，從沒遇到過對手，現在令明（龐德）要去會他，他算碰著對手，要吃苦頭了。」一把手這樣評價，對龐德來說是何等鼓舞。但是，尚未過夜，曹操召龐德又說了另一番話：「你主馬超和兄長龐柔都在西川為官，輔佐劉備。我即使不懷疑你，奈何人多口雜，別人也會有閒話，我也難辦，你還是先把先鋒印交出來吧！」

先把火點旺，再澆一盆冷水。對龐德這樣急於見功一表忠心的火爆脾氣來說，這澆的不是冷水，而是油。龐德聽了，跪地磕頭如搗蒜，血流滿臉，對曹操說：「今各為其主，我與兄及舊主舊義已絕，您待我恩重如山，我豈敢有貳心。」

曹操要的就是這個。見火候已到，曹操扶起龐德說：「對你，我是放心的。剛才的話，不過是堵眾人之口。你就放心去吧，你不辜負我，我也決不會辜負你。」

龐德回家後，命人做了一口大棺材，與妻子親朋決別。龐德道：「我受魏王大恩，必誓死以報。今日出征與關羽決戰，敗，則為關羽所殺；即使不為關羽所殺，我也會自行了斷。備此棺以示我志，決不空回。」

龐德話中有話。敗，為關羽所殺，好懂，何以不為關羽所殺，也就是說，即使勝了，還要自殺？

曹操這種驟熱驟冷的態度，對龐德心理是種極大的折磨。曹操在為關羽樹下死敵的同時，也已然從心理上謀殺了龐德。龐德出征的目的，已由擊敗關羽這個顯性目標，轉變為要表自己一片忠心這個隱性目標。僅是擊敗關羽只能完成顯性目標，而要實現隱性目標，則惟有一死。龐德戰關羽，實為求一死而來。所以，見旁人龐德尤可自製，惟獨一見關羽，就是一幅咬牙切齒的吃人相。

據說，希特勒的演講之所以具有魔咒般的鼓惑力，令徒眾跟著他如癡如狂，是他在演講時，通過聲調的變化，有效地控制了人的情緒。通常情況下，〇分貝至二〇分貝為寧靜聲，三〇分貝至四〇分貝為微弱聲，人低聲耳語約為三〇分貝。五〇分貝至七〇分貝為正常聲，大聲說話為六〇分貝到七〇分貝。八〇分貝到一〇〇分貝為響音聲，汽車噪音。電視機伴音可達八十五分貝。一一〇分貝到一三〇分貝為極響聲，電鋸聲一一〇分貝，噴氣式飛機約一三〇分貝。分貝值在六〇以下為無害區，一一〇以上是有害區，當聲音達到一二〇分貝時，人耳便感到疼痛。

希特勒在演講時的聲音分貝數，起先可能只有三〇分貝，把人的精力高度集中後，突然狂嚎，估計是用高於一一〇分貝的音量，挑逗起人的激情，再突然來個一百八十度大轉折，一下子降到三〇分貝以下，如喃喃夢囈，讓觀眾的情緒，跟著由沸點強行降至冰點。當觀眾情緒壓仰，一觸即發，他再度歇斯底里，用有害區的分貝數，掀起全場的狂熱。如此忽高忽低、忽冷忽熱反覆幾次，聽者漸漸喪失理智，走向瘋狂。曹操的做法就起到了相同的作用。

關羽水淹七軍，生擒龐德，斬其首。人以為關羽不能勸降龐德，使蜀中失一大將。遂有怨怪關羽之心。關羽雖狂，此事也實在是冤枉。活捉龐德後，關羽曾勸道：「汝兄現在西川為官，汝舊主馬超也在蜀中為大將，汝何不早降？」而龐德之心早死，又如何會降。

40

于禁　昨日功勳

于禁，字文則，泰山鉅平人。初隨濟北侯鮑信平黃巾之亂，後事曹操。因退張繡有功，被曹操封為益壽亭侯，是曹營眾將中最早封侯的一個。率七軍於襄陽迎戰關羽，兵敗變節。後遭曹丕羞辱而死。（《三國演義》第十六、七十四、七十九回）

于禁從平亂功臣到屈膝將軍的墮落，令人惋惜。

于禁的平亂事蹟，可歌可泣。

宛城一戰後，曹操的大兒子曹昂死了，侄子曹安民死了，愛將典韋死了，還有一匹曹操喜歡的大宛名馬，也死了。曹操驚魂未定，軍中一片混亂。領導一忙，部下也跟著添亂。

夏侯惇領著曹操的嫡系部隊青州兵，乘機下鄉，闖入民宅，大肆掠奪。時任平虜校尉的于禁當機立斷，做出一個大膽決定，管他嫡系不嫡系，凡有私闖民宅作亂者，格殺勿論。遂率部一路剿殺亂兵，並安撫鄉民。

被殺散的青州兵，一看不妙，趕緊回頭找老大曹操。見了曹操，跪在地上放聲大哭，說于禁反了，對青州兵大開殺戒，我們拼死才逃回來。曹操大吃一驚。若真是在這時候發生這種事，可不是鬧著玩的。不一會兒，夏侯惇、許褚、李典、樂進都到了。看著這些大將，曹操的心裏不是滋味。這才多大功夫，就發生了這麼多變化，典韋死了，于禁反了。這幾個可都是自己的心腹愛將，每少一個，不啻於從自己身上剜塊肉去。曹操告訴眾將，于禁反了，整兵，準備迎戰。

再說于禁。于禁見曹操大隊人馬到了，並不急於上前迎接，而是下令，部署好陣型，鑿塹安營，做好防備敵人偷襲的各種準備。于禁的人已經聽說，自己一支被人在曹操面前誣陷，多少有些人心不穩，都圍著于禁問：「將軍被人誣陷為叛軍，現在丞相已到，這麼大的事不先說清楚，急什麼列隊安營。」于禁道：「大敵在後，說到就到，不先做準備，何以拒敵？分辯是小事，退敵是大事。」

于禁說這番話的時候，身上都閃著金光。剛剛列好陣型，追兵到了。于禁一馬當先，出寨迎敵。部下見主將如此，人人拼命，殺得張繡大敗，一氣追出百餘里，方才甘休。

此時，于禁才面見曹操，詳陳事情經過。曹操也問：「這麼大的事，你不先來見我，為何卻先下寨？」于禁以前言相對，曹操歎道：「蒙如此之冤，尚能從容不亂，任謗任勞，而反敗為勝，古時的名將，也不過如此。」

賞：金器一副。

封：益壽亭侯。

罰：夏侯惇治兵不嚴之過。

在跟隨曹操的一幫大將中，于禁是最早封侯的。這是曹操樹的一個標。十多年後，于禁再度出山，與龐德率領七軍迎擊關羽。此時的于禁已在不知不覺中，發生了某種變化。

出征前，于禁密告曹操，龐德有問題。龐德的舊主馬超在西蜀位居五虎上將，其兄龐柔也在益州為官，恐其有變。

此時的于禁，已全然忘卻自己當年被人誣陷造反的事，而步入懷疑者和造謠者之列。曹操不能不有所擔心，卻能施展化腐朽為神奇的用人術，讓龐德為自己拼命。

龐德與關羽一戰，其勇氣與武藝令關羽也折服：「龐德刀法慣熟，真吾敵手。」于禁卻向龐德提議：「將軍百餘合沒占著關羽的便宜，還是退軍避其鋒芒吧。」身為主將，不說百餘合關羽沒占著龐德的上風，卻把話反過說，這仗能勝嗎！龐德顧不上你什麼主將不主將，奮言道：「魏王命將軍為大將，何以如此軟弱？我要與關某決一死戰，誓不避退！」于禁不敢多言，悻悻而出。

此時的于禁，已完全失去當年一馬當先，衝鋒在前的豪氣與膽量，變得猶豫、畏縮、膽小。次日，龐德、關羽持續惡戰。龐德果有斬獲，一箭中關羽左臂。龐德撥馬欲直取關公性命，卻聽到本營鑼聲大響，只得收兵。原是于禁見龐德射中關公，恐怕他真成大功，搶了自己主將的風頭，故鳴金收兵。龐德回來還問為什麼收兵，于禁說：「我們應當謹記魏王他老人家的教導：關公這個人了不得，智勇雙全。他雖然中箭，只怕是苦肉計，故提醒將軍小心中計。」龐德哪能想到于禁的小肚雞腸，惋惜道：「若不收兵，關公人頭已在我手。」于禁心裏話：「沒錯，要的就是關公人頭別落在你手。」面上不能讓龐德看出，于禁安慰道：「心急吃不了熱豆腐，走快了難免摔跟頭，小心行得萬年船，慢慢來。」其後，龐德屢有進言，欲趁關公有傷之際，一鼓作氣，退敵解圍，卻都被于禁以最高指示否定。

此時的于禁，已由當年危急時刻的退敵事大，任勞任謗，徹底墮落為不顧大局，疾賢妒能。

被擒後的于禁對關羽說：「與將軍為敵，是奉命行事，實在是身不由己。望將軍海涵，將軍如能大人不計小人過，我必當以死相報。」于禁的這番話，是在乞求投降。但瞭解了在于禁身上發生的重大變化後，就知道這番話，絕不是藉口、說辭，而是于禁的心理話。它說出了昨日之于禁和今日之于禁，為什麼會有如此反差的根本原因：國家信念已從于禁的心中消失。昨日之于禁把自己視為國家一員，心中裝的滿是國家利益，今日之于禁心中已無國家概念，而從意識深處把自己置於與國家無關的境地——我之所以來，只是奉命應事，是無奈之舉，至於國家利益、戰局軍情，與我無關。

今日之于禁，已成為一個私利主義者，而非個人主義者。個人主義者懂得國家利益是個人利益的保障，國家利益的防線一旦被突破，個人利益也無法保全。個人主義者因此會視保衛國家利益為義不容辭的責任。這種責任和行為的動力，因是來自於對個人利益的維護和關切，所以，不需動員，巨大無比，甚至犧牲生命也再所不惜。反之，國家若無視個人利益的重要性，在危急時刻，就不會得到來自個體的有力支援和保護。于禁錯誤的認為，他只是在為國家盡義務，為國家的利益而戰，卻沒有看到，自己的利益和國家的利益是一根繩上的兩隻螞蚱，自己在為國家盡義務的同時，也是在做自己應做的——保護自己的利益。

「水淹七軍」之戰，不是勝在關羽之勇，而是敗在于禁之私。

關羽放了于禁，曹丕沒放過于禁。于禁回許昌的時候，曹操已死。新主曹丕跟于禁之間，沒有那種馬上皇帝與舊臣患難與共的感情。曹丕讓于禁負責管理曹操的陵墓。這一手很絕。面對曹操的陵墓，于禁怎能不睹物思人，又怎能不回憶起自己當年的英雄事蹟和先主對自己的厚愛。在陵房內的牆壁上，曹丕又命人畫了一幅「水淹七軍圖」。圖中關羽端坐，龐德不屈，于禁跪地乞命。在先主的注視下，自己又該如何交待今天所發生的一切。于禁羞氣交加，不久而死。

于禁的變化並不使人陌生。這是人的複雜之處，也是人的普通之處。文學的偉大和永恆，是它能夠進入人的靈魂深處。不朽的歷史，其深處也必有一處所在，是屬於普遍人性的。

41

許褚　虎癡狗將

許褚，字仲康，譙國譙縣人。身長八尺，腰大十圍，勇力絕人。曾率宗族數百人，築堅壁以抵禦賊寇。一日賊至，許褚以飛石擊賊，無有不中，賊不敢近。塢中無糧，許褚約賊以牛換糧，牛走而復還，許褚雙手執牛尾，逆行百餘步，賊大驚，不敢取牛而走。因此保此處無事。曹操行軍至此，收得此將，與典韋同為虎賁軍頭領，得名「虎癡」。曾與馬超惡戰，不分勝負，並救曹操於亂軍之中。（《三國演義》第十二、三十三、五十八、五十九、六十六回）

許褚江湖人送綽號「虎癡」。「虎」者，猛者，虎將也，特別能打之意；「癡」者，十三點，愣頭青，不要命。俗話說，橫的怕愣的，愣的怕不要命的。特別能打再加上不要命，就是這位「虎二愣子」。

馬超興兵，為父報仇，欲於陣前突擒曹操，卻見曹操背後有一人，手提鋼刀，怒目相向。馬超問曹操：「聽說你手下有位虎侯，是哪一位？」不等曹操答話，許褚大叫：「俺就是！」馬超遂收起偷襲之心。

馬超大戶人家出身，有規矩，沒在大庭廣眾之下叫許褚「虎二愣子」，而是尊稱「虎侯」。一個「侯」字，許褚的身份地位就升格了。曹操聽了這話很高興，對手下眾將說：「看見沒有，馬賊也知道仲康虎侯的大名。」曹操這話，是給眾將上課。頭天，馬超一個人殺敗、殺死曹營上將數十員，殺得曹操沒處躲，沒處藏，出盡洋相。亂軍中，聽到西涼兵喊「穿紅袍的是曹操」，曹操趕緊把身上的紅袍脫了；人又喊「長鬍子的是曹操」，曹操只得用佩刀，自己把自己的鬍子割了；又聽人喊「短鬍子的是曹操」，曹操只恨自己沒隨身帶著剃鬚刀，卻也有辦法，扯下一面旗角，往脖子上一纏，包住下巴，跑了。雖說勝敗乃兵家常事，但讓人追得寬衣解帶，連鬍子都割了，也太丟人。所以，曹操才有此一句：你們多向許褚學習吧，聽見許褚的大名，馬超也得掂量掂量。

許褚聽了曹操的話，來勁了，派人向馬超下戰書，要和馬超單挑。馬超也不含糊：「叫你聲『虎侯』，你還當真了，等著瞧，來日取你狗命。」

次日，兩軍對壘，馬超叫陣，曹操對手下將官道：「這馬超不減呂布之勇。」話音未落，許褚已咆哮而出，直取馬超：

馬超挺槍接戰。鬥了一百餘合，勝負不分。馬匹困乏，各回軍中，換了馬匹，又出陣前。又鬥一百餘合，不分勝負。許褚性起，飛回陣中，卸了盔甲，渾身筋突，赤體提刀，翻身上馬，來與馬超決戰。兩軍大駭。兩個又鬥到三十餘合，褚奮威舉刀便砍馬超。超閃過，一槍望褚心窩刺來。褚棄刀將槍挾住。兩個在馬上奪槍。許褚力大，一聲響，拗斷槍桿，各拿半節在馬上亂打。操恐褚有失，遂令夏侯淵、曹洪兩將齊出夾擊。龐德、馬岱見操將齊出，麾兩翼鐵騎，橫衝直撞，混殺將來。

一場惡戰，馬超也不得不承認：「許褚『虎二愣子』，名不虛傳。」

許褚「虎癡」，而我以之為「狗將」。以將為狗，古而有之。高祖以功臣比之功狗，蒯通說：「桀犬吠堯。」把自己比作狗。趙盾說：「君之獒不若臣之獒。」是把家將比作狗。「狗將」者，看門護院，保鏢衛主，有勇更在忠心。許褚和典韋，都是曹操的「狗將」。稱這樣的猛將為「狗將」，似有不尊重之嫌，但看他們的工作，實在是「狗氣」十足。

典韋之死是最具八卦娛樂效果的。曹操包二奶，二奶的侄子找了一幫人，要廢了曹操。典韋為保護主人，捨身死戰，重傷而死。典韋之死，簡直是場鬧劇。看死因，看不出典韋和狗有什麼區別。

再看許褚。曹操創業之始，許褚也上疆場廝殺，但等曹操人馬稍一強壯，許褚就不用出場了。只在兩種情況下，才會看到許褚的身影。一種是長時間沒上陣，到陣上找兩個軟柿子活動活動手腳；再就是遇到馬超這樣的，別人都不行了，沒人能上了，許褚上。許褚的主要工作是確保曹操的安全。自從典韋同志英勇獻身後，兩大保鏢只剩許褚一人。保衛曹操的重任，就落到許褚一個人身上。而曹丞相的麻煩又特別多，總是有人惦記他。許褚可謂責任重大。一般情況下，許褚不會離開曹操身邊。

二戰馬超，曹操又敗。眼見馬超已到曹操跟前，危難時刻，方顯許褚的價值。許褚背著曹操飛身跳上一條小船，曹操伏在許褚腳邊，許褚右手撐船，左手舉一馬鞍作盾牌使，替曹操擋箭。船上士兵與駕舟之人都被馬超射死，只剩許褚和曹操兩人，小船失控，在水中打轉。「許褚獨奮神威，將兩腿夾舵搖撼，一手使篙撐船，一手舉鞍遮護曹操。」神勇非凡。

最顯「狗將」本色的，是許褚還擔負著給曹操看門的重任。曹操酒醉，在堂上大睡。守門人就是許將軍。大將軍曹仁半夜從外地趕回，急見曹操，被許褚提劍擋在堂門外。曹仁生氣了：「我是曹家的人，你敢不讓我進門？」許褚說：「你雖姓曹，卻是外官；許褚雖不是曹家的人，卻負責主人的安危。主人現在正醉著，誰也不能進。」曹仁果不敢入。曹操聽說這件事，稱贊許褚：「真乃忠臣！」

「狗將」不如「虎將」好聽，其地位卻絕不輸於「虎將」。就像許褚說的，你曹仁雖是大將軍，而且還姓曹，但我說不讓你進門，你就進不了門。你進不了門，主人還要誇獎我。

「狗將」雖說幹的是狗的差使，卻也因狗的差使而擁有了主子的權利和地位。這正是「狗將」的厲害之處。狗會仗人勢，養狗的也會給狗撐腰。許褚還有虎實，若無虎實，就只剩下狗仗人勢。我說的，我幹的，都是主子的意思，你敢和我叫板嗎？你和我叫板，就是和主子過不去。好在「狗將」許褚文化程度不高，只是一介莽漢，如果「狗將」再多少有點文化，就更可怕了。即使如此，「狗將」許褚也是別具慧根，對主子的心思，是心有靈犀不點通。破袁紹後，大功臣許攸忘乎所以，見了曹操就：「阿瞞，沒我，你能有今天？」「阿瞞，沒我，你能進得了這城門？」還動不動地就用馬鞭指劃曹操。曹操只是笑，沒說話。曹操不用說話，有許褚呢。曹操打個盹的工夫，許褚提著許攸的腦袋回來了。曹操揉揉眼一看，「大吃一驚」，「非常生氣」：小許，這是怎麼回事，你怎麼把許先生給殺了？誰讓你幹的，簡單是膽大妄為，目無領導，寫檢查，好好反省一下。唉，都怪我平日管教不嚴，下不為例。曹操如此態度，誰還能再說什麼。殊不知，「狗將」和主人心裏正偷著樂。這樣的批評，正是主人對「狗將」的最好褒獎：知我心者，許褚也！

——好狗啊！

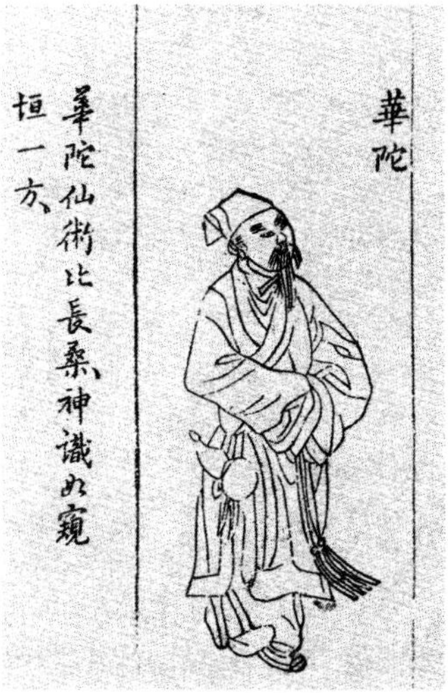

42

吳押獄妻

哲學提問

吳押獄妻，其夫為曹營押獄。華佗治曹操頭疾，曹操疑其害己，將華佗收關獄中。吳押獄因此得華佗醫書。不料醫書卻被其妻燒毀，使華佗醫術失傳於世。（《三國演義》第七十八回）

曹操的頭痛病犯了，華歆向曹操推薦神醫華佗。華歆對曹操講了這麼幾件事。華歆稱，華佗看病，沒有治不了的。若人五臟六腑有病，吃藥不管用，華佗有個秘方叫「麻肺湯」，病人喝後，如醉死，華佗用尖刀剖開病人腹部，用藥湯洗其臟腑，病人毫無疼痛。洗畢，再用藥線縫口，以藥敷之，一月或二十天即可全愈。一次，華佗在路上聽到人呻吟，說：「這是吃不下飯的病。」一問，果然。華佗讓人取來三升蒜汁給病人灌下後，病人吐出一條蛇，長二三尺，飯立刻吃得下了。廣陵太守陳登，曾經心口煩悶，面色赤紅，不能飲食。華佗開藥，陳登喝後，吐出赤頭活蟲三升。華佗告訴陳登：「這是海貨吃多了，積毒過深所致。三年後，必犯，一準玩完。」三年後，陳登果然死了。還有一個人眉間長一瘤，奇癢無比，華佗看後說：「內有飛物。」聽的人都笑了，華佗用刀割開瘤子，一隻黃雀飛了出來，病人好了。有個人被狗咬了腳，卻長出兩塊肉，一塊痛，一塊癢，痛癢俱不可忍。華佗道：「痛肉內有十根針，癢肉內有黑白棋子二枚。」以刀割開，果如所言。

華歆說的第一件事，還可以想像，至於後來那些吐蛇、吐蟲子、飛黃雀、肉裏竟然冒出針和棋子，就有些捕風捉影，神五六道。給人的感覺這哪是一代名醫，整個一個江湖騙子。道聽塗說，以訛傳訛，是古今如一。

華佗救人的真實事例，是把身受十幾處刀傷的東吳大將周泰，從鬼門關硬生生給拉了回來，再就是給關羽刮骨療毒。也正是這兩件真事，送了華佗的命。

華佗給曹操制定的醫療方案是：先喝麻肺湯，然後用斧子劈開腦袋，取出病灶，方可根除。曹操一聽火了：「這哪是給我治病，這不是要我的命。聽說你給關公治過病，一定是和他關係不錯，借這個機會來給他報仇。別的甭說，先給我拿下。」

曹操被人暗算了那麼多次，其中，還真就有個太醫吉平，想毒死曹操。一朝被蛇咬，十年怕井繩。曹操是做夢都防著別人來害他，有人要用斧子劈開他的腦袋，他能幹嗎？都說曹操多疑，這樣整天被人害，又整天防著別人害自己，怎麼能不多疑。這些華大夫哪知道。

華佗被下了大獄，有個獄卒，姓吳，人稱「吳押獄」，此人可能聽說過華佗的事，對華佗很是崇拜，整天好吃好喝伺候著。華佗覺得這個人不錯，更重要的是，華佗預感到自己生還的機會不大了，畢竟是幾十歲的人了，這麼個折騰法，自己撐不了幾天。接下來的一幕，便如武俠小說裏常見的，身具絕世武功的高人在彌留之際，為了能把自己一身絕學留諸於世，也顧不上徒弟的天資高低了，即使是低能弱智，也認了。華佗要收吳押獄為傳人，把集自己畢生絕學的秘笈《青囊書》，傳給吳押獄。吳押獄喜出望外。華佗即修書一封，讓吳押獄到自己的家裏，從自己妻子處取得《青囊書》。吳押獄帶著書回到獄中，華佗驗完書後，鄭重傳給吳押獄。幾天後，一代神醫華佗，死於獄中。

處理完華佗的喪事，吳押獄回家，便欲修練秘笈之術，卻見其妻正在用《青囊書》燒火。吳押獄以為自己看錯了，再看，沒錯，是《青囊書》，大驚之下，上前搶奪，怎奈出手太慢，全書已被燒毀，只剩下一兩殘頁。吳押獄怒罵不休，上去抽老婆兩個耳光子的心都有。吳妻卻不緊不慢地說：「你叨叨什麼，你就是學得和華佗一樣神，還不是落得個死在獄裏，學了又能怎麼樣？」吳押獄聽罷，頓時目瞪口呆，只剩長歎不已。

每看到此處，都無限挽惜。原本可與《千金方》、《本草綱木》相媲美的《青囊書》，卻被一個家庭婦女如此輕易的毀去，只剩下那一兩頁所載的閹雞閹豬的小門道。對這個女人便氣不打一處來，沒文化真可怕，女人就是貪生怕死、頭髮長見識短。但是，這個女人的話，卻讓人心裏有一種奇怪的感覺。她的話不對嗎？我們能回答她的話嗎？如果把她的話換個說法就是：人有再高明的手段，哪怕是高明到能改變生命的長短，但是，能控制的了自己的命運嗎？由此而來的則是：冥冥之中，到底什麼才是操縱命運的神秘之手？怎樣才能控制自己的命運？命運又會是什麼？這句話中隱含的哲學命題和表現出的對命運無能為力的幻滅意識，無法不令人動容。

當然，這並不是說燒書就是應該的。問題歸問題，現實歸現實。不能說有想不通的問題，人就不過了，不進步了，就可以肆意破壞。不管怎麼說，為一個想不通的問題，就盲目進行破壞，都是愚昧和不可原諒的。

《三國演義》裏冒出這麼個女人，說了這麼句話，有些出人意料。在中國古代的小說和戲劇裏，命運離奇的傳奇和故事很多，卻多是一味追求情節的曲折和繁雜，要的是引人入勝，扣人心弦，讓一句「且聽下回分解」，勾搭得你三天吃不好飯，睡不好覺，坐臥不寧，魂不守舍。雖然人物在歷經滄桑和磨難後，也會說句：世事無常，人生難料。但那是為了以情動人，摧人淚下，並不是思考和提問。中國古代小說和戲劇基本是情節的文學，故事裏無處不在的「花開兩朵，各表一枝」和「無巧不成書」，讓奇之又奇，巧奪天工的情節營造得到完美的展現。

這一點和西方文學形成鮮明對比。西方文學發達的悲劇藝術，自古希臘悲劇開始，就始終沒離開過對命運的追問。古希臘命運悲劇《俄底浦斯王》，明著告訴你命運如何，你都無法擺脫。命運成為一處不可知的神秘力量。詩人索福克勒斯在這部作品中，把對命運的思考和對命運合理性的懷疑推向了極致。到莎士比亞，則從複雜的人性角度，進一步豐富了對命運的思考。再到奧尼爾、卡夫卡、陀思妥耶夫斯基、薩特，人性、社會和各種非理性因素，都成為對命運有支配力量的思考對象。文學家也因此具有濃厚的哲學家色彩，甚至哲學家的成份更多一些。在中國文學中，這種現象幾乎沒有。西方傳統的戲劇創作原則「三一律」，更是直接決定了這種故事無法有過於曲折和漫長的情節。對一個心理長達十幾頁或幾十頁的描寫，對一個細節長而又長、細而又細的刻劃，則成為常見的事。較之中國懸念迭出、起伏跌宕的古代小說，這種沉悶、沉重、冗長、單調的作品，真能把人看睡了，很不討中國人喜歡。夏志清研究中國文學得出過一個結論：中國文學傳統裏並沒有一個正視人生的宗教觀。基督教傳統的西方作家，都帶有一種宗教感，在他們看來，人生之謎，僅憑人的力量與智慧，是猜不破的。夏志清直言「現代中國文學之膚淺，歸根究底說來，實由於其對『原罪』之說，或者闡釋罪惡的其他宗教論說，不感興趣，無意認識。」若說中國傳統小說有其宗教信仰，則無非是「因果報應」、「天理循環」之類的觀念。與其說是宗教信仰，不如說是「迷信」更合適。

為什麼《三國演義》這麼吸引中國人，就是因為只有一個吳押獄妻子這樣「煞風景」的人。如果大家都和她一樣，姜維問：縱然學得諸葛丞相一般神妙，只落得個死於五丈原，又有何用？曹操或司馬懿想：縱然取得他人天下，最後不也是再由他人取去，取了又有何用？這戲還能唱得起來的嗎?!

43

王平　副手難題

王平，字子均，巴西宕渠人。原為曹營牙門將軍，後投劉備，封為偏將軍。建興六年，與參軍馬謖同守街亭，馬謖不聽王平之言，使街亭失守，蜀軍慘遭重創。王平名不顯揚，卻是蜀漢少有的實力將軍。諸葛亮、魏延之後，蜀漢所能依靠的人並不多，王平是其中之一。任至安漢侯、鎮北大將軍，統領漢中。（《三國演義》第七十一、七十二、九十五、九十六回）

《三國演義》第九十五回、九十六回，講的是馬謖拒諫，失守街亭；空城設計，琴退仲達；武侯揮淚，斬首馬謖。這一連串故事，京戲裏叫《失空斬》——《失街亭》、《空城計》、《斬馬謖》。這是很有名的故事，也是曾讓我痛心疾首的情節之一。痛恨馬謖無知自大，惋惜諸葛亮用人不當。這一回裏，除去馬謖與諸葛亮，還有一個人物王平，也很吸引我，反覆品咋，其味愈濃。

王平是協助馬謖鎮守街亭的副將。

如何鎮守街亭？在山腳下，副將王平和主將馬謖進行了一場激烈的爭論。爭論的內容，是該在什麼地方安營紮塞，是駐紮在山腳下，還是在山頂。爭論的過程先按下不說，結果是王平是正確的，馬謖是錯誤的，馬謖因不聽王平之言丟了街亭。

有了這個事後結果作前提，回頭再看當時那場爭論，就能體會到王平受的委屈。王平苦口婆心，馬謖漫不經心，不屑之極，譏笑王平為女子之見。最讓人受不了的是，馬謖竟言：「待吾破了魏兵，到丞相面前須分不得功！」好像別人提出不同意見是為要和他搶功。大敵當前，千鈞一髮，一番苦心被人譏笑，良言上策成耳邊風，還被污為別有用心，意在貪功，此刻，王平心中的怒火，也許燒得比即將到來的戰火還有旺。

王平的委屈並沒有隨著街亭的失守而結束。失掉街亭後，諸葛亮第一個審訊的就是王平。

於理不公。鎮守街亭，馬謖是主將，王平是副將。街亭失守，馬謖是主犯，何以不問主犯，先問協從。而且，諸葛亮是這樣問的：「吾令汝同馬謖守街亭，汝何不諫之，致使失事？」注意，諸葛亮同志問得很有「技巧」。他把「致使失事」的原因，先入為主地定為「汝何不諫之」。即致使街亭失守的原因，不是因為馬謖的戰略錯誤，而是因為你王平沒有勸阻馬謖。這叫什麼邏輯？

從審問技巧上說，這是諸葛亮怕王平言有不實，故在談話中先掄大棒，讓王平不敢有假，從實召來。不過，依諸葛亮對馬謖的厚愛，也極有可能是諸葛亮知道馬謖罪責難逃，故下意識裏幫馬謖找藉口開脫。王平就成了冤大頭。

王平如實申訴，說我再三勸阻，參軍大怒不聽，我只得孤軍安營把守，無奈勢單力孤，救不了參軍，為魏軍所敗。最後王平說：「非某之不諫也。丞相不信，可問各部將校。」王平的話，澆滅了諸葛亮最後的希望。諸葛亮沒有再問各部將校，事情是禿子頭上的蝨子，如此重大的決定，不是馬謖的主張，或沒有馬謖的同意，包括王平在內的其他人，誰能作主？諸葛亮已深知，確實已沒有必要再多說什麼了，見到馬謖自縛跪於帳前，諸葛亮的臉色變了……

小時候看《三國》、聽《三國》，都是一個故事一個故事單獨來的。比如捉放曹、千里走單騎、長阪坡、華容道、單刀記，還有空城計。後來，看《三國演義》全本發現，王平真是命苦，街亭遭遇在七十一回已經有過一次，這一回是二茬罪。

七十一回「占對山黃忠逸待勞　據漢水趙雲寡勝眾」，曹營名將徐晃與蜀軍趙雲、黃忠於漢水大戰，徐晃的副手就是王平。

作為副將的王平與主將徐晃還是為該在什麼地方列陣紮營，爭論起來。過程和結果，如出一轍，王平是對的。徐晃因這個錯誤大敗而歸後，與王平反目，要殺王平，王平火燒徐晃的營盤，投降了劉備。不成想，來到蜀軍是從「水深」走向「火熱」，跟著馬謖又舊事重溫。

王平是地理專家。投降劉備後，王平對劉備盡言漢水地形，劉備對他的評價是：「我有王平，必得漢中。」劉備看人，還是很有一手的，這個評價也很高。街亭一役證明，劉備沒看錯人，王平的策略是正確的，但是沒有辦法，副手的位置註定王平要「很受傷」。

王平在副手位置上，遇到三個難題，這也是身為副手，常要面臨的難題。

第一個難題是與一把手意見相左。特別是一把手很有主見，對錯誤想法咬著屎蹶子不鬆口。街亭之戰，馬謖要山頂紮寨，王平說：「此山為絕地，若魏兵斷我水道，我軍不戰自亂。」馬謖道：「你沒聽說過兵法云『置之死地而後生』」。漢水之戰，徐晃要渡河列陣，王平說：「若要急退怎麼辦？」徐晃說：「韓信就是背水一戰，這叫『置之死地而後生』」。

馬謖和徐晃的想法都是「置之死地而後生」，乍一聽有理，卻和王平的建議有著本質區別。馬、徐二人所說，都是原先別人是怎麼做的，是紙上談兵，想當然爾。王平的建議則是從眼前實際出發，是此一時彼一時也。但不管王平們說什麼，老大們自有主意。你無法說服他，他卻可以命令你。因為他說得算，是真理也得服從他。

第二個難題是賞罰不公。副手多是小錯而重罰，大功而輕賞。街亭失守，責任明明在馬謖，英明如諸葛亮也是先拿王平是問。若王平當時沒規勸馬謖，很可能輕則要挨幾十大板，重則就陪馬謖一塊上路。若打了勝仗，則又會是另一番情況，首功肯定是馬謖的無疑。就像馬謖對王平說的，你小子千萬別和我搶功。

第三個難題是永遠沒有分辯的機會。不管結果怎樣，你都沒有發言權。若辯白，就是不虛心，目無領導，就是無理狡辯，罪加一等。漢水失利後，在論及失利原因，誰應負責時，惱羞成怒的徐晃乾脆拔劍，要殺了王平。

有道理可講沒有，沒有。所有原因只有一個，誰叫你是副手，是老二。是副手就要出問題的時候多擔罪，不管問題是誰的；有功勞時靠邊兒站，不管功勞是誰的。

王平容易嗎，自己是正確的，被硬說成錯誤的；自己手裏握的是真理，卻被人嘲諷為無知。是非混淆，黑白不分。特別是正確的不僅要服從錯誤的，待真出了問題，罪過還都是自己的。

這三個難題，千年不化。

之所以不化，是人們總以適應來代替改變。把自己的妥協等同於問題的解決。你指鹿為馬，我就說帶角的是馬；你放個屁，我就如聞異香，飄飄欲仙。別人把一盆黃澄澄的排泄物扣到你身上，你還要笑著說：都怪我不小心。功勞由人霸佔，牙掉了往肚了裏咽，這都是我應該做的。

當一切成為習慣，難題就不再是難題。

而當一切成為習慣，專制和虛偽也就成為骨子裏的東西。

44

馬謖　何以重用

馬謖，字幼常，襄陽宜城人，白眉馬良之弟。以荊州從事身份隨劉備入蜀。其人才氣過人，好論軍計，深得諸葛亮器重。劉備死前對諸葛亮道：「馬謖言過其實，不可大用，君其察之。」諸葛亮不以為然。建興六年，命馬謖守街亭，致使街亭失守，蜀軍大敗，元氣大傷。諸葛亮揮淚斬馬謖，謖時年三十九。（《三國演義》第八十七、九十一、九十五、九十六回）

劉備臨終前提醒諸葛亮說：「馬謖這個人言過其實，不可大用，丞相一定要謹慎。」

連我們都知道，馬謖這個人是不能重用的，為什麼英明如諸葛亮，卻看不透這一點，竟置劉備臨終前的囑咐於不顧，而對馬謖予以重用？諸葛亮連我們的眼光都不如？當然不是。

馬謖確有過人之處。

諸葛亮南征孟獲之前，曾向馬謖討教南征之策。名為討教，實為考察。馬謖這樣應答：「南方之人自恃天高地遠，且有險山峻嶺為勢，心中早有不服之意；即使今天破之，來日還會再生叛亂。丞相大軍前去，平亂不成問題，但班師回朝後，就需集中全力北伐曹丕；南人如果知道我無暇顧及，趁機再反是瞬間的事。用兵之道：攻心為上，攻城為下；心戰為上，兵戰為下。所以，丞相此去宜攻心為上，但能收服其心，則大事可定。」

馬謖的高見，任誰聽了都無法不打高分。諸葛亮不由感歎：「馬幼常深知我意也！」諸葛亮此行，乾脆把馬謖帶在身邊。

孟獲之弟孟優，前來蜀營詐降。諸葛亮特意問馬謖：「你以為孟優來意如何？」馬謖道：「容我寫於紙上，呈與丞相，看與丞相之意是否相合？」馬謖寫完，諸葛亮看後大笑，二人之意不謀而合。

自南方班師回朝，諸葛亮聞報：曹丕已死，曹睿即位。諸葛亮道：「其他人都不足慮。只是司馬懿謀略過人，現在他掌管的又是雍、涼兩地兵馬，如果訓練成功，必為心腹大患。不如先下手為強，立刻起兵討伐。」馬謖卻說：「眼下丞相剛自南方回軍，軍馬疲憊，正需要休生養息，不可以再遠征。我有一計，可使司馬懿死於曹睿之手，不知道丞相之意如何？」

馬謖的建議非常客觀。主力部隊剛從南方險地返回，雖說是打了勝仗，可也是大動元氣。士兵死傷、疾病、疲勞，以及歸鄉心切的厭戰情緒，都不適宜馬上再遠征苦戰。這時候，如果勉強出征，士兵哪會有戰鬥力，又怎麼能打勝仗。

可以說，諸葛亮的這個決定，就是個極大的錯誤。如果真在這個時候倉促出征，恐怕諸葛丞相就是有通天的計謀，也不能成功，只會徒增自己的損失。

強弩之末，不穿縞素。諸葛亮連這樣簡單的道理都不明白？光復漢室的迫切心情，使諸葛亮像個強迫症患者，總是處於高度緊張的臨戰狀態，而失去了應有的冷靜，對眼前最基本的現狀，視而不見。急於求成，對魏蜀雙方實力和形勢的估計不足，總想以一己之力扭轉乾坤，是諸葛亮一生戰略的失誤。馬謖的建議提醒諸葛亮，這個時候不能和魏國硬碰硬，而只能智取。馬謖的計謀是：「司馬懿雖為魏國大臣，可曹睿對他並不放心。我們正可利用這一點，派人到洛陽、鄴城等地，散佈謠言，說司馬懿要造反；再偽造幾張司馬懿告示天下的榜文，到處張貼。曹睿心疑，則必殺司馬懿。」

馬謖這一計雖說純屬陰謀，卻實在是高。既兵不血刃，除掉勁敵，又為自己爭取了休養調整的時間，還把諸葛亮從犯大錯誤的邊緣拯救了回來。

諸葛亮用馬謖之計，收到了效果。曹睿差一點把司馬懿殺掉，最後把司馬懿削職回鄉。諸葛亮趁機出兵，連敗魏兵。

至此，有兩點可以肯定：一是諸葛亮任用馬謖，不是一時衝動，僅憑感情用事，而是經過嚴格考察。雖說裏面也有感情因素，馬謖之兄馬良樸實、嚴謹、穩重、忠誠的作風，給諸葛亮留下了極好的印象，諸葛亮對馬良先生也是尊敬有加。

這是人之常情。總的來説，諸葛亮對馬謖的信任，還是建立在自己多次對馬謖考察的基礎上的。為此，他甚至在深入重地之時，把馬謖帶在身邊，加以關注。二是馬謖的表現也確實優秀。諸葛亮對馬謖的信任，是馬謖通過自己的工作表現爭取來的。對南人攻心為上，是有大局觀；識破孟優的詐降計，是不失細節之謀；智取司馬懿，是其反應迅速，善於應變。這些怎能不讓人對馬謖高看一眼？

這兩條足以使人放心大膽地啟用馬謖。既然如此，馬謖狂妄自大，失守街亭，又該做何解釋？諸葛丞相卻也難辭其咎。

縱觀諸葛亮對馬謖的考察，會發現，其中有兩個方面，並未涉及到。也正是這兩個盲區，成為馬謖街亭失守，諸葛亮用人不當的致命傷。

馬謖在領命鎮守街亭之前，從未有過獨當一面的經歷。這不僅意味著經驗的欠缺，更意味著馬謖一時之間，還難以真正完成角色的轉變，難以體會到自己已是重任在肩，自己的一言一行從此將事關全局的成敗。此前，馬謖所獻的每一計，都是在諸葛亮的密切關注下完成的。這是一種監督，同時，也成為一種潛在的心理暗示。

暗示馬謖所獻計策成敗如何，自有諸葛丞相定奪，即使天塌下來，也自有丞相把扶乾坤。馬謖只需要為自己負責，而不必為全局承擔責任，自然也就不會有事關全局的責任感和使命感。這就好比坐船的和駕船的區別，坐船的在船上坐的時間再長，對行船再關心，也無法體會到駕船的所承受的責任和壓力。

另一個是此前，馬謖是順風順水，從未有過失敗的教訓。沒吃過苦頭，就看不到危險的存在，認識不到失敗帶來的嚴重後果，更難免會產生捨我其誰的狂傲之態。出發前，諸葛亮提醒馬謖：「你雖深通謀略，但此地無城郭，無險阻，極難守之。」馬謖道：「我自小熟讀兵書，通曉兵法。難道連一區區街亭都守不住？」諸葛亮又道：「司馬懿、張郃，皆非一般人可比，你恐怕抵擋不了。」馬謖道：「別說司馬懿、張郃，就是曹睿親自來，又有何懼！若有差失，請斬我全家。」諸葛亮想使激將法，對本就存輕敵之心的馬謖來說，激將法卻適得其反，不僅沒能令其認識到事態的嚴重，引起足夠的重視，反而更激發了他的狂妄和輕敵。馬謖如此狀態，諸葛亮視而不見，是諸葛亮之過。馬謖在與王平爭論守街亭之策時，更是不可一世。張口閉口就是「兵家云」，動輒便是自我出道來，丞相有事都來向我請教。哪有事情危急，不可大意的警惕之心、慎重之意。兵臨城下，不去想怎麼打仗，盡想著：如我成功，你可別與爭功。白日夢做到如此地步，豈能不敗！

馬謖有點子，也是個人才，可是畢竟從未獨立主持過工作，也沒有經過失敗的洗禮，全然認識不到他所承擔的工作的重要性和殘酷性。在街亭，馬謖漫不經心地就作出部署，他的決定使蜀軍腹背受敵，首尾難顧，陷入全軍覆沒的危險中。而實際上，街亭之敗對蜀漢的打擊是致命的，它使蜀漢本就並不強壯的國力，開始走向衰弱。諸葛亮最大的失誤，不是任用馬謖，而是在鎮守街亭這麼重大的工作中，任用馬謖。

劉備評價馬謖：言過其實。是說馬謖光會說不會練，是假把式。但能說到關鍵處、要害處，又何嘗不是見識和水平。諸葛亮所考察的「言」，正是馬謖的長處，而其短處「實」，獨當一面的實踐能力，卻絲毫沒有涉及到。街亭之守，是諸葛亮給馬謖唯一一次獨立主持工作的機會，也是對馬謖在這方面唯一的一次考察。而在這次考察中，馬謖失去了包括生命在內的所有機會。面對馬謖上交的這份不及格的答卷，諸葛亮也付了使蜀漢一蹶不振的慘痛代價。

45

曹丕 王侯有種

曹丕，字子桓，魏文帝。在曹操眾多之子中，曹丕能繼承曹操之位，還當上皇帝，絕非偶然。在曹丕的手裏，曹氏集團的事業，得到持續的鞏固和繁榮。比較魏、蜀、吳三國第二代領導人，曹丕無疑是最出色的。曹丕的即位，是歷史上皇帝即位過程的縮寫：謀取父王的信任，剪除同宗兄弟，逼在位皇帝「禪讓」。（《三國演義》第七十二、七十九、八十回）

據《三國志》記載，曹操有二十六個兒子。在《三國演義》裏，提到有曹昂、曹丕、曹彰、曹植、曹熊、曹沖。大兒子曹昂受曹操所累，在證討張繡時身死。以稱象而被人讚揚的曹沖於建安十三年病死。這一年也正是曹操赤壁大敗的那一年。曹丕、曹彰、曹植、曹熊，都是曹操第一個小太太卞氏所生，也就是說曹丕、曹彰、曹植、曹熊是同父同母的親兄弟。曹彰和曹植都深得曹操所喜。曹彰被曹操昵稱為「黃鬚兒」。曹操最不「感冒」的是曹丕。因為曹丕為人不厚道。最後，曹操親點的繼承人，卻正是這個他最不喜歡的曹丕。

曹操監終前對曹洪、陳群、賈詡等人囑以後事說：「今卞氏生四子：丕、彰、植、熊。孤平生所愛第三子植，為人虛華少誠實，嗜酒放縱，因此不立。次子曹彰，勇而無謀；四子曹熊，多病難保。惟長子曹丕，篤厚恭謹，可繼我業。卿等宜輔佐之。」

曹操讓曹丕繼承自己的事業，決不是因為曹丕是像他所說的「篤厚恭謹」。「篤厚恭謹」只是個托辭。曹丕能夠得到曹操的肯定，是因為曹丕最具備當領導人的素質。

曹熊不必多說。先說曹彰。曹操曾向幾個兒子詢問他們的志向，這是為父親者向兒子必提的問題。曹彰告訴曹操，自己「好為將」。曹操問；「為大將又能如何？」曹彰說：「披堅執銳，臨難不顧，身先士卒；賞必行，罰必信。」曹操提醒曹彰，要多學些文化，只逞匹夫之勇，不足為貴。曹彰對父親的建議不感興趣，他對父親說：「大丈夫當學衛青、霍去病，立功沙場，率十萬大軍縱橫天下，哪能作個酸文人。」

曹操很喜歡曹彰，但也確如曹操所言，曹彰是「勇而無謀」。曹操本人的文化水平很高，在繼承人的確定上，文化水平是不是條件的條件。曹操「無謀」一詞，提出的要求更高，不僅是要有文化，還要能靈活運用文化成為「謀」，武小子曹彰的文化水平，離曹操的要求差得太遠。更重要的是，曹彰的目光太淺太窄，只想當個將軍，沒有一統天下，君臨四海的遠大理想。曹彰只圖為大將的痛快，缺少稱王稱霸的野心，早早被淘汰出局。競爭者主要集中在曹植與曹丕二人身上。

曹植與曹丕的文學造詣都極高。曹氏父子：曹操、曹丕、曹植，史稱「三曹」，開了中國古代文學一代之風「建安風骨」。曹植的一篇《洛神賦》：「翩若驚鴻，婿若游龍，……彷彿兮輕雲之蔽月，飄飄兮若流風之回雪……」成千古絕唱。曹丕則寫過一部文學理論集《典論》，是中國古代文學理論評論的重要著作。只可惜這部著作只流傳下來〈論文〉一篇。但這一篇〈典論論文〉，便在中國古代文學理論批評史上，占得重要一席，具有劃時代的意義。足見曹丕的文學水平之高。對這倆兄弟的文化水平，曹操沒有什麼可挑剔的。關鍵在政治水平上。

曹植是典型的風流才子，行事灑脫，恃才放蕩，不拘小節。曹操說他「嗜酒放縱」，一點也不過份。曹植把這種輕浮的作風，帶進政治領域，就不得曹操所喜了。在與曹丕的競爭進入白熱化階段時，曹植做了兩件事，讓曹操傷透了心，開始斷絕立他為太子之念。

一件事是曹植擅自讓人打開宮裏的「司馬門」，乘車馬馳騁而出。按漢朝法律，除了皇帝之外，任何人過司馬門都要下車馬步行。曹植目無法律的行為，讓曹操很生氣。第二件事是關羽圍攻襄陽樊城之際，曹操封曹植為「南中郎將、行征虜將軍」，有意讓曹植助曹仁，以解襄陽之圍。結果召見曹植時，曹植喝得爛醉如泥，不醒人事。曹操一怒撤銷了他的軍職，從此不給他任何實際工作。

曹植的這種作風，讓曹操怎麼能放心把國家交給他。反觀曹丕，曹丕知道曹操喜愛曹植，不喜歡自己，行事便戰戰兢兢，小心翼翼，明裏暗裏，做足功夫。明裏，在曹操面前極盡仁厚孝敬之態。每逢曹操要出戰，曹丕都不多說話，卻在曹操面前偷偷抹眼淚。曹操一回軍，最先出門迎接的，也是曹丕。暗中，曹丕則是高度警惕，緊鑼密鼓，見機行事。在兄弟鬥法時，曹植的幫手楊修，常是直接出面向曹操告曹丕的狀，惹得曹操對楊修和曹植很反感。反之，曹丕則是買通曹植的左右，讓曹植的人向曹操揭發曹植。自己兵不血刃，而致對手於死地。這兄弟倆的手段計謀，實在不是一個水平上的。作為人主，善於識人用人是很重要的能力。這一方面，曹丕也比曹植高明。曹植的智囊團成員主要是楊修和丁儀、丁廙兄弟。這幾人和曹植意氣相投，最擅長的是喝得爛醉如泥，再就是吟詩作賦。曹丕方面的人，主要是賈詡和朝歌長吳質。吳質是曹操身邊的人，有了這個臥底，曹丕在爭鬥中占儘先機。而一個賈詡，就是十個楊修加十個丁氏兄弟也不是對手。從用人上看，兄弟之爭，已見高下。

曹丕上位後的第一件事，便是手足相殘，以除後患。這是得了曹操「寧教我負天下人，休教天下人負我」的真傳。曹丕削奪了曹彰的兵權，不久，曹彰就莫明其妙地死了。然後以不為曹操奔喪為由，問罪於曹植和曹熊。曹熊嚇得上吊自殺，曹植則被許褚擒獲。曹丕之母卞氏聽說曹熊已死，曹植被捉，知道大事不好，便向曹丕哭訴，命曹丕放過曹植。華歆則認為曹植不可留，留則有患，就給曹丕出了個主意，你曹植不是以才名著稱嗎，那就「以才試之」，「以絕天下文人之口。」於是，就有了曹植七步成詩的故事：

丕曰：「吾與汝情雖兄弟，義屬君臣，汝安敢恃才蔑禮？時先君在日，汝常以文章誇示於人，吾深疑汝必用他人代筆。吾今限汝行七步吟詩一首。若果能，則免一死；若不能，則從重治罪，決不姑恕！」植曰：「願乞題目。」時殿上懸一水墨畫，畫著兩隻牛，鬥於土牆之下，一牛墜井而亡。丕指畫曰：「即以此畫為題。詩中不許犯著『二牛鬥牆下，一牛墜井死』字樣。」植行七步，其詩已成。詩曰：

兩肉齊道行，頭上帶凹骨。相遇塊山下，欻起相搪突。二敵不俱剛，一肉臥土窟。非是力不如，盛氣不泄畢。

曹丕及群臣皆驚。丕又曰：「七步成章，吾猶以為遲。汝能應聲而作詩一首否？」植曰：「願即命題。」丕曰：「吾與汝乃兄弟也。以此為題。亦不許犯著『兄弟』字樣。」植略不思索，即口占一首曰：

煮豆燃豆萁，豆在釜中泣。本是同根生，相煎何太急！

曹丕聞之，潸然淚下。其母卞氏，從殿後出曰：「兄何逼弟之甚耶？」丕慌忙離坐告曰：「國法不可廢耳。」於是貶曹植為安鄉侯。植拜辭上馬而去。

「煮豆」詩並非曹植七步而成，「煮豆」詩乃曹植應聲而作，應為「應聲詩」。曹植才華確實超群，但在兄弟爭王一戰中，卻是徹徹底底的失敗者。

曹丕於文學有句名言，他說文章是：「經國之大業，不朽之盛事。」功名利祿「只乎一身」，世間俗事都是過眼雲煙，惟有文章之名才能永恆不滅。

曹丕的厲害之處正在於此。一個對文學有如此見識的人，卻能不耽溺於文學，不為所愛之物所左右，清楚自己在什麼時候該做什麼事，能拿得起，更能放得下。這是最難得，最重要的。能果斷轉變好自己的角色，在政治領域也保持清醒的頭腦，是曹丕與曹植的最大區別。真正繼承了曹操衣缽的是曹丕。在曹操眾多兒子中，曹丕有理由狂一句：王侯有種，捨我其誰！

曹丕的皇帝是經過兄弟相殘和篡位，才當上的。但是，曹丕最不得人心，特別是道學家人心的，卻是一句話：「舜、禹之事，朕知之矣！」

這句話，曹丕是情不自禁，有感而發。曹丕當魏王不久，華歆一幫人就竄掇曹丕當皇帝。具體事宜當然無須曹丕操心。在以華歆、王朗為首的文官，和以曹洪、曹休為首的武將，軟硬兼施，威逼恐嚇下，漢獻帝終於流著眼淚，下了禪國之詔。「禪國」也就是「禪讓」。詔書裏說：朕在位三十二年，沒給老百姓帶來什麼福音，天下混亂，全靠沾祖宗的光，才維持到今天。如今，看天意人心，國運興旺全在曹家。以前的魏王英明神武，眼前的魏王更是光輝照耀，都印證了國運全在曹氏。看看歷代強國，大家就會相信我說的。大道之行，天下為公，堯帝不把王位私傳於子，而賢名傳播天下，這是我一直很仰慕的，今天我要效法堯帝賢舉，讓位於魏王。請魏王千萬不要推辭。

曹丕沒推辭。他一見詔書，整整衣冠，伸手就要接過來。司馬懿一看，忙說：「殿下，您先別急。雖然詔書和玉璽都到了，您還是應該給皇上上道表，和皇上客氣客氣，免得讓人說閒話。」曹丕一想，也是，別人一讓，我就上，也太實在了。曹丕讓王朗作一道表，謙稱自己德薄，受不起皇位。獻帝讓位本就是被逼，一看曹丕這道表，也分不清曹丕是說真的，還是在客氣，他問大臣：「現在我該怎麼辦？」華歆教他：「以前魏武王（曹操）接受魏王的封爵時，也是三次辭詔，才接受的，陛下可以再下詔書，魏王自然就接了。」

漢獻帝又下一道旨，這次把曹氏父子的功勞大大褒獎一番，又舉出舜禹禪讓的例子，請曹丕一定要接受皇位。曹丕打心眼裏高興，不過有了上次的教訓，這一次學乖了，他先問賈詡：「這雖是第二次下詔，恐怕還是有人會說閒話，我不免會落個篡竊的名聲吧。」賈詡說：「這還不簡單，可以讓人再把詔書和玉璽拿回去，讓華歆叫獻帝築一座『受禪台』，找個良辰吉日，集合全體大臣，都來觀禮，讓天子親自把玉璽交給您，以告天下，這是天子的真心本意，您是推辭不了才接受的，這不就可以打消大家的疑心，封住眾人之口。」

就這麼，漢獻帝讓出皇位，曹丕登基。漢帝對天下早已失去了控制權，「禪讓」則使漢帝從主角到配角，到傀儡，再到影子，徹底從國家政治舞臺上消失了。

漢獻帝流著淚水，上馬出宮，以後，沒有皇帝的召見，他再也不能進宮。台下觀禮的大小幹部唏噓傷感不已。曹丕此時，亦是有感，說出那句讓人極為不滿的話：古時舜、禹那些事，我總算明白了。

曹丕這話問題出在哪兒？

這話說的不對？關於「禪讓」，別人都是在書上看到的，誰也沒親眼見過，或是親身經歷過。曹丕不一樣，他是當事人，親身經歷過「禪讓」。這件事他最有發言權。曹丕說這就是所謂的「禪讓」，別人也不能說這不是。在曹丕，這確實就是他經歷的「禪讓」。而四十五年後，翻版上演的曹家對司馬家的「禪讓」，以及之前其後幾乎歷朝歷代都有的「外禪」或「內禪」，都證明曹丕的話沒有錯，所謂的「禪讓」，就是這樣。

曹丕這話的問題，不是出在話本身，而是出在他說出了圈內的「潛規則」，說出了事情的內幕。這是道學家們最忌諱和深惡而痛絕之的。

大家都知道「禪讓」講的是什麼事。就像獻帝詔書裏說的，堯帝天下為公，不把天子之位傳給自己的兒子，經過重重考核，最終把天子之位禪讓給當時大家公認的賢人舜；後來，舜也沒有把天子之位傳給自己的兒子，而禪讓給了大禹。把天子之位傳給外姓人，叫「外禪」，是覺悟最高的一種。把天子之位傳給家族內姓人，叫「內禪」，也很不容易。想想看，這可不是退休，而是不當皇帝了。所以不管是「外禪」還是「內禪」，沒有高風亮節是不行的。當然，大肆發表讚揚感慨的，往往不是讓位的，而是即位的。

道學家把此事作為美好的理想和道德的楷模，希望人人都能「天下為公」，以國事為先，私事為後；以大「我」為重，小「我」為輕。並以此推衍到希望以五經四書中的倫理、三綱五常這些道德教化，在人們精神上形成的一套共同的綱領，作為治理手段，使人人自律，國家長治久安。原則上，即使皇帝也不例外，他的一言一行都要符合道德規範。皇位上的人，要以自己的道德表率為國家作出貢獻，而不是憑藉權力。

統治者和既得利益者都清楚，若人人都能以「天下為公」，倫理為先，對自己是有百利而無一害。所以，對道學家的提議全票通過，大力提倡，堅決擁護。另一方面，對一邊道貌岸然，以道德為安身立命之本，一邊又寡廉鮮恥，放縱私欲的「倫理楷模」們，道學家當然也是心知肚明。皇帝也不過就是說說而已，他還真能吃齋念佛，坐懷不亂？但是，既然大家是在同一個臺子上唱同一齣戲，就不能自己拆自己的台，不能違反遊戲規則。尤其是主角，更應該和大家配合好，共同把這台戲唱好。不管臺子上發生什麼情況，都不能跑調，都要確保倫理綱常這面大旗不能有任何閃失。時刻維護這桿大纛以昂迎的姿態在人們心目中招展飄揚，就是大家的使命。至於下了戲臺，卸了裝以後，你願意幹什麼就幹什麼，想怎麼唱就怎麼唱，都是你說得算，只要天知地知你知我知就是了。

曹丕的話，是把戲臺下的詞，拿到戲臺上去唱了。對以衛道為己任的道學家來說，若這層窗戶紙被戳穿，而戳穿這層窗戶紙的又不是別人，恰恰是皇帝自己，則不啻於被人在大庭廣眾之下，扒光了衣服。照你這麼說，三皇五帝，古之聖賢都成了什麼人，我們大家都成了什麼人，還讓不讓我們大家跟著你混了。好在曹丕是皇帝，別人不願意聽，有意見，也只能忍著，卻也叫人心裏不舒服。至於火氣大點的，一時間這口氣沒順過來，陳痰上湧，呼吸困難，眼前一黑，雙腳一蹬，也說不定。

曹丕說出了真心話。他也只是一不小心說的。歷史上這樣的話很少，過年的話很多。暴力血腥、陰謀欺騙，歷史的殘酷通過過年的話說出來，就只剩下春暖花開，欣欣向榮，生意興隆，財源茂盛了。

46

賈詡　遊戲人生

賈詡，字文和，武威姑臧人。少時無名，少有人知。唯有漢陽人閻忠認為其有張良、陳平之奇。青年賈詡因病辭孝兼回鄉時，曾遇盜匪，同行數十人盡被擒住，賈詡道：「我乃段太尉外甥，汝等不要埋我，可得我家重賞。」盜匪聞聽，果不敢害，與賈詡相善而別。其他人盡被處死。太尉段熲名震西垂，卻並無賈詡這個外甥。賈詡之膽量與機謀，由此可見。與「強盜」相處，游刃於兵戎詭詐間，是賈詡人生的主要樂趣。與「強盜」相處，安然無恙，且少為人詬病，更是賈詡人所無法企及之處。（《三國演義》第九、十、十三、十六、十八、六十八、八十回）

「遊戲人生」這個說法，已經俗到相當不吸引人。但對賈詡賈文和先生來說，卻是無比熨貼，無比適合。賈先生人生最大的樂趣，就是遊國家政治、軍事的戲。

不是所有在國家政治、軍事的鍋裏混飯吃的人生，都可稱得上「遊戲人生」。要配得上這四個字，至少要符合這麼幾個條件：

首先，要有玩遊戲的技術。有技術，才有參與遊戲的本錢，遊戲才能玩得起來，玩得下去。技術爛，硬著頭皮硬往裏闖，就算進入遊戲，再給你把好牌，也玩不到好處，只會陷入疲於奔命，被人玩弄於股掌的境地。那時候，就不是你玩遊戲了，而是遊戲玩你。遊戲玩你，你不出局誰出局。何進、董卓、李傕、郭汜手裏捏著皇帝和滿朝大臣，袁紹手裏有的是兵馬、地盤和上將，曹爽懷裏抱著司令的大印、身邊就是皇帝，這些人手裏全是一幅好牌，卻因技術太爛，無一例外的被淘汰出局。

其次，要把握好玩遊戲的心情。遊戲終歸是遊戲，不能認死理，太當真。太當真，遊戲就成了負擔，失掉了應有的樂趣。諸葛亮初出茅廬時，心態還行，後來就不行了，把遊戲看得越來越重，結果活活把自己累死。荀彧、荀攸也是犯了這個毛病。曹操要當魏王，這叔侄倆較了真，死活不同意，一本正經地勸阻曹丞相。其實何必。你的任務就是陪領導玩遊戲，他願意怎麼玩，你陪著就是了。而且，當初建議曹操進京，玩挾天子以令諸侯遊戲的人正是你荀彧。你既然提議玩這個遊戲，就應該對遊戲的走勢有所準備。你發起了遊戲，陪著他玩了這麼久，等他玩到高興處，你又澆冷水，說不能這麼玩。「既以盜賊之事教之，後乃忽以君子之論諫之」，他能聽你的嗎。你既然已經加入到遊戲當中，就應當清楚遊戲的規則：領導說什麼，就是什麼。玩了一輩子遊戲，最後卻玩得動了真氣，荀氏叔侄之死，實是前後相悖，不通世事，死得大為不值。

再次，要玩就要玩贏。玩遊戲必有輸贏。玩得再開心，再瀟灑，結果輸了個灰頭土臉，終歸不是件讓人愉快的事。如果玩的是「死亡遊戲」，輸了連身家性命都要搭進去，就更輸不得。所以，不玩則已，要玩就要爭勝。公孫贊、袁術和呂布，無不是玩得興高采烈。公孫贊組建了一支全騎白馬的軍隊，像模特表演隊一樣，引來周圍少數民族同胞的一片驚呼，獲得「粉絲」無數，被少數民族同胞稱為「白馬模特表演隊隊長」。可是這支隊伍，打起仗來就差點。公孫贊和袁紹幹仗，幹不過袁紹了，就蓋個碉堡，把吃喝玩樂的家當都搬進去，然後把門一關，脖一縮，自己帶著老婆爬上崗樓子做遊戲去了，有傳達軍情戰報的文書，就讓人用籃子吊上吊下。真不清楚公孫贊是怎麼想的，可能公孫隊長很欣賞有創意的想法吧。雖然袁紹和公孫贊都是被人踢出局的，但「五十步」的袁紹較之「百步」的公孫贊，確實是略高一籌。袁紹放了把火，把公孫贊烤成了吊爐烤鴨。五十步還是有資格笑傲百步的。袁術連皇帝都當過了，其開心程度自是非同一般。呂布的樂趣在疆場廝殺，跨下赤兔，掌中畫戟，縱橫捭闔，衝殺馳騁，於陣前取人性命如探囊取物，那是相當威風啊。但這幾位都瀟灑的有些過頭，只圖一時的快活，對結果輸贏考慮的不太多，痛快是痛快了，痛快也成為最後的瘋狂。

最後一項，是加分項，即還應該留有一定的底限。遊戲雖說是遊戲，也不能為了爭勝不擇手段，連基本的人格和立場都不要了。雖說人格和立場是你自己的東西，你自己不想要，誰也不能把怎麼樣。但被人指指點點，戳脊樑骨，甚至是遺臭萬年，你老人家自己高興快活完，拍拍屁股駕鶴西遊，搞得子子孫孫都抬不起頭來，畢竟不是件光彩的事。

說到此處，不禁感歎，在政治、軍事遊戲裏，要達到這四個條件確實是太難了，能達到這四個條件者，堪稱是國寶級的珍稀物種。而賈詡賈文和先生正是這樣一個人物。這些搞不好就掉腦袋，搞好了也得把半條命搭進去的事，在賈先生那兒是遊刃有餘，瀟灑之至。

剛出道的賈文和即顯示出撼天動地，神鬼莫測的遊戲才能。董卓被誅，部將李傕、郭汜猶如喪家之犬，欲做鳥獸散，賈詡對李、郭二人道：「各位，如果大家散夥，一個看門的就能把各位逮起來。與其這樣，還不如一不做二不休，集合人馬殺入長安給董卓報仇。事成，則堂堂正正的入主朝廷；若不成，再散夥也不遲。」李傕、郭汜聽罷，恍然大悟——對啊，小賈，走，進城去。賈詡此計一出，長安城風雲變色：皇帝被趕出宮，沒個住，沒個吃；大臣們死的死，逃的逃，剩下的陪著皇帝在李傕、郭汜的刀口下，戰戰兢兢，東躲西藏；百姓家人人過刀，家家過火；整個長安城在火光與劍影中，支離破碎。其後，又是賈詡之計，助李傕、郭汜殺退馬騰、馬超父子的西涼軍。李傕、郭汜從此如董卓復生，不可一世。

賈詡之計讓兩隻喪家犬，一夜之間成為一言定鼎的主宰者。可惜李傕、郭汜只是兩個屠夫，而不是建設者，遂使賈詡此計變了味道。這件事成為賈先生一生為人詬病之處。慶倖的是，年輕的賈詡並沒有在這條危險的道路上越滑越遠，繼續助紂為虐，而是及時懸崖勒馬，回頭是岸。這使我們可以把此事，看成是年輕人涉世未深的鋒芒太露之過。此事稍後我們還要再說。單從純技術角度來看，剛出道的賈詡，其遊戲技能已是非同小可。

讓賈詡一鳴驚人的，是助張繡大敗曹操。離開了李傕、郭汜的賈詡，跟隨了張繡。張繡與曹操為戰，用賈詡之計，大敗曹操。而最顯賈詡之神奇的當是下面一段：

且說荀彧探知袁紹欲興兵犯許都，星夜馳書報曹操。操得書心慌，即日回兵。細作報知張繡，繡欲追之。賈詡曰：「不可追也，追之必敗。」劉表曰：「今日不追，坐失機會矣。」力勸繡引軍萬餘同往追之。約行十餘里，趕上曹軍後隊，曹軍奮力接戰，繡、表兩軍大敗而還。繡謂詡曰：「不用公言，果有此敗。」詡曰：「今可整兵再往追之。」繡與表俱曰：「今已敗，奈何復追？」詡曰：「今番追去，必獲大勝；如其不然，請斬吾首。」繡信之。劉表疑慮，不肯同往。繡乃自引一軍往追。操兵果然大敗，軍馬輜重，連路散棄而走。繡正往前追趕。忽山后一彪軍擁出。繡不敢前追，收軍回安眾。劉表問賈詡曰：「前以精兵追退兵，而公曰必敗；後以敗卒擊勝兵，而公曰必克：究意悉如公言。何其事不同而皆驗也？願公明教我。」詡曰：「此易知耳。將軍雖善用兵，非曹操敵手。操軍雖敗，必有勁將為後殿，以防追兵；我兵雖銳，不能敵之也：故知必敗。夫操之急於退兵者，必因許都有事；既破我追軍之後，必輕車速回，不復為備；我乘其不備而更追之：故能勝也。」劉表、張繡俱服其高見。詡勸表回荊州，繡守襄城，以為唇齒。兩軍各散。

此計之奇，可謂神鬼莫測，只有後來諸葛亮六出祁山，屢次退兵時，方能一見。而最能顯其才能的，當是賈詡屢次扮演「關鍵先生」的角色。當「關鍵先生」，最易出名。一言興邦，扭轉乾坤，四兩破千力，反敗為勝。這樣的事辦一次，能勝過平常之事千百次。有一次，就夠吃一輩子。不過，光知道有噱頭還不行，還得有這個水平，能抓住這個機會。看看賈詡是如何扮演「關鍵先生」的。助李傕、郭汜是賈詡初次扮演「關鍵先生」角色，因為性質因原，此次忽略不計。

曹操與袁紹都來爭取屬於「第三勢力」的張繡。張繡左右為難，頗有魚與熊掌不可兼得之感。賈詡說這有什麼可為難的，他笑著對袁紹的使者說：「你可以回去告訴袁本初，說他連自己兄弟都不能相容，如何能容得下其他人！」說罷，扯碎書信，叱退袁紹來使。賈詡的這一舉動，讓張繡措手不及。張繡說：「我與曹操的仇可不算小，因為我嫂子的事，我殺了曹操的兒子、侄子還有一員大將典韋。這曹操我們敢投嗎？」賈詡幫張繡分析了三大原因，賈詡說：「投降曹操有三個原因：曹操打的是天子的旗號，是正宗，此其一；袁紹軍強，我們這點人馬投奔他，他不會放在眼裏，一定不會得到他的重視，曹操的兵馬弱一些，得到我們會很高興，此其二；其三是曹操這個人素有王霸之志，他要做個延攬人才的明主，一定不會計較私怨，我們正可利用他這一點。」張繡半信半疑。賈詡道：「您就放心好了，我保證曹操不會念舊怨。」張繡投降曹操，果然是曹操拉著張繡的手，安慰道：「小過失，算不了什麼，千萬別放在心上。」賈詡看透了袁紹，更看透了曹操。這決定性的一步，不僅幫張繡修成正道，更使他自己找到了歸宿。

賈詡這樣的人才，曹操怎能不喜歡。以致於連立嗣這頭等大事，曹操也向賈詡諮詢。賈詡是曹操在立嗣一事中，唯一徵求過意見的人。足見曹操對賈詡與眾不同的重視和信任。對賈詡，這也是一次嚴峻的考驗。所謂嚴峻，是因為賈詡和曹操的立場，並不一致。「孤欲立後嗣，當立誰？」曹操此一問，表面看，是在為立曹丕，還是曹植，猶豫不決。其實，答案已在其中。若本著立長不立幼的原則，也就無此一問。曹操此問，等於向賈詡表明了自己的立場，有立曹植之心，而且是很想立曹植。這就難辦了，若說立曹丕，是不打自招，萬一事不成，必引火焚身，而且還忤逆曹操之願，但又不能說立曹植。這正是，手心是肉，手背也是肉。說立曹丕不是，立曹植也不是。賈詡給曹操的回答是：「正有所思，故不能答。」曹操問：「何所思？」「我在想袁紹父子和劉表父子的事。」實在是高。如此作答，先是自保。我什麼也沒說，我既沒說立曹丕，更沒說立曹植。同時，又是含而不露的回答了曹操。袁紹和劉表的事，就擺在眼前，至於立長還是立幼，您自己掂量著辦吧！主臣問答，一為不答之問，一為不問之答，直如佛家禪語，妙不可言。這個不是回答的回答，令曹操當機立斷，開懷釋然。這句看似漫不經心的話，有效維持了曹氏帝國的穩定，和在今後一個階段內的生命力。賈詡之機智練達，堪稱爐火純青，臻於化境。

楊修押寶曹植，賈詡下注曹丕。楊修幫曹植，人盡皆知；賈詡看好曹丕，卻是人鬼不覺。楊修不知其事之險；賈詡之慎如履薄冰。楊修之意與曹操同，而喪命；賈詡逆水行舟，而終達目的。其死與其生，在此之間。

當了皇帝的曹丕，當然清楚賈先生的價值。新官上任三把火，新皇帝上任還不得大大地放一把火。放火之前，曹丕問賈詡：「我想一統天下，你看我是先取蜀國好，還是先取東吳好？」賈詡說：「劉備有諸葛亮，孫權有陸遜；一個善於治國，一個有地勢之利，一時之間，都難以拿下。目前，我們這些人中難有人是他們的對手，陛下雖有威勢，也不敢保證必勝。我看最好的辦法就是等，等二國內變，才是機會。」曹丕心急，不聽賈詡之言，吃了大虧後，老實了，安穩了。而最終，蜀、吳之亡，也正如賈詡所言，有了內亂，才給人可乘之機。

賈先生指點江山，視千鈞大事如掌中兒戲，其心情也始終是輕鬆愉悅，從未有過任重道遠之感。這固然取決於遊戲技術的高明，同時，也是因為遊戲在賈詡眼裏，就是遊戲，而不是其他的什麼。這是賈詡與諸葛亮最大的不同。諸葛亮就是為劉備而生，為匡扶漢室而活。劉備不來，諸葛亮不出山。一旦跟了劉備，就等於在高位套牢，壯志未酬誓不休。而賈詡，跟著誰混都無所謂，玩什麼遊戲也無所謂，遊戲的樂趣在於過程，而不是結果。剛出道的賈詡跟隨的是李傕、郭汜，後來又追隨張繡，還有機會跟著劉表幹，都是不入流的人物。但這些絲毫不影響賈詡的心情。跟著誰玩不是玩，只要有得玩就行。跟著李傕、郭汜、張繡這樣的主人，無疑會獲得更大更自由的遊戲空間。等有了足夠的遊戲積分，再有合適的機會，遇到一個像曹操這樣的主人，自是一拍即合，水到渠成。這要比在強手如雲的高手堆裏白手起家來得快。跟著李傕、郭汜、張繡的賈詡，從來沒有過焦慮的情緒，沒有過完不成任務的壓力，而永遠都是那麼從容，那麼平靜。

成為曹操幹將的賈詡，依然不改輕鬆本色。你曹操願意當魏王就當，你曹丕想坐皇位就去坐，誰叫你說得算，反正如果挨罵，也不是罵我，我急什麼。這也正是曹操欣賞賈詡的地方之一。這個人沒有其他的想法，就是為了玩遊戲而玩。所以，他能跟李傕、郭汜，特別是助張繡打敗自己，還能再跟自己。這個人以後就不會再改投別人的門庭？不會。因為人往高處走，沒有比自己能給他更大舞臺的人了。這個人還念舊，不是見異思遷的主兒。張繡一投曹操時，曹操就看中賈詡，打算讓賈詡跟自己，賈詡卻說：「我以前跟錯人，得罪天下；現在張繡待我言聽計從，很是不薄，我不忍心棄他而去。」該留就留，該走就走，聰明人啊！這個人玩起遊戲來，還很有分寸，能夠審時度勢，該自己出牌的時候就出，不該自己出牌就老實待著，從來不會目中無人，妄自尊大。跟隨曹操的賈詡，知道自己現在的環境，不是以前可比，出風頭的次數，明顯要少於在李傕、郭汜、張繡身邊的時候。賈詡非常清楚，此時的他，已不需要再通過什麼，來證明自己。自己要做的，只是不求有功，但求無過而已。包括對立嗣一事的處理，是技術，也是姿態和心態，什麼事都能超然於物外，以局外人事不關己的心情淡然處之。「問君何能爾，心遠地自偏。」心遠地偏的賈詡賈文和先生，最後官至太尉，享盡富貴榮耀，過古稀之年善終。

賈文和先生一生圓潤，左右逢源，但絕不是沒有底限，沒有立場。跟著李傕、郭汜打進長安後，賈詡屢勸二人要安撫百姓，結納賢臣，但對進了花花世界，又掌有主宰權的李傕、郭汜來說，賈詡的勸告已是對牛彈琴。年輕的賈詡開始意識到，自己犯下了滔天大錯。事情發展到今天這個地步，自己已是無力回天。這個教訓讓初露鋒芒的賈詡明白一個道理，遊戲的底限是不能逾越的，立場這個東西是不能沒有的。在以後一生的行事中，賈詡都含而不露的保持著自己的底限和立場。

不久，獻帝和大臣就發現，李傕身邊的賈詡，與李傕、郭汜等人不一樣。用侍中楊琦的話說叫賈詡「未敢忘君」。終於有機會單獨會見賈詡了，獻帝流著眼淚問賈詡：「先生能伸手拉我大漢王朝一把，拉朕一把？」賈詡拜伏於地說：「這正是臣的願望。陛下不要再說了，臣自有辦法。」賈詡的辦法就是讓李傕、郭汜及其一同進京的羌人起內哄，窩裏鬥。能讓他們一損俱損，同歸於盡最好。即使不能，也讓他們在分崩離析中，內耗實力，給別人創造收拾他們的機會。至於是誰、什麼時候來收拾他們，就只能聽天由命了。一介書生此時所能做的，也只有這些。日後，賈詡對曹操說過，我錯跟李傕、郭汜，對天下犯下大錯的話。能夠認識到錯誤，是賈詡對遊戲底限和立場的一種表白。

再能很微妙地看出賈詡底限的一件事，是曹丕篡漢一事。在整個過程中，從開始提議曹丕當皇帝，到威逼獻帝讓位，一馬當先，衝鋒在前的人是誰？華歆和王朗，而不是賈詡。賈詡所做的，就是最後曹丕已經當上皇帝，賈詡下跪高呼「萬歲」。是賈詡幹不了這事？當然不是。論資格、論眼光、論機靈，賈詡要搶這個風頭，要立這一功，是易如反掌，哪裡輪到其他人。賈詡為什麼只是隨大流，並不當出頭鳥？為什麼只在曹丕問到自己，賈先生，您看我這事該怎麼辦，賈詡才說叨說叨？我的天，這是件什麼事！說「禪讓」，那是好聽的，是蒙人的，說白了就是大逆不道，篡國賊子，是要遭報應，遭天譴的。你是老大，你要當皇帝，你說得算。我可不能為這個跟著你遺臭萬年。賈詡對事情的性質有著清晰的判斷。看到華歆、王朗兩個像小丑一樣上竄下跳，賈詡心中一定偷著樂，你們就鬧吧，你們蹦得越歡，這事跟我關係就越小，真謝謝二位了，不好意思，還忘了提醒二位，以後挨罵的日子長著呢。無恥文人華歆，果真因此事而遺臭萬年。

從早期的鋒芒初露，到盡顯神機妙算本色，屢屢扮演指引乾坤的「關鍵先生」，再到晚年的審時度勢，韜光養晦。縱觀賈先生一生，那真是風光無限，如魚得水，玩了個不亦樂乎。極品人生，莫如賈詡賈文和先生者。

47

華歆　奴才兇猛

華歆，字子魚，平原高唐人。華歆在當時的聲望很高，與鄭泰、荀攸等人齊名。孫策初見華歆時，曾立刻下跪行禮，對華歆說：「府君年德名望，遠近所歸；策年幼稚，宜修子弟之禮。」華歆的名聲很唬人，唬住了孫策，唬住了孫權，還唬住了曹操。曹操因為他的名聲，把他從東吳提拔到朝廷。其人卻是個十足的小人、奴才。為了討好新主子，不惜對老東家東吳反戈一擊，不惜對皇后與二位皇子痛下毒手，不惜冒天下之大不韙逼獻帝讓位於曹丕。華歆名為漢臣，而實為家賊。（《三國演義》第六十六、八十回）

說華歆，就不能不說他那兩個多次被人提到的掌故。

華歆很有才名，年輕時和邴原、管寧相交甚善。當時的人稱三人為一龍：華歆為龍頭，邴原為龍腹，管寧為龍尾。一日，管寧與華歆同在園中種蔬菜，一鋤頭下地，刨出幾塊金子。管寧視而不見，揮鋤照刨不誤；華歆拾起來，看了看，掂了掂，然後扔下。又一日，管寧和華歆，同坐看書，聽到戶外吆吆喝喝，人聲喧嘩，原來不知是哪家顯貴人物乘車路過。管寧端坐不動，華歆同學則坐不住了，丟下書，跑出去跟著看熱鬧。管寧從此很鄙視華歆的為人，與華歆同坐必割席分坐，不再與華歆為友。後來，管寧避居遼東，頭戴白帽，長年生活在一座小樓之上，足不踏魏家土地，終身不肯仕魏。

龍頭與龍尾分道揚鑣，估計與龍腹也好不到哪兒去。邴原其人也極有骨氣，與曹操很不對付。曹沖死後，曹操想為曹沖辦冥婚。冥婚就是為死人辦婚禮。程式和給活人辦婚禮一樣，不同的就是結婚的是兩個人的亡魂。曹操給曹沖提親的，就是邴原家的女兒。邴原的女兒正好剛死不久。邴原不肯。連這樣的事，都不給曹操面子，邴原與華歆的關係，不會比管寧好。

華歆日後，果如管寧所恥的「棄書觀往」，一個猛子扎進了仕海宦潮，並且賣主求榮，成為最令人所不恥的家奴式官兒。

華歆原在東吳為官，名望很高。曹操以獻帝的名義，徵召他進京，孫權不想放他走。他對孫權說：「留我在此，我便是一個沒有用處的『無用之物』。您讓我去許都，我就可以在曹公的身邊替您效力。」雖然攀附高枝之心溢於言表，說得倒也中聽。華歆到了許都，被曹操封為大官。

在曹操身邊站住腳，華歆開始「報答」孫權。建安十八年，曹操救合淝，出兵濡須口征討孫權，華歆當曹操的「軍師」。濡須口一戰，孫權打了個大敗仗。這便是華歆對孫權的「報答」。

華歆能如此對孫權，對其他人更是沒有什麼做不出的。伏後與國仗伏完謀圖曹操，事敗。伏家三簇盡被下獄，曹操差另一個「家奴」，當時也是名滿天下的文人郗慮，與華歆入宮，收伏後璽綬。伏後於椒房內夾壁中藏躲，被華歆發現，華歆親自動手揪住皇后頭髻，把伏後拖出來。尚書令揪皇后頭髻，真是聞所未聞之事。伏後道：「望免我一命！」華歆說：「汝自見魏王訴去！」華歆的言行，表明了自己的身份：魏王是我的主子，我是魏王的奴才。

既為家奴，討主人歡心是第一等重要事。曹操死，曹丕剛即魏王位，一班文武就勸漢獻帝讓位於曹丕。華歆上竄下蹦，沖在第一個。華歆找來中郎將李伏、太史丞許芝，以「天象」勸獻帝讓位。李伏說：「自魏王即位以來，麒麟、鳳凰、黃龍，一波波的降生、現形，嘉禾茂盛，天降甘露。這是上天啟示，魏當代漢。」許芝說：「我負責觀天象，我看滿天說的都是魏王該當皇帝。有圖讖云：鬼在邊，委相連；當代漢，無可言。言在東，午在西；兩日並光上下移。鬼在邊，委相連，是魏字；言在東，午在西，是許字；兩日並光上下移，是昌字；這是魏許昌應受漢禪。」獻帝道：「這些都是迷信。你們怎麼能以迷信之事，讓我讓出祖宗的基業？」大臣王朗，也就是以後被諸葛亮活活罵死的那位，對獻帝大談興衰論：「你真想不開，這事有興就有敗，有盛就有衰，哪有不亡之國、不敗之家？漢室到你已有四百年，也夠本了，早讓位，大家早消停，晚了，出事我們可管不了。」獻帝哭哭啼啼，華歆等人笑著，一哄而散。

次日，武將以曹洪、曹休為首，文官以華歆、王朗為首，逼宮獻帝。華歆盡露爪牙：「若依昨天所言，還則罷了，否則，後果自負。」獻帝也忍不住了：「你等久食漢祿，又多是漢朝功臣子孫，怎麼忍心作此不臣之事？」獻帝的話，說得很重，也很難聽，但華歆一幫人哪聽得進去。華歆道：「陛下如果不從眾議，出了事，就別怪我等不忠了。」獻帝也豁出去了：「怎麼著，誰還敢弒君嗎？」華歆厲聲道：「你嚇唬誰！誰不知道這個皇帝你當不了，要不天下能亂成這樣。如果不是魏王替你擋著，你早死了不知多少回，受魏之恩不思報答，我們就是一塊反你，你又能怎樣？」獻帝甩袖想走，華歆上前一把扯住龍袍，滿臉殺氣地說：「答不答應，在此一句。」獻帝哆嗦不已，哭著答應了。獻帝令陳群起草禪國之詔，華歆捧著玉璽和詔書，走在最前頭，身後跟著群臣百官，浩浩蕩蕩奔向魏王宮報喜。

華歆走在最頭裏的感覺，可謂如沐春風——滿朝文武，官員數百，皇上的玉璽和詔書卻是我華歆親手送來的，若魏王您當了皇帝，群臣的功勞我是拔了頭籌。

曹丕假意辭詔不受，華歆告訴獻帝：「以前魏武王（曹操）受魏王爵時，不也是三次辭詔後才接受，你再下詔，魏王自然就會接受。」獻帝只得再下禪詔。曹丕再辭，華歆又說：「你可築一『受禪台』，當著公卿百官和百姓的面，公開禪讓，則可。」如此，華歆教一步，獻帝走一步，曹丕登基。

華歆把奴才走狗的角色，演繹得淋漓盡致。主子還沒想到的事，奴才已然先想到。主子還沒吩咐，奴才就知道該怎麼做。至於是否是冒天下之大不韙，死心踏地的奴才是不會考慮的。揪皇后頭髮，扯皇上龍袍，這樣事在別人，不消說做，看著就提心吊膽。華歆不怕。因為在幹這種千刀萬剐的壞事時，奴才的心理都是相同的，幹壞事的不是我，是我的主子，我是奉命行事。伏後向華歆求饒，華歆就說：「你自己跟我的主子說去！」沒有犯罪感，卸掉作惡心理的奴才，行起事來，較主子反而更加兇殘，更加肆無忌憚。故毛宗崗評說：「人但知討賊者當誅其首，而不知討賊者當先誅其從。何也？無賈充、成濟，則司馬氏父子不能肆其凶；無華歆、王朗，則曹氏父子不能恣其惡。故罵曹操而不罵華歆，未足奪曹操之魄；罵曹丕、曹睿而不罵王朗，未足褫曹丕、曹睿之魂也。」

在作惡中，奴才又享受到主子般放縱的快感。一個正常人，沒有心理和行為上的壓抑，思想和行動基本處於自由狀態，說話做事，不用處處看別人的臉色，不用每說句話、每做件事，都得想想別人高不高興，是不是會惹別人生氣，追求放縱和宣洩的慾望，也就相對淡些。奴才不一樣。奴才的立身之道就是唯主是從。主子的高興，就是奴才的高興。主子的悲傷，就是奴才的悲傷。奴才活著，就是為了主子。奴才自己高興不高興、悲傷不悲傷，都不重要，只要主子高興就成。我不喜歡《紅樓夢》的一個原因，就是奴才氣熏天。為了不惹主子生氣，或是為取悅於主子，奴才的心理和行為時刻受到極大的壓抑，時間久了，必然變態，就有了嚐主子的大便、殺自己的兒子給主子做肉吃的事。一個超極好奴才，必然是一個極度的心理變態者。只不過，有的是表現在作惡上，有的是表現在其他方面，極度的奴性都是相同的。有極度的壓抑，就需要有極度的發洩來平衡。最常見的發洩，是大奴才欺侮小奴才。因為在收拾小奴才時，大奴才行使的，是主子的權力，體會到的，是主子的感覺。《紅樓夢》裏滿是這樣的事。對華歆這樣的奴才大臣來說，騎在皇帝脖子上拉屎所體驗到的，正是他的主子曹氏父子才享有的特權。

名為漢臣，實為家奴，華歆是也。

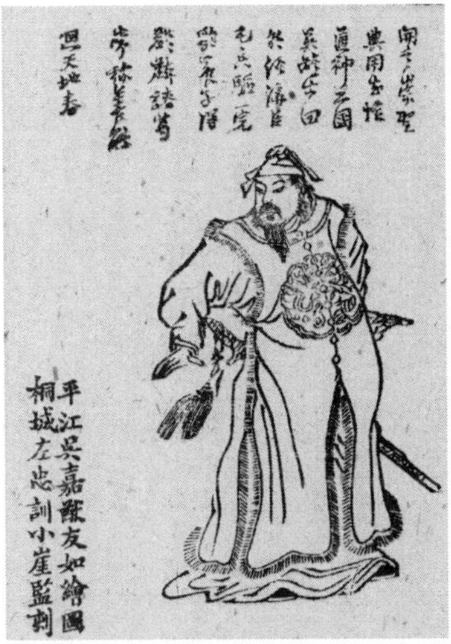

48

司馬懿

一時懿亮、三人成虎

司馬懿，字仲達。潁川太守司馬雋之孫，京兆尹司馬防之子，主簿司馬朗之弟。《三國演義》裏，被諸葛亮視為一生對手的，就是司馬懿。這使得司馬懿很不得人心，很不討人喜歡，因為他的存在，讓受人愛戴的諸葛亮「出師未捷身先死」。另一方面，司馬懿又以極其惡劣的手段，篡奪了曹家天下，而愈加為人所不恥。這兩點，都不甚公平。前者，諸葛亮能氣死周瑜，司馬懿為什麼就不能拖死諸葛亮？後者，司馬懿之所以要篡曹家天下，也自有一番苦衷。（《三國演義》第六十七、七十七、八十、八十五、九十一、九十四至一百七回）

周瑜和諸葛亮，有「一時瑜亮」之美譽。這個說法給人的感覺是二人難分伯仲。在《三國演義》裏，當然不是這樣，是諸葛亮把周瑜玩弄於掌心，活活把周瑜氣死。正史裏的周瑜和小說裏的周瑜，有一百八十度的偏差。正史裏的周瑜是個很了不起的人物，「一時瑜亮」的說法，說正史裏的周瑜更合適。至於小說裏的人物，只要做到在他的那個世界裏是真實的，就算完成任務。這一點，羅貫中做得無疑相當出色。

對於與諸葛亮棋逢對手的司馬懿，卻沒有人把二人稱做「一時懿亮」。因為司馬懿是曹操的人，按「擁劉反曹」的傳統，對曹操的人是不能歌頌的，而且司馬懿本身也不是「好人」，他有反相，還真的造反。拋開這種簡單的二分法眼光，「一時懿亮」的說法，也是絲毫不辱沒世間人才的。而這一次，受氣受傷的不是司馬懿，而是諸葛亮。

司馬懿，字仲達，河內郡溫縣人。爺爺司馬儁當過潁川太守，父親司馬防是京兆尹，弟弟司馬朗是當朝主簿。這一家人雖然沒有袁紹家「四世三公」的顯赫，卻也是名門望族。亦可推測其家族的智商是很高的。

諸葛亮最怕的人，就是司馬懿。曹丕剛死的時候，諸葛亮說：其餘的人都不足慮，只有司馬懿深有謀略，是蜀中的大患。此前，諸葛亮和司馬懿並未直接交過手，幫助曹操白手起家，打天下的人中，也沒有司馬懿，諸葛亮對司馬懿的顧慮又是因何產生？有二件事值得一提。

劉備剛佔據西川，曹操也攻下東川，身為主薄的司馬懿向曹操建議：「劉備取西川，是用欺騙同族劉璋的手段詐取的，並沒有取得蜀人發自內心的認同。我軍打下漢中，西川震動，此時若能進兵攻取，西川人必會被瓦解。此所謂時不可失。」曹操聽了，有感而發，說了句：「人心不知足，既已得隴，還要望蜀。」曹操沒有得隴望蜀，給了劉備紮根西川的機會。

另一件事，劉備就沒這麼好運了。曹操退兵，劉備當上漢中王。曹操氣不過，一個賣鞋的小商小販，也敢稱王稱霸，便打算起傾國之兵，和劉備決一死戰。司馬懿又向曹操獻一計。司馬懿說：「孫權把妹妹嫁給劉備，又趁劉備不備，把妹妹偷了回去。而劉備又賴著荊州不肯歸還東吳，這些都是蜀吳間的切齒大仇。若派一個能說的人去東吳，說動孫權出兵取荊州，劉備必會救荊州，此時大王再出兵取兩川，劉備首尾不能相顧，形勢必危。」

司馬懿此計的厲害，是他找到了能擊敗劉備的死穴，就是首先要瓦解吳蜀聯盟的統一陣線。吳蜀聯盟政策，是諸葛亮戰略體系中，最重要的保障措施。劉備能戰赤壁，取西川，定漢中，都是因為堅決執行了這一政策。沒有「東和孫權」，就不可能有「北拒曹操」。司馬懿看穿了這一點，更看穿了孫、劉二家聯盟的本質，是為利益不得已結盟，這之下其實有著不可化解的仇恨。司馬懿的這一計，有著極為重要的戰略意義。這一計可能不成，但作為一種戰略思路貫徹下去，勢必會有所斬獲。果然，關羽置諸葛亮「東和孫權」的戰略於不顧，和孫權反臉。得知此事的司馬懿告訴曹操：「關羽水淹于禁，是小事一樁，於國家大計無損；而孫、劉失和，卻是天大的好事，此時再派人勸說孫權出兵，孫權就不會拒絕了。」接下來的連鎖事件是：呂蒙白衣渡江，巧取荊州；關羽敗走麥城，父子遇禍；劉備興兵報仇，被陸遜火燒連營七百里，命喪白帝城，而西蜀也因彝陵一役，從此元氣大傷。

司馬懿幾句話，帶給西蜀以無法估量的沉重打擊。他和諸葛亮之間，是典型的高手過招。

不用照面，卻心照不宣。諸葛亮的戰略，只有他能識破；他的五路大軍伐西蜀，也只有諸葛亮能退去。戰略上的對手，是真正的對手。司馬懿因此成為諸葛亮的心病。一聽到司馬懿的名字，諸葛亮的表現常是「大驚」。聞聽曹睿讓司馬懿復職，領兵迎敵，「孔明大驚」；聞聽司馬懿平孟達之亂，又是「孔明大驚」。在司馬懿面前，諸葛亮很難瀟灑起來。也終因司馬懿，諸葛亮六出祁山，鎩羽而歸。

一出祁山，馬謖失街亭，諸葛亮慘敗於司馬懿之手，被逼無奈，唱了一出「空城計」。「空城計」是失敗的見證。可笑的是，卻像勝利一樣被人津津樂道。街亭失利，我們只是見到諸葛亮心情沉重，上表自貶。其實這一戰對西蜀的打擊，是致命的。彝陵與街亭兩戰的失利，令西蜀本就不強的身子骨，更加虛弱。二出祁山，諸葛亮還未出兵，司馬懿就已然料到，諸葛亮會趁陸遜破曹休之際，偷襲長安。於是，早早做好準備，只派一員大將郝昭鎮守陳倉，便令諸葛丞相寸步難進。就在眾人忐忑不安之時，司馬懿卻料定，蜀軍糧草僅能支撐一月。一個月後，蜀兵必退。一切果在司馬懿掌握之中。諸葛亮三度出兵，是已和東吳休好，與東吳約好共同伐魏。司馬懿則斷言，東吳必不發兵。司馬懿說：「孔明何嘗不想報彝陵之仇，他只是怕一旦出兵東吳，我軍就會趁虛而入，所以才暫時和東吳結盟。陸遜深知諸葛亮的心意，所以也只是虛張聲勢，東吳只會看熱鬧，不會真的出兵。我們只要防西蜀，而無須防東吳。」諸葛亮又是徒勞一場。四出祁山，司馬懿以逸待勞，在箕谷、斜谷二谷口，坐待蜀軍，使諸葛亮無功而返。五出祁山，諸葛亮正與司馬懿相持，不料後院起火，倉促而退。待六度出兵，諸葛丞相已是強弩之末。出兵第一陣，便被司馬懿大敗。這是以前不曾有過的。這一次，諸葛亮乾脆連「六甲六丁」的神仙都搬了出來。看來，諸葛丞相確實已是山窮水盡。在司馬懿等、拖、靠的戰術下，諸葛丞相終於沉不住氣了，他派人送給司馬懿一套女人衣飾，以羞辱司馬懿閉門不出。而聰明的司馬懿也正從中看出諸葛亮已是來日不多，急於求戰，所以更是堅守不出，直待諸葛亮星隕五丈原。

與司馬懿過招，諸葛亮打過不少勝仗。但用司馬懿的話說，這些都「於國家大計無損」。諸葛亮在司馬懿身上所獲只是皮毛之利。對受劉備託孤之重，以匡扶漢室為己任的諸葛亮來說，這卻是徹底的失敗。隆中韜略，壯志未酬；六出祁山，一事無成。不知諸葛亮含恨吐出最後一口氣時，心裏是否也如周瑜一般，有過「既生亮，何生懿」的感慨。

既生周瑜，何生諸葛亮；既生諸葛亮，又何生司馬懿。連諸葛亮也有無法逾越的人生之障，可見，老天還是蠻公平的。老天為周瑜準備了諸葛亮，也為諸葛亮準備了司馬懿；為顏良、文醜和華雄，準備了關羽，又為關羽準備了呂蒙；為姜維準備了鄧艾，為鄧艾準備了鍾會；也為鍾會準備了司馬昭。為烏江邊的霸王準備了無賴劉邦；為垂死的范增準備了韓信；為敗走四平山的裴元慶準備了李元霸；為「天下第一」的李元霸準備了一聲大霹雷；為兵敗鄱陽湖的張士誠準備了朱元璋；同樣，也為司馬懿準備了諸葛亮。

老天給每個人都準備了點兒什麼，天才也不例外。音樂天才，就讓你雙耳失聰；哲學天才，就讓你發瘋；能看穿宇宙奧秘的天才，全身就只有大腦能活動活動；當你早早獲得別人一生也不能取得的輝煌，對不起，也請你早早地交出你才走了不遠的生命。

雖然司馬懿給曹操出過謀，劃過策，也陪曹操出征打過仗，但絕不是曹操的心腹。曹操對司馬懿很不放心。書上說，是因為司馬懿有「狼顧之相」。司馬懿能夠像狼一樣，身體不動，脖子和頭旋轉一百八十度。古相書上說，「狼顧之相」是反相，有「狼顧之相」的人，心術都不正。所以，曹操很提防司馬懿，一度讓司馬懿去喂馬。

連環畫《三國演義》裏有二幅圖，給我的印象特別深。一幅圖畫的是司馬懿的「狼顧之相」。背面的身子，正面的面容。看上去，頭就像反長在身體上，樣子很可怖。另一幅畫的是司馬懿餵馬。司馬懿留著長鬚，一幅大官派頭，卻是一身小軍打扮，懷抱一捆草料，皺著眉頭，挺好笑。

司馬懿後來真應驗了「狼顧之相」的說法，他篡了曹家的權。

司馬懿是如何篡曹家的權，他使用了哪些手段，黎東方先生在《細說三國》裏，有過精采生動的描述。對此，已毋須贅言。我要談的是，在司馬懿造反篡權一事中，曹家的人應承擔的責任。

司馬懿的造反篡權，是曹家的人一手培養出來的。

因為司馬懿有「狼顧之相」，曹操開始時對司馬懿的印象很差。這是曹操的不對。曹操不能以貌取人。司馬懿沒說錯話，沒辦錯事，就是因為長的有點問題，就被曹操派去餵馬，這是對司馬懿極大的人身歧視和污辱。這種事發生在今天，司馬懿可以起訴曹操，告曹操給自己造成了巨大的人格傷害和精神傷害，可以要求巨額賠償。

後來，司馬懿以其出色的工作表現，贏得了曹操的首肯。當然，不是說他把曹操的馬餵得特別肥，特別壯，而是他確實是一塊「金子」。他後來居上，不僅取得曹操的信任，還成為曹操的託孤重臣。曹操臨終前，曾向四、五位重量級的大臣託以後事。這些人中有曹洪、陳群、賈詡，再就是司馬懿。曹操把魏國第二代領導人曹丕，鄭重託付給這幾位大臣，也就等於把國家交給了這幾個人。司馬懿也因此成為以曹丕為核心的，魏國第二代領導班子裏的重要成員。司馬懿譜寫了一部「從奴隸到將軍」的人生奮鬥史。

曹丕在位時間，只有短短的七年。這七年，司馬懿過得不錯，他不負曹操所託，幫曹丕當上皇帝，成為開國大臣。曹丕死的時候，託孤大臣有四個：大將軍曹真、鎮軍大將軍陳群、撫軍大將軍司馬懿和征東大將軍曹休。曹丕時代，司馬懿的地位，高居不下。

到了曹魏第三代領導人曹睿，司馬懿的日子不好過了。不知出於什麼原因，曹睿對這位託孤重臣並不放心。諸葛亮出兵伐魏前，馬謖就對諸葛亮說過：「司馬懿雖是魏國大臣，但曹睿一向很懷疑他。可派人到曹睿的眼皮底下散佈流言，說司馬懿要造反；再偽造司馬懿詔告天下的榜文，到處張貼，曹睿心疑，必殺此人。」

馬謖的計策成功了一半。聽說此事，曹睿向群臣問計。華歆和王朗二個奴才大臣，急忙跳出來向曹睿建議：「司馬懿該殺，你看他長的那樣，鷹隼眼、狼脖子，一看就不是好人，越早殺越好。」華歆和王朗這二個，一定會勸曹睿殺司馬懿。一者這二人是超級大奴才，看眼色行事乃其所長。一看曹睿對司馬懿沒好氣，必會順杆爬。二者這二人對司馬懿不乏忌妒之心。雖說主子對他們也不錯，但關鍵時刻就看出來，與司馬懿還是有區別。要不，兩次託孤大事，怎麼都沒他二人的份。曹真勸曹睿不可輕舉妄動，以防中了蜀、吳的反奸計，使君臣自亂，為人所趁。曹睿沒殺司馬懿，把司馬懿開回了家。

在諸葛亮咄咄逼人的氣勢下，曹軍節節敗退。曹睿不得已，只有重新請司馬懿出山。東山再起的司馬懿，使出「連環奪命槍」，閃電戰擒孟達、取街亭，逼得諸葛亮大唱「空城計」。是役，蜀軍大敗。司馬懿憑一己之力，扭轉乾坤。自此，司馬懿再度憑藉過人的表現，贏得了曹家人之心。

曹睿死的時候，司馬懿三度成為託孤大臣。這次更為隆重和感人的是，曹睿讓未來的小皇帝曹芳也到場，讓司馬懿領著八歲的曹芳，搞了個現場授命儀式。曹睿對曹芳說：「你司馬仲達爺爺在，就等於是我在，你要以禮敬之。」小孩子曹芳遂摟著司馬懿的脖子不放手。曹睿又對司馬懿說：「太尉千萬不要忘了小孩子今天對你的依戀之情。」說罷，曹睿掉淚，司馬懿也是邊叩拜邊哭。場面煽情之至。

與司馬懿一同受命託孤的另一個重要人物是大將軍曹爽。此公位在司馬懿之上，又是曹姓，是實權派人物。曹爽給小皇帝出主意，慢慢削奪了司馬懿的權力，還派人把司馬懿監視起來。事情就是這樣，再一再二不能再三。被人懷疑、監視；被人踢過來，踢過去；把腦袋交到別人手裏頭，看別人的臉色過日子，這樣的日子不好過，這樣的窩囊氣也不好受。而這一次，不比從前。以前是老魏王和大皇帝，多少都還有點判斷力，而且也用得著自己。這一次是小皇帝，根本不懂事，全聽別人的，別人怎麼說就怎麼是，這一次搞不好自己就真要徹底玩完。已是過來人的司馬懿，此時已沒有什麼可猶豫的，只有當機立斷，孤注一擲，反他娘的。

因為「狼顧之相」，曹操就打壓司馬懿，也許有些冤枉曹操。曹操不像以貌取人的人。但是，曹操對司馬懿沒有好感是真的。也許是曹操反感於司馬懿平時的言行、做派和為人，才對司馬懿心有提防。所謂「狼顧之相」，不過是古人自認為是最具說服力的理由。相貌是老天給的。既然老天給你一幅反相，說你要造反，這還能錯得了。相貌就是證據。就像諸葛亮看魏延，一見面，不用問，殺。因為你腦後長有反骨，將來必造反。這都是不足為據的。即使將來真有造反，也不是因為腦袋後面多長了塊骨頭，或是脖子能一百八十度大轉彎。不管怎麼說，就當前來看，司馬懿長的再差，詭計再多，為人再次，畢竟沒造反，這就不能說司馬懿是在造反。

如果曹操告訴司馬懿，將來你會造我的反，想必司馬懿自己也不會相信。但是，當曹操、曹睿、曹芳三代領導人，以及周圍的大臣們，不管是因為相貌，還是因為為人，總在重複、強調司馬懿會造反、要造反這一類的事情，並因此來打擊司馬懿，還差點要了司馬懿的命。對司馬懿而言，造反遂成為一種心理暗示，並被不斷強化——將來我是真會造反的。另一方面，被人冤枉的日子，必然極不好過。趁別人虎落平陽，龍困淺灘，便落井下石、火上澆油、痛打落水狗的主兒，無處不在。像華歆、王朗，都能幹出這種事。作為司馬懿又能怎麼樣，你是被打倒的，是沒有話語權的，只能任人宰割。而這一切，當然都是拜曹家人所賜。這些還都好說，最讓人揪心的是，全家滿門幾百口子的性命，都懸在頭髮絲上，旦夕之間，說沒就沒。不是你死，就是我亡，不造反，還能怎麼辦！

曹家的人也為司馬懿的造反，創造了充分的條件：總是讓司馬懿當大官，掌兵權。本來，你要提防司馬懿，就一防到底，讓他徹底失去造反的機會。現在可好，他不造反的時候，你反覆說他要造反，搞得他真要造反一樣。等把他折磨夠了，等他心有芥蒂了，心裏真有想法了，你反而不去管他，讓他當大官，讓他在軍隊中樹立威信。他造反成功，你能怨得了誰？

觀司馬懿後來的處境，和諸葛亮有些相似。位高權重，都受先帝託孤重任，司馬懿更是三朝託孤的老臣，同樣，又都受人懷疑。劉備死前，對諸葛亮說：「你的本事勝過曹丕十倍，是個能成大事的人，我的兒子能輔則輔之，如果不能，你可以自立為西川之主，我也不埋怨你。你看著辦吧！」劉備是奸雄，更是用人高手。他很清楚，對什麼樣的人，要採取什麼樣的方式來警告。對諸葛亮這樣的人，就得採取以退為進的方式，把話挑明，讓你再無後退的餘地。諸葛亮聽了劉備的話，「汗流遍體，手足失措」，「叩頭流血」。但說歸說，劉備父子對諸葛亮，那是沒說的。司馬懿就不一樣了。他屢遭打擊，倍受排擠，幾度沉浮，屢有性命之虞，如果有合適的機會，再加上如黎東方先生所分析的，司馬懿本身就絕非善類，他的造反幾成必然。

司馬懿臨死前，把二個兒子叫到床前說：「我為老曹家出了這麼多年的力，當官一直當到太傅，官位已是無以復加；但人家都說我要造反，我常是提心吊膽，恐懼不安。以後，你們善理國政，好自為之。」「周公恐懼流言日，王莽謙恭下士篡時。」司馬懿的一腔心酸，都在這幾句話裏了。

無中生有，三人成虎。曹家對司馬懿的造反，負有不可推卸的責任。而最終，曹家也為自己的失誤，付出了無法挽回的代價。

49

郭淮

曹魏遺風

郭淮，字伯濟，太原陽曲人，官封射亭侯，領雍州刺史。不知諸葛亮在反思為什麼司馬懿不如自己，而自己卻打不贏司馬懿的時候，是否想到過郭淮。大該不會。郭淮較之諸葛亮，如螢蟲對明月，實在無法相提並論。若說郭淮會對諸葛丞相造成麻煩或是威脅，諸葛丞相自己也會笑。實事是，身為司馬懿副手的郭淮，確實給諸葛亮製造了不易察覺的麻煩。如果諸葛丞相能看看自己的左右，會發現，自己身邊缺少的，恰恰是郭淮這樣的人。鐵籠山一役，郭淮中箭身亡。（《三國演義》第九十三、九十五、一百二、一百七、一百九回）

《三國演義》故事，可分為三個階段：前三國時期、三國時期和後三國時期。

前三國時期，群雄逐鹿時期，即諸葛亮出山輔佐劉備前；三國時期，從諸葛亮出山后，魏、蜀、吳三足鼎立，至星隕五丈原；後三國時期，諸葛亮之後至晉一統。

三國鼎立是人才的鼎立，成敗的定數，更是與人才的興衰息息相關。前三國時期，按「明主+謀臣+良將」這一人才組合的標準來看，袁紹、呂布、劉璋缺「明主」份，劉備、馬騰缺「謀臣」，劉表、袁術三者都不沾邊。只有曹操陣營和孫權陣營的人員配備達到標準，這兩家也最先成勢。

三國時期，魏、蜀、吳在主、臣、將三方面，均是旗鼓相當，難分伯仲。細看魏、蜀雙方，劉備對曹操，諸葛亮對司馬懿，五虎大將對曹仁、曹洪、張遼、徐晃、許褚、夏侯惇、夏侯淵人等，以後又有魏延與張郃一對。東吳在孫權的統領下，也有周瑜、張昭、張紘、魯肅、諸葛瑾、呂蒙、陸遜、程普、黃蓋、周泰、太史慈、甘寧、丁奉、徐盛一干文臣武將。三國鼎立，人才濟濟。

後三國時期，唱的是姜維九伐中原的戲。蜀漢是姜維領銜，已為司馬氏所篡、僅為名義上的魏，則是由鄧艾、鍾會領軍。一個鄧艾已成姜維討伐中原難以逾越的障礙，再加個生力軍鍾會，最終，蜀漢對外亡於姜維的雙拳難敵四手。姜維正與鍾會在劍閣對峙不下，鄧艾卻已出奇兵，翻過「蜀道難，難於上青天」的蜀山險徑，輕取成都。至此，蜀亡。

一對一的方式，對魏、蜀雙方進行人才比較，好看，卻難免絕對。實際情況，則並非如此。蜀漢的人才，絕對化的傾向更大一些。謀略主要靠諸葛亮，武將則由五虎大將和魏延擔綱。諸葛亮之後，只靠文武全才的姜維，其他人則是「蜀中無大將，廖化當先鋒」。曹魏歷來更多依靠集體的力量。曹操時代「武將如雲，謀臣如雨」，文有郭嘉、荀彧、荀攸、程昱、劉曄、滿寵、賈詡等人，武有曹仁、曹洪、張遼、徐晃、許褚、夏侯惇、夏侯淵、于禁、張郃、李典、樂進等名將，綜合實力更為強大。曹丕時代、曹叡時代及司馬氏當權的後三國時期，還是延續了曹操時代人才保質亦保量的遺風。除了司馬懿、鄧艾、鍾會兩代領軍人物外，還有郭淮、孫禮、陳泰、郝昭一干大將。這幾人是蜀漢所不具備的。這幾個人的力量絕不可小看，可以說，諸葛亮六出祁山，壯志未酬，姜維九伐中原，無功而返，與這幾個人的存在，有著密切關係。郭淮是其中的代表人物。

郭淮，字伯濟，太原陽曲人，官封射亭侯，領雍州刺史。曹叡中了馬謖的反間計，把司馬懿開回家。諸葛亮趁早機出兵，曹叡以曹真為大都督抗拒蜀兵，曹真保舉郭淮為副都督。在曹真的保舉下，郭淮走到了軍事舞臺的風口浪尖。

郭淮的身份有些特殊。他是大將軍曹真提拔的，後來，曹真不敵諸葛亮，曹叡無奈之下，又重新啟用司馬懿，郭淮還是副都督，成為司馬懿的副手。司馬懿被人懷疑造反，差點掉了腦袋，對他的重新任命是迫於戰勢的壓力，而不是懷疑被消除。對此，司馬懿非常清楚。所以，重新出山的司馬懿異常謹慎，對曹家的人心有提防。比如，皇帝已下令封他為大都督，他完全可以直接走馬上任，而他卻親自跑到前任都督曹真府上，刺探曹真對此事的意思。直到曹真真心實意地同意他為大都督的人選，他才說明實情。再就是對郭淮。郭淮是他的部下，但是郭淮是曹真的人。司馬懿因此對郭淮另眼相看。郭淮時常可以自己作主，部署人馬與蜀軍作戰。當然，司馬懿很清楚，郭淮單挑諸葛亮是必敗無疑，早晚還得坐上自己這條大船。不過不管怎麼說，郭淮這個副都督不是虛掛的。

郭淮歷經了曹真、司馬懿，兩任都督。這兩任都督對郭淮都很器重。曹真不必說，能於千軍萬馬中點郭淮的將，自是最好的證明。司馬懿也把郭淮當作自己手中的一枚重要棋子，來與蜀軍抗衡。郭淮不負眾望，在魏軍與蜀軍的作戰中，他的單獨用兵，發揮了重要作用。

無論是對諸葛亮，還是姜維，郭淮都敢單挑。單挑不是逞匹夫之勇，郭淮有勇有謀。郭淮之謀與諸葛亮無法相提並論，卻敢出謀，敢用謀。諸葛亮雖能勝之，卻也要分心分神，分將分兵以應付。郭淮對諸葛亮是屢戰屢敗，又屢敗屢戰。諸葛亮對郭淮既不入眼，又不能等閒視之。對姜維，郭淮就遊刃有餘了許多。姜維頭二次進兵中原，時值司馬懿剛篡魏政，不久又亡故，司馬師、司馬昭兄弟既要安內，又要攘外，而鄧艾、鍾會尚未出世，正是姜維大展宏圖之際，沒料到，卻兩次完敗於郭淮、陳泰之手，痛失大好時機。

首伐中原，姜維就被郭淮和陳泰斷了糧道，兵馬敗回。有意思的是，斷人糧道原是孔明的拿手好戲。身為孔明弟子的姜維，卻被孔明的手下敗將郭淮斷了糧道。郭淮和諸葛亮的仗沒白打，學費沒白交。二進中原，姜維兵困司馬昭於鐵籠山，大功將成之際，又是郭淮、陳泰兩個施計，不僅解了鐵籠山之圍，還差點活捉姜維。可惜的是，鐵籠山一役中，郭淮中箭身亡。其後，隨著鄧艾、鍾會的出世，姜維再也難覽伐魏良機。

對諸葛亮和姜維來說，郭淮人等就像一把飯菜裏的沙子，一群轟不散的蒼蠅，一顆煮不爛、嚼不啐、砸不壞的銅豌豆，讓人雖不致於有生死之患，卻也坐臥不寧。這些沙子或蒼蠅所影響到的，絕不僅僅是心情。高手過招，勝負原本只在一念之間。諸葛亮與司馬懿兩強對峙，須全神貫注之際，卻不得不一心二用，進退之中，時刻都要分出精力、兵馬去提防這一撮人。心有旁騖與全力以赴之間，雙方的力量對比，已然悄悄發生變化。反之，這也正是郭淮等人對司馬懿的重要意義。如果說，司馬懿之能較諸葛亮遜一籌，那麼，郭淮等人的加入，則平衡了雙方的實力，有效地替司馬懿分擔了來自諸葛亮的壓力。此消彼長，他們的存在也成為對方不可忽視的力量。另一員魏將郝昭，就曾讓諸葛亮吃盡苦頭。司馬懿派大將郝昭鎮守陳倉要道。郝昭以三千人馬，令諸葛亮的十萬大軍寸步難進。諸葛丞相機關算盡，也未能破關，欲以奇兵攻其不備的計畫隨之破產。若非郝昭病故，可能諸葛丞相的白頭髮，又要多添幾縷。有了郭淮、孫禮、陳泰、郝昭等人的配合，司馬懿也曾大敗過諸葛亮。諸葛亮「之智近妖」，畢竟只是一個人。諸葛亮能消陳式之變，防魏延之亂，唯獨讓一苟安鑽了空子，為什麼？智者千慮，必有一失。若要不失，只有時刻不得大意。長此以往，其精力必會在不知不覺的分心勞神中，大量消耗。在蜀魏相爭，諸葛亮與司馬懿的掰腕子中，郭淮等人起到了扭轉乾坤的作用。

郭淮等人身上，留有的是曹魏的用人傳統。屬一屬二的拔尖人才少，好使實用的一流人才多。曹操發家就發在這樣的人才多，劉備弱就弱在這樣的人才少。劉備除了諸葛亮，再無能獨當一面的謀臣，曹操沒有諸葛亮，卻有一大幫一流的謀士。蜀漢除五虎大將和魏延外，再無上將，曹魏猛如張飛、趙雲者極少，實惠如張遼、徐晃者卻極多。諸葛丞相向來只重超一流的拔尖人才，而從未把郭淮、孫禮、郝昭、陳泰之流放在眼中，殊不知，乾坤之數很大程度上，正是掌握在這些人手中。

50

徐盛　經驗之勝

曹魏兩次大舉進攻東吳，兩次被東吳用火燒回了家。第一次是周瑜燒曹操，第二次是徐盛燒曹丕。如果不是曹丕，東吳不會發現自己還有這麼一員大將。徐盛火攻破曹的意義，不僅僅是一次保國戰的勝利。徐盛的出現，對人才日見凋敝的東吳來說，是一劑強心藥，讓東吳在短暫的激情中，忘記了自己的脆弱。（《三國演義》第四十九、五十五、八十四、八十六回）

發生在《三國演義》第八十六回的一場戰爭是「破曹丕徐盛用火攻」。

彝陵之戰後，蜀吳重新結盟。魏主曹丕認為，蜀吳結盟，必有圖中原之意，便御駕親征，出兵伐吳。孫權拜徐盛為大將，火攻大破曹丕。

此戰是東吳繼赤壁、彝陵後，迎來的第三次本土保衛戰。如此重大的戰役，孫權拜徐盛為大將，頗有些出人意料。而更為出人意料的是，徐盛的出色表現。其運籌帷幄的大將風範，竟是絲毫不遜於周、陸。

周瑜、陸遜是東吳的第一流人才，是統帥級的人物；其下一等，有黃蓋、韓當、呂蒙、甘寧、太史慈、周泰等人，或有謀，或有勇，都是重量級的大將；再往下，則有凌統、潘璋、陳武、董襲等人，也是能征貫戰的將領，徐盛和他焦不離孟、孟不離焦的搭檔丁奉，勉強可算這一流的人物。區區三流將軍徐盛，何以能完成第一流人才的業績？其奧妙何在？

先翻一翻徐盛同志的成長履歷。

徐盛是三流將軍出身，這不是謙虛，不是為扮豬吃老虎而低調出場。有例為證。徐盛最早出場，是在赤壁大戰中。決戰當日，周瑜調兵遣將，陸路將領，第一路：甘寧，第二路：太史慈，第三路：呂蒙，第四路：凌統，第五路：董襲，第六路：潘璋；水路將領，第一隊：韓當，第二隊：周泰，第三隊：蔣欽，第四隊：陳武。在上陣厮殺的將領中，聽不到徐盛、丁奉的名字。徐盛、丁奉忙什麼？周瑜有令：帳前左右護衛。負責保護留在家裏的周瑜和一班文官的安全。徐盛、丁奉在周瑜時代，說得好聽點，是負責首長人身安全的警衛班正副班長，說得直白一點，是上不了場的板凳隊員。周瑜取南郡時，中箭受傷，時刻守在周瑜身邊的就是徐盛、丁奉二人。

徐盛和丁奉頭一次單獨帶兵行動，是半路攔截打算由東吳逃回荊州的劉備和孫夫人。雖然二人上場，卻是在垃圾時間上場，明擺著是以多打少，在自己的地盤上欺負人。不過不管怎麼說，是登場亮相了。

周瑜死後，警衛班也隨之解散。這給了徐盛、丁奉二人一個由內而外的角色轉換機會。孫權在合淝戰張遼，人事安排是：呂蒙、甘寧為先鋒，蔣欽、潘璋為合後，周泰、陳武、董襲、徐盛為中軍。徐盛開始由替補隊員向主力隊員過渡。到呂蒙白衣渡江取荊州，關公敗走麥城之時，徐盛、丁奉已成為和潘璋、蔣欽、周泰並列的，阻擊關公的二支生力軍。

徐盛、丁奉徹底完成角色轉變，是在彝陵大戰中。關公一死，劉備統七十五萬大軍，問罪東吳。吳主孫權拜陸遜為大都督，領兵抗蜀。此時，在陸遜的兵力部署中，已經常可以聽到徐盛、丁奉的名字。決戰之夜，除盛、丁奉更是作為頭二路主力，承擔起衝擊蜀軍指揮部的任務，差點活抓劉備。

徐盛、丁奉在東吳的排位雖然不高，卻閱歷豐富，歷經東吳赤壁、彝陵兩大最重要的保衛戰役。赤壁之戰中，二人是總指揮的警衛班長。警衛班長得天獨厚的一大優勢是，整天在領導身邊打轉轉，對一些高級機密，高層次的作戰研究和部署，相對來說，聽的也就多一些，見的也多一些。宰相門前七品官。這話雖是諷刺看門狗的勢利，但從眼界角度說，卻是實話。七品官見過的人物、經歷過的場面，真未必有宰相家看門的經歷的多。與領導朝夕相處，耳濡目染，高層次的東西接觸的又多，水平提升得就是快。警衛班長雖然不能上陣厮殺，但收穫的卻不是征戰沙場就能學到的。

彝陵一戰，徐盛、丁奉則是名副其實的參與者，親身經歷了戰爭的全過程。這又是一筆財富。一次對實踐經驗的寶貴積累。

赤壁和彝陵兩大戰役，東吳都是以火攻取勝。徐盛破曹，用的恰恰也是火攻。這絕非巧合。

曹丕大兵壓境，徐盛手下欲出迎戰，徐盛道：「曹丕勢大，又有名將為先鋒，不可過江迎戰。等魏軍船隊於北岸集合完畢，我自有破敵之計。」——避其鋒芒，伺機而動。此仍陸遜彝陵破敵之先招。

隨後，徐盛一夜之間束縛蘆葦為人，盡立城頭。曹軍草木皆兵，先自膽寒。——結草為兵，先奪其勢。此計可見孔明借箭之玄機。

徐盛預先在蘆葦中灌澆魚油，待江上狂風一起，吳兵點著蘆葦，火焰漫空，火借風勢，順勢而下，曹丕的艦隊暫態成火中乾柴。待曹丕上岸，丁奉已奉徐盛之命埋伏多時，曹丕雖得以逃脫，卻把一員大將張遼，喪於丁奉箭下。——以風助火，借天破敵。盡顯赤壁鏖兵之精妙。

徐盛火燒曹丕，可以說是集赤壁與彝陵兩戰之所長而用之。

徐盛之勝，勝在經驗。經驗來自於孔明、周瑜、陸遜等人，也來自於大大小小的戰役。他過的橋比別人走的路多，他吃的鹽比別人吃的飯多，這就是經驗。大兵壓境，別人束手無策，他胸有成竹，經驗都在他肚子裏。所以，他敢主動請纓，不能活捉曹丕，也要殺得魏兵不敢正視東吳。

經驗是個好東西。有經驗，警衛班長也能成總指揮。先天的生理因素不能強求，後天的經驗可以事在人為。在先天生理因素已定的情況下，人和人的區別，基本上就是後天經驗的差異。「聰明」是先天的，也是後天的。善於總結經驗、歸納經驗、運用經驗的人，就是大多數人中的聰明人。就像徐盛。

51

諸葛恪

榮寵殺人

諸葛恪，字元遜，諸葛瑾長子。〈江表傳〉云：「恪少有才名，發藻岐疑，辯論應機，莫與為對。權見而奇之，謂瑾曰：『藍田生玉，真不虛也。』」諸葛恪的優點是聰明，缺點是太聰明。聰明在諸葛恪身上，已成為一種病態。這種病不僅讓諸葛恪搭上性命，還要了他全家滿門老小的性命。

（《三國演義》第一百八回）

諸葛恪是諸葛瑾的大兒子，也就是諸葛亮的侄子。也許是因為家族遺傳原因，諸葛恪自小就聰明異常。

諸葛恪六歲的時候，跟著父親參加孫權的宴會。想必是宴會的氣氛不錯，孫權一高興，就和諸葛瑾開了個玩笑。孫權見諸葛瑾面部較長，命人牽來一頭驢，用粉筆書其面部「諸葛子瑜」四字，群臣大笑。諸葛恪立刻走上前，取筆在父親名字下又添兩字「之驢」，眾人很驚奇。孫權也很高興，這是東吳的人才，東吳是後繼有人，遂將驢賜給小諸葛恪。

又一日設宴，孫權命諸葛恪把盞監酒。巡至張昭，張昭不飲。張昭說：「此非待老臣之禮也。」「你能讓你張爺爺喝下這杯酒？」孫權將諸葛恪一軍。諸葛恪對張昭道：「以前姜尚九十，尚持令揮器，親自上陣，未說自己已老。今天上陣之事，先生在後；喝酒之時，先生坐在最前面：豈能說不是待老臣之禮？」張昭無語，只得強飲杯中酒。

諸葛恪聰明，會說，孫權很喜歡，封之為太子左傅。等陸遜、諸葛瑾皆亡，東吳大權，皆歸於諸葛恪之手。孫權死後，諸葛恪立孫亮為帝。有權確立帝位人選，足可見諸葛恪在東吳的權勢地位。

司馬昭聽說孫權已死，立刻派人進兵東吳。不想被老將丁奉率一隊敢死軍殺敗。未經戰事的諸葛恪嚐此甜頭，遂不顧眾議，出兵伐魏。一戰下來，諸葛恪吃盡苦頭，方知魏不好欺。

新城為魏之門戶。諸葛恪在新城即遭重創。吳軍連日攻城不下，諸葛恪中了新城守將張特的緩兵之計，在激戰中又被流矢射中面額。主將重傷，士兵多病，軍士皆無心戀戰。有人建議諸葛恪：「士兵多病，無法再戰。」諸葛恪怒曰：「再說病者，斬！」吳兵聽說此事，逃的逃，降的降。諸葛恪坐不住了，親自巡營，果見軍士慘相，無奈退兵。曹軍趁機掩殺，吳兵大敗。

敗軍之將諸葛恪回到東吳，十分羞愧，託病不朝。吳主孫亮親自登門安慰，滿朝文武大臣也都來看望。事情至此還在情理之內，接下來的事，就開始出乎意料了。

面對來自主上和滿朝同僚的慰問，諸葛恪既沒有勵精圖治，東山再起，也沒有感上下之恩情，親君撫臣，而是派人偷偷搜集文臣武將的過失，輕則發配邊疆，重則斬首示眾。又令心腹張約、朱恩二人，接管御林軍，以震朝臣。內外百官，無不整日處於悚懼之中。諸葛恪此舉，只是因為：怕人說兵敗的閒話。

吳主和群臣對諸葛恪的態度是很鮮明的，勝敗仍兵家常事。且為國出戰，雖敗尤榮。但諸葛恪不這麼想。他的想法是敗即是讓人看了笑話，留人於話柄。這正是諸葛恪最受不了的。回到本篇開頭。此子從小受盡榮寵。君主宴請大臣，官員級別不夠，都未必能參加，小孩子諸葛恪卻可以參加，而且，還把盞監酒，這都是不一般的殊榮。誇他聰明的、最喜歡他的人是孫權，是東吳的首腦。這意味著什麼？齊桓公喜歡穿紫衣服，舉國皆衣紫服。諸葛恪有這麼位說一不二的寵愛者，其他人誰不得捧著，誰還敢說半個不字。誰若瞧諸葛恪不順眼，當然就是和最高領導人過不去。犯得著嗎，不就是個孩子嗎，犯得上為這種事和領導鬧得不愉快。況且這孩子也確實聰明，這孩子家又是名門重臣。可想諸葛恪所到之處，大人們自是眾星捧月，馬屁一片。在家裏可能也不太好管束了，有孫權這麼位後臺，打孩子的屁股，也得想好了，是不是打孫權的臉蛋。

一個人長年被人頂在頭上怕摔了，含在嘴裏怕化了，凡事只要是他說的，就在理，只要是他做的，都是正確的。他從來不會犯錯誤，也從來「沒犯過錯誤」。一旦出錯，別人總是主動承認，搶著承擔。從小到大都是這樣，就只能說明，事實就是如此，世界就是如此，犯錯的永遠都是別人，而絕不會是自己，「我」是個「完人」。

這種人有一天一旦犯下大錯，會是一種什麼樣的心理狀態？可能有這麼幾種：可能會因此大夢初醒，認清現實，認清自己；可能會在打擊中，內心世界崩潰，精神分裂，非瘋即死；再有可能就是心理變態，惱羞成怒，遷怒於人。如果這種人掌有決策權或生殺大權，則第三種心理狀態出現的概率會最高。第三種狀態也就是暴君心理。一個不應該出錯的人出錯了，都是別人的錯誤，更是別人的災難。不幸的是，諸葛恪恰恰很有實權。

諸葛恪立孫亮當了皇帝，孫亮卻說：「朕見此人，亦甚恐怖。」皇帝也受不了他，事情就好辦多了。一天，皇帝請諸葛恪吃飯，伴隨著一隻酒杯掉落在地上，太傅諸葛恪的人頭也滾落於地，太傅滿門老小婦孺也盡於市曹身首異處。

昔諸葛瑾在日，見諸葛恪聰明盡顯於外，曾歎道：「此子非保家之主也！」知子莫如父。

52 獻帝、劉琮、孫亮

生不逢時

他們都是聰明果敢的少年，如果生在治世，也許都會是出色的領導人。上天沒給他們這樣的機會，卻讓他們以一種特殊的身份，品閱了世事的無常和朝代的衰亡。漢獻帝劉協，東漢最後一位皇帝。在經歷了一個朝代所能經歷的各種磨難和離亂後，帶著壓抑、悲憤和難以言說的痛苦，被曹丕趕出皇宮。劉琮，劉表幼子。在娘和舅舅的幫助下，劉琮坐上了本不屬於他的荊州之主的位子，也承擔了本不應由他承擔的致命的災難。孫亮，孫權三子，東吳少主。如果孫亮能在他的位子上坐穩，將會是東吳的福氣。而歷史沒有如果。（《三國演義》第三、四、二十、二十四、四十、四十一、六十六、八十、一百八、一百十三回）

太平盛世，未必就會產生好皇帝；身處亂世的，亦未必都是壞皇帝或差皇帝。用黃仁宇的話說，天子之貴為天子，是在「不意之間」受「命運」委託，「去處理一個局面」。他是上天派去的，「他的仲裁帶著神權的判斷力量」。而「命運」卻常和他的「使者」開這樣的玩笑：讓他們中的聰明人，處於一個不是他們所造成的，更不是他們所能駕馭得了、處理得好的局面中；讓擁有著人世間最大威權，本應該翻掌為雲、覆手為雨的「主宰者」，成為別人的傀儡，處處受人擺佈，自己卻無能為力，別無選擇。在這樣一個人的辛酸與身不由己中，朝代的嬗變與歷史的興衰，也得到別一番滋味的咀嚼。

首先出場是小皇帝劉協，也就是漢獻帝。劉協當上皇帝，一波三折。與劉協爭太子的是另一個皇子劉辯。這二個小孩其實都是牌位，幕後爭權的兩方，是以十常侍為首的宦官和以大將軍何進為首的朝臣。靈帝偏愛劉協，欲立劉協為太子。蹇碩建議靈帝，欲立劉協，要先殺何進，因為何進是劉辯的舅舅。說話間，靈帝就死了。何進聽到風聲，入宮先殺了蹇碩，再立了自己的外甥劉辯為帝。張讓等人則慫恿董太后封劉協為陳留王。其後，何進鴆殺了董太后，十常侍殺了何進，袁氏兄弟等人又打著為何進報仇的旗號，入宮殺了所有宦官。宮中一片大亂，皇帝和陳留王這倆寶貝，被人搶來搶去，就搶到了北邙山。在北邙山，劉氏兄弟遇到了被何進召進京城的董卓。

董卓見了皇帝車駕，出馬厲聲喝問：「皇帝在哪兒？」小皇帝劉辯嚇得不能言語，陳留王劉協策馬上前叱問：「來者何人？」董卓答道：「西涼刺史董卓。」劉協問：「你是來保駕的，還是來劫駕的？」董卓應對：「特來保駕。」「既來保駕，天子在此，何不下馬？」董卓一驚，慌忙下馬，拜伏路旁。劉協上前撫慰董卓，自始至終，從容適度，無失語之處。董卓暗暗驚奇，對陳留王劉協倍生好感，遂生廢辯立協之意。那年，劉協尚不到九歲。

在董卓的不懈努力下，劉協當上皇帝。董卓立了個聰明皇帝，但是沒人領情，包括劉協。董卓是壞事做絕。就這麼著，劉協當上皇帝，也開始了他的傀儡人生。

第一個視獻帝劉協如無物的，正是立獻帝的董太師。立帝之後，董卓在朝中大權獨覽，在朝外燒殺淫掠，無惡不做。又夜夜入宮，姦淫宮女，晚上累了，就直接在皇帝的龍床上睡。皇帝等人眼看著這個強姦犯在自己家裏為所欲為，卻不敢怒，不敢言，只能盼星星，盼月亮得盼，希望早日迎來董卓遭報應的一天。終於，董卓受誅的一天到了。這天，萬民歡慶，獻帝也終於可以在自己的床上，睡上一晚安穩覺，可以和大臣們訴訴心裏的苦了。可心裏的話兒還沒說完，董屠夫之後又來了李瘟神——揚言要為董卓報仇的李傕、郭汜，殺進京城。董卓的仇報了，這兩個也反目成仇，把皇宮洗劫一空後，一個劫持皇上，一個劫持百官，整日在長安城的大道上，捉對廝殺。在董卓手裏時，獻帝和他的人還沒餓著，此時，連飽飯也難得吃上一頓。獻帝看到左右面有饑色，曾令人向李傕取米五斛，牛骨五具，想讓左右吃頓排骨米飯。李傕罵道：「一頓飯沒少著你們的，還要這要那？」還是派人送了些腐肉陳糧，卻皆臭不可食。獻帝恨恨地罵道：「逆賊太欺負人了。」立刻有近臣提醒：「陛下小心，李傕生性殘暴，事已至此，唯有忍耐，不可用強。」獻帝低頭無語，淚水卻沾滿袍袖。

曹操是戴著救世主的光環，來到獻帝面前的。而這個救世主和他的兒子，卻成為獻帝終生的夢魘。曹操的水平比董卓高，眼光也不是李傕、郭汜之輩可比。曹操沒幹過在獻帝家強姦女傭的事，也沒讓皇帝和他的人挨過餓，受過凍。曹操帶給獻帝的是精神上的痛苦和心理上的折磨。李傕、郭汜爭奪皇帝，正可證明他是皇帝的事實，他的身份、他的威儀是有用的。對曹操來說，這些根本不存在。許田圍獵，群臣向獻帝高呼「萬歲」，曹操縱馬直出，擋在天子前面迎接歡呼。曹操眼裏沒有這個皇帝，這是對獻帝徹底的否定。血氣方剛的年輕皇帝不甘坐以待斃，用伏皇后之父伏完之計，寫下了玉帶血書，由此引發了建安五年的「玉帶詔事件」，國舅董承等五大臣死節盡忠。

獻帝害怕曹操，但他身上生為人主的帝王氣質，不會因為害怕就消失掉。這種氣質在不經意間就會有所流露。就像他才九歲的時候，就敢在董卓遮天蔽日的軍馬面前，在董卓張牙舞抓的氣勢前，叱問董卓：是來救駕，還是劫駕，既來救駕，天子在此，為何不下馬？「玉帶詔事件」後，曹操曾問獻帝：「劉備、孫權各霸一方，不尊重朝廷，應當如何？」獻帝道：「盡由魏公作主。」曹操對這個回答很不滿：「陛下這樣說，外人聽了，還以為是我欺負你。」獻帝說：「您若肯輔佐我，是我的幸運；否則，希望你能開恩留情。」曹操生氣，怒目相向，恨恨而出。從人奏帝曰：「曹操不久必將篡位。」獻帝與伏皇后痛定之餘，決定再度出擊，與伏后之父伏完密圖曹操。卻未出宮門，伏后給父親的密信，就被曹操搜出。伏氏三族包括伏後所生兩位皇子，盡被斬首。

獻帝接二連三鬧出事，曹操未動他一根毫毛。因為曹操知道，無論換誰當皇帝，對自己來說都一樣。對獻帝來說，則意味著要繼續忍受痛苦。這種痛苦不僅來自於曹操，還來自於曹丕。曹丕對獻帝施加的最大痛苦，也是最後的痛苦，是讓出帝位。漢朝四百年的基業，在獻帝的手裏劃上了句號。

獻帝說：「我自即位以來，奸雄並起：先受董卓之殃，後遭李傕、郭汜之亂，常人沒遭過的罪，我都受了。後來遇上曹操，以為是社稷之臣，沒想到更是弄權篡國，擅作威福。每次見他，我都如芒刺在背。」被趕出宮的獻帝，走出了長伴他的殺戮與脅迫，卻不知失國的痛苦，是否會再度成為他一生也走不出的陰霾。

劉琮是劉表的小兒子，雖然不是皇帝，卻也是一方之主，而且是皇室宗族。在皇權失勢，武力當行的年代，有荊州這塊寶地的劉家父子，算是一方的「土皇帝」。劉表無能，劉琮的聰明賢智卻出人想像。劉表一死，他的那位蔡夫人與其弟蔡瑁，也就是劉琮的生母與舅舅，偽造劉表的遺囑，立次子劉琮為荊州之主。十四歲的劉琮問手下大臣：「我父雖死，但我的兄長劉琦現在江夏，還有叔叔劉玄德在新野。你們立我為荊州之主，倘若兄長與叔叔興兵問罪，我當如何解釋？」有個叫李珪的幕臣站出來說：「公子之言甚善。現在就應該發卜告給江夏，請大公子為荊州之主，再請劉備一同理事，如此，北可拒曹操，南可擋孫權。此仍萬全之策。」蔡瑁為奪荊州之主費盡心思，沒想到就差點個頭的事了，自己的外甥卻出了問題。不能把外甥怎麼樣，就把氣出在李珪身上。不由分說，把李珪推出去斬首。

劉琮不是擔心向兄長和叔叔不好交待嗎，這好辦，傅巽、蒯越，還有那位大文豪王粲，一起給劉琮出主意：投降曹操。有了曹操這座靠山，什麼事不好辦。劉琮道：「這是何言！我受先父基業，尚未坐穩，轉手即送與他人，豈非天下笑柄。」

在即位和荊州前途兩件事上，劉琮的小腦袋一點也不糊塗。他清晰的政治邏輯證明，如果條件合適，他也許會成為個不錯的領導。可惜，老天沒給劉琮這樣的時間和機會。劉琮再清醒，畢竟還小，在一幫大人唇槍舌劍的勸說下，劉琮動搖了，小孩無助的一面促使他要回去問他的母親。事情至此，等於已經有了結果。不等他問，他的母親蔡夫人已從屏風後踱了出來。這位蔡夫人對屏風後的竊聽，有著異乎尋常的興趣。她常如鬼魅一般，不知何進就待在了後面，又不知何時便飄然而出，令人措手不及。劉備與劉表每次在談話的時候，屏風後都佇立著蔡夫人的倩影。劉備也因此數次在言語間得罪了蔡夫人。屏風後的那尊倩影，每聽到劉備的聲音和名字，便愈加冷峻與幽怨。

老天給了劉琮一副聰明的頭腦，卻又給了他一個樂意扒屏風的母親，和一個糊塗怕死的舅舅。他的母親和舅舅對投降高舉雙手贊成，投降也成為劉琮唯一的選擇。

投降後的劉琮，成為《三國演義》裏所有投降的人主中，最倒楣的一個。他被在投降前無所不應的曹操毫不留情的斬草除根。所有人都能看出，已是孤家寡人的小孩子劉琮，對曹操實在構不成什麼威脅。即使如此，在大決戰來臨之際，曹操也不顧因此有所分神。假如劉琮是在曹丞相大勢已定時投降，或可免去一劫。生不逢時之際，連投降也不得其時。

孫權之後，東吳的皇帝是孫權的三子孫亮。孫亮的聰明，由一件小事可窺一斑。孫亮十六歲那年，因為要吃生梅，令黃門取蜜。黃門取蜜呈上，蜜中有鼠糞數塊，孫亮不快，召看守庫藏的小吏責問。小吏道：「小人看守甚嚴，蜜內怎會有鼠糞？」孫亮問：「黃門曾向你要過蜜吃？」小吏回答：「數日前黃門要過，小人不敢給。」孫亮即對黃門道：「這一定是你怨恨藏吏不給你蜜，故意置糞於蜜中陷害於他。」黃門不服。孫亮道：「這容易。若糞久在蜜中，一定內外皆濕透，若是剛放入蜜中，則是外濕內乾。」命人剖開糞一看，果是內乾。

孫亮即位後，遇到的第一個大麻煩是諸葛恪。陸遜、諸葛瑾等人亡後，東吳諸事，盡歸諸葛恪掌管。諸葛恪帶兵擊魏，大敗而歸，此後，心性大變，網羅公卿過失，大開殺戒，又派心腹掌管御林軍，控制了朝廷。小皇帝孫亮當時只有十歲左右，已對來自諸葛恪的威脅感到不安，常有除去之心。對諸葛恪懷恨在心的孫峻等人，為孫亮設下「席間計」，於宴前擒下諸葛恪，抄殺了諸葛恪滿門。孫亮在此事上，顯示出了與其年齡不相符的手腕和膽識，他具備了人主所應有的心計與果敢等重要素質。

諸葛恪之後，東吳的大權盡落於孫峻之手。孫峻病亡，其從弟孫琳輔政。孫琳這個人殘暴之極，輔政後將大司馬滕胤、將軍呂據、王惇等人殺了，獨攬東吳大權。孫亮雖一時無可奈何，卻甚是不安。這一次，孫亮決定自謀自劃，完成對孫琳的誅殺。國舅黃門侍郎全紀是孫亮的心腹，孫亮通過全紀偷偷調度人馬，不想被全紀之母通風報信與孫琳，致孫亮功敗垂成，反被孫琳廢為會稽王，含恨離宮。

「可憐聰明主，不得蒞朝堂。」命運把玩笑留給自己的時候，歷史的表情總是格外耐人尋味。

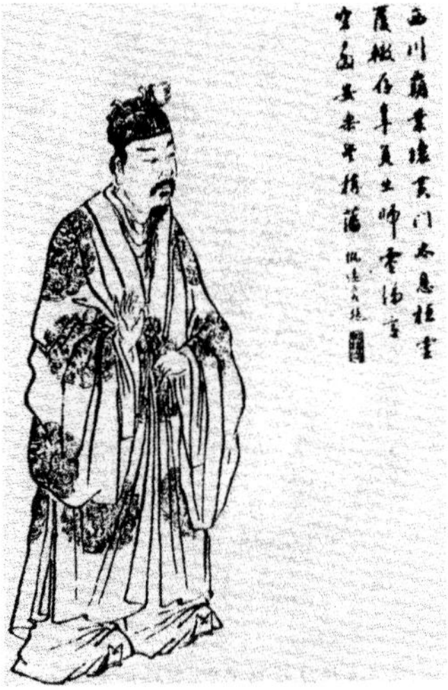

53

黃皓

「皓」氣長存

黃皓，蜀漢宦官。姜維說黃皓是靈帝時的十常侍，遠比趙高，近比張讓。可能是火候、時機還不到吧，黃皓做的惡，要比上述諸人少的多。黃皓之禍，卻一點也不輕。黃皓幹的，不是殺害忠良、指鹿為馬的勾當，而是把皇帝劉禪哄得像個傻子。為了讓劉禪高興，黃皓把國家生死存亡大事當戲法變。儘管被黃皓哄得連國家都丟了，劉禪還是很高興。這對主僕，堪稱絕配。黃皓雖沒能過司馬昭一關，但他的精神在後世從不乏傳人。（《三國演義》第一百十五、一百十六、一百十九回）

諸葛亮的前〈出師表〉是決心書，也是訓誡書，告訴小皇帝劉禪，怎麼才能當個好皇帝。其中一條，就是要「親賢臣，遠小人」——「此先漢所以興隆也；親小人，遠賢臣，此後漢所以傾頹也。先帝在時，每與臣論此事，未嘗不歎息痛恨桓、靈也！」

諸葛亮和劉備是過來人，深知宦官禍國之害，所以能保持警惕。再者，他們所處的年代正逢亂世，自己的性命尚且不能保全，哪裡有宦官生存的氣候。劉禪就不一樣了，除了在不懂事的時候，在長阪坡經受過一次戰火的洗禮外，過的再就是無憂無慮的神仙日子。這樣的日子，正是宦豎滋長的溫床。諸葛亮的苦口婆心對劉禪來說，是聽大人講那過去的故事，說歸說，聽歸聽。

不見前車之鑒，不知後果嚴重，可作為劉禪寵信宦官黃皓的原因。但並非完全因此。秦之後，東漢是宦官專權的第一個高潮，以後宦禍未絕，而以唐代和明代最為突出。不能說後來的皇帝都是瞎子，後來的皇帝和大臣都不懂道理，沒有文化。歷史學家指出，宦官之弄權，「蓋出於家天下之極端」。家天下的政治體制，是宦官弄權的主要原因。我以為，宦禍不絕，人心使然亦是重要原因。

宦官這種東西，其實是種「心理毒品」。其藥性絲毫不遜於能控制肉體的藥物毒品。「心理毒品」的施藥宗旨是：諂人無悔，死而後已。施藥方式是：投其所好，鞠躬盡瘁。施藥範圍是：無微不至，巨細不遺，從吃喝拉灑睡，到出個國策，決定個國運。施藥效果是：百脈舒暢，如沐春風，又自覺英明神武，百毒不侵；後遺症是：欲擺不能，寸步難離。

東漢宦禍嚴重，而堪稱「藥」中極品，「毒」中之聖的，則應算是春秋戰國時的「齊國三友」：豎刁、易牙和公子開方。豎刁與多數宦官不同的是，他是揮刀自宮，目的是為了能有機會為齊桓公服務。不枉他一番苦心，自宮後終於練就一身「毒功」。易牙和開方雖不是真正意義上的宦官，但其超一流的服務意識，和捨身取媚的實幹精神，足以令整個宦官界為之動容，為之汗顏。易牙是齊桓公的廚師，做得一手好菜，齊桓有天隨口說了句：不知這人肉是啥滋味。易牙聽後，回家就把自己的兒子殺了，精選兒子身上的好肉，烹製幾道小菜，請齊桓公品嚐。公子開方本為衛國太子，為了能朝夕守在齊桓公身邊，皇太子不當了，雙親不要了。這三個人，實為宦官界以及所有以諂媚侍人者的楷模。

黃皓與這三人相比差遠了。他就是陪著劉禪玩。劉禪喜歡玩什麼，就讓劉禪玩個夠，絕不會有任何干擾；不喜歡什麼，也絕不會讓它在劉禪面前出現。前方戰事吃緊，姜維給劉禪發回靠急文書，告之劉禪如何守關部將，並需儘快與東吳聯絡。劉禪看了很緊張，黃皓安慰劉禪說：「陛下把心放在肚子裏好了，這是姜維欲表功，方才如此說。我給陛下推薦一人，可知日後之事。」」黃皓給劉禪找來位「先知」，為劉禪跳了一段「神人交合」舞後，「先知」告訴劉禪，數年後，天下都是劉禪的。說罷，倒地昏了過去。劉禪高興，重賞。自此雪片似的告急表文，都被黃皓壓下，劉禪的快活日子，也更勝從前。

在這種情境中，施「藥」者和受「藥」者會是什麼樣的心理？

先說受「藥」者。一個人，你想聽什麼話，什麼話就打著滾兒地蹦出來，而且說的比你想聽的還要圓滿；你想要什麼東西，什麼東西就從天上掉進你懷裏，想熱的不會下涼的，想冰的不會接著燙的；就是你什麼都沒想，都沒要，掉進你心裏的，也會成為你想的，你要的。這還沒完。當你享受到這一切的時候，還被造成一種一切理應如此，不僅毫不為過，自己還永遠都是那麼明察秋毫，百毒不侵的感覺。而一切又都是羚羊掛角，無跡可尋。這樣的日子，應該就是傳說中神仙般的日子。這樣的生活，如果你說你不感興趣，我只能說你這個人很虛偽。

皇帝也是人。是人，就無可避免的貪圖享受，愛慕虛榮。普通人愛財慕名，皇帝不缺這些。對皇帝來說，這些無甚刺激。皇帝需要的是心理上、精神上的享受。「心理毒品」正能滿足皇帝的這一需求。這與普通人的愛財愛名，並無區別。只不過皇帝比普通人更有條件縱情享受，也更有條件滿足虛榮。其他人不是不想，是沒有條件，沒人會莫明其妙的討好你。而一旦「中毒」，誰也不比誰好到哪兒去。

由此就不難理解，宦官以及諂臣這類東西，對皇帝來說，是多麼重要。漢靈帝乾脆視宦官為自己的爹媽。漢靈帝常對人說：「張常侍（張讓）是我公，趙常侍（趙忠）是我母。」唐玄宗也說過：「力士當上，我寢乃安。」少了爹娘在旁邊守著，小孩子睡覺都睡不安穩。這種日子過久了，用「心理毒品」上了「癮」，再想給皇帝斷了「藥」，戒了「癮」，無異於要他的命和他爹媽的命，他豈能不像保護眼珠子一樣保護。這導致天子的這些「父母」們，權大至決定儲君廢立，根深至穩如泰山不倒。遠的，英明如春秋霸主齊桓公，尚且不能自治。近的，就看劉禪。諸葛亮告誡劉禪要「遠小人，親賢臣」，劉禪身邊的大臣，董允等人，更是恨黃皓恨得咬牙切齒，姜維真接對劉禪說：「黃皓奸巧專權，乃是靈帝時的十常侍。陛下親信黃皓，近有張讓，遠有趙高為例。早殺此人，朝廷早去大患，中原早日可得。」姜維的話言簡意賅。黃皓是什麼人？靈帝時的十常侍。寵信他的後果是什麼？就是親信張讓、趙高所造成的後果。只要殺了這個人，朝廷太平，天下可得。劉禪再傻再笨，也不致於不明白這些道理。劉禪卻說：「黃皓不過是一小臣，就算有些事自作主張，又能掀起什麼風浪。小事一件，愛卿何必再意，愛之恨之，不過是個人的好惡，愛卿不必容不下一個宦官。這樣吧，叫黃皓出來，給將軍叩頭陪罪。」沒有用。管你誰的話，都沒有用。姜維還得想辦法避禍。得罪了皇帝的「爹媽」，能有好果子吃！

皇帝的「毒癮」老也戒不了。一者，人家能把自己的「爹媽」怎麼樣；再者，即使皇帝暫時停「藥」，還有可能出現一種更為不妙的情況，聽什麼都不順耳，瞅誰都不順眼，什麼事也不稱心。對不起，龍顏不悅可就要殺人解悶了。殺誰呢？當然誰惹皇帝生氣，皇帝瞧誰不順眼就殺誰。大家誰也不傻，你為了皇帝好，人家不僅不領情，還記你的仇，為此自己送了命，值嗎！

無獨有偶，東吳的亡國皇帝孫皓身邊，也有這麼一位宦官，名為岑昏。晉兵已至金陵城下，吳臣對孫皓說：「今日之禍，皆岑昏之罪，請陛下誅之。」孫皓的論調和劉禪完全一致：「量岑昏一介中貴，怎能誤國？」不過，這位岑昏很不走運，他的「兒子」孫皓已是自身難保，此時，大臣們連皇帝都不再顧忌，何況是他。吳臣們一邊喊著：「此人即蜀之黃皓！」一邊湧入宮中，把岑昏垛碎，生啖其肉。

很有必要再分析一下「施藥者」的處境。宦官、諂臣害人誤國，遭人唾罵。他們造成的惡果，雖是毋庸分辨的事實，也未必完全就是有意如此。他們獲得人主的寵信，享有特權。

為了自己的利益，他們應該是最希望國家長久，人主不朽的。恐怕黃皓、岑昏之流，做夢都希望自己的主子能長生不老。宦官諂媚、作惡是為了討人主歡心，以鞏固自己的地位。身為宦官，獲得人主的喜愛，擁借人主的權威，是體現自己價值的唯一途徑。為達目的，手段也就尤其絕決。傷天害理，有違人倫，也再所不惜。為非作歹是為討人歡心，鞏固地位，而只要有趨炎附勢之人，夤緣諂媚之心，就難免會有為非作歹之事。宦官不過是極端的一種。

宦禍為東漢亡國重因，作為漢室殘喘的蜀國，最終也受宦豎所累，有些天譴難逃的意思。但我還是更願意從人心來看，「皓」氣之所以長存，根本在於人之受媚之心和獻媚之心不絕。

【附錄】青梅煮酒——談《三國演義》的主角

誰算《三國演義》的主角？有四個人物應該不存疑義：諸葛亮、關羽、曹操，再加上劉備。凡談《三國》，這四人必會單獨立軸成卷。劉備代表正統，是明主賢君形象，曹操則是奸臣嘴臉，篡奪者身份，這二人構成正反兩方。對諸葛亮之智、關羽之義的讚美和神往，則是對民間理想、傳統文化的集中反映和追求。這四個人以「智」、「義」、「奸」、「仁」，構成了中國民間文化性格的傳統譜系，成就了《三國演義》豐富曲折的故事情節，個性鮮明的人物形象。

首先要說的是劉備。《三國演義》第一章，用專門段落，介紹了劉備的相貌、家世和志向。其中有兩點要注意：一是劉備是中山靖王劉勝之後，漢景帝閣下玄孫。他有漢室皇族的身份。二是劉備自小志向非凡。劉備家東南，有一棵大桑樹，樹高五尺有餘，遠遠望去，猶如天子乘車所用之「車蓋」。劉備與鄉下兒童在樹下玩耍時，說：「我為天子，當乘此車蓋。」此話令其叔叔劉元起十分驚奇。劉備的身份和志向，決定了他會是個不甘寂寞的英雄，決定了劉氏集團匡扶漢室，拯救天下的正統地位。

較之另外兩位領導人曹操和孫權，劉備的創業經歷最為艱辛。曹操得天時，早早霸佔了漢朝天子，以天子名義號令天下。曹操不止狐假虎威，碰上不聽話的，像袁術、呂布、袁紹、馬超、張魯之流，也有能力令對手潰不成軍，家破人亡。孫權承父兄基業，得地利。曹操全力統一北方之時，給了孫策在南方奠基立業的絕好時機。有著「小霸王」之稱的孫策，風捲殘雲般把江南六郡八十一州據為己有。其後，又把名下所有，交給自己的兄弟孫權。曹操和孫權三分天下，各取其一時，劉備尚無立錐之地，直如喪家之犬，疲於奔命。此一境況，使劉備無法以物質方面的優勢，來與曹、孫相抗，而只能憑藉道德優勢和精神、感情方面的資源，來打開自己的局面。

徐庶之母曾對曹操說過：「吾久聞玄德乃中山靖王之後，孝景皇帝閣下玄孫，屈身下士，恭己待人，仁聲素著，世之黃童、白叟、牧子、樵夫皆知其名：真當世之英雄也。」這段話，很有代表性。它說出了劉備在世人心目中的印象，和劉備的影響力之廣之深。仁和義，是劉備所擁有的最大優勢。《三國演義》之始，黃巾作亂，軍閥混戰，盜匪橫行，百姓流離失所，苦不堪言，繁華如洛陽、長安，所展現的也常是「白骨露於野，千里無雞鳴」的悲慘景象。更有暴虐如董卓者，直接以殺人為樂。董卓進兵洛陽後，嘗引兵出城，「時當二月，村民社賽，男女皆集。卓命軍士圍住，盡皆殺之，掠婦女財物，裝載車上，懸頭千餘顆於車下，連軫還都，揚言殺賊大勝而回；於城門外焚燒人頭，以婦女財物分散眾軍。」「一日，卓出橫門，百官皆送，卓留宴，適北地招安降卒數百人到。卓即命於座前，或斷其手足，或鑿其眼睛，或割其舌，或以大鍋煮之。哀號之聲震天，百官戰慄失箸，卓飲食談笑自若。」十八路諸侯來伐，董卓差「李傕、郭汜盡驅洛陽之民數百萬口，前赴長安。每百姓一隊，間軍一隊，互相拖押，死於溝壑者，不可勝數。又縱軍士淫人妻女，奪人糧食啼哭之聲，震動天地。」董卓死後，李傕、郭汜興兵復仇，「其時李傕、郭汜但到之處，劫掠百姓，老弱者殺之，強壯者充軍；臨敵則驅民兵在前，名曰：『敢死軍』。」再看劉備。劉備任安喜縣尉時，「與民秋毫無犯，民皆感化」。曹操取荊州，孔明對劉備道：「可速棄樊城，取襄陽暫歇。」劉備說：「奈百姓相隨許久，安忍棄之？」兩縣之民，聞聽劉備要走，「齊聲大呼曰：『我等雖死，亦願隨使君！』即日號泣而行。」劉備望見，「大慟曰：『為吾一人而使百姓遭此大難，吾何生哉！』欲投江而死。」行至襄陽，魏延反城迎劉備，廝殺當中，劉備道：「本欲保民，反害民也！吾不願入襄陽！」又棄襄陽而走。曹操追兵將至，劉備「擁民眾數萬，日行十餘里」，眾人皆勸劉備棄民先行，劉備說：「舉大事者必以人為本。今人歸我，奈何棄之？」千鈞一髮，火燒眉毛，劉備本有逃走或是取得安身之地的機會，為了保民，劉備一次次放棄了機會。這種時候，能有此舉動，實屬不易。較之董卓、李傕、郭汜等到人的血腥暴虐，曹操的干戈殺伐，劉備的仁慈愛民，無法不令人心嚮往之。他的出現，是冰冷無情中的一股暖意。

劉備重情尚義，可以說絲毫不遜於關羽。聞聽關羽死訊，劉備「大叫一聲，昏絕於地」，哭道：「吾與雲長，誓同生死，彼若有失，孤豈能獨生哉」，「雲長與朕猶一體也，大義尚在，豈可忘耶？」自此，劉備是「一日哭絕三次，三日水漿不進，只是痛哭，淚濕衣襟，斑斑成血，招魂祭奠，號哭終日」。張飛又死，劉備更是欲哭已無淚，說：「二弟俱亡，朕安忍獨生哉」，「朕不為二弟報仇，雖有萬里江山，何足為貴。」劉備是這麼說的，也是這麼做的，出傾國之兵，為弟報仇。不要江山要兄弟，如此重義之主，確實少見。曹操的族弟兼愛將夏侯淵被黃忠斬了，典韋被張繡殺了，孫權的心頭肉周瑜，被孔明活活氣死，無論從感情上、心理上，還是從對國家的貢獻上講，都不能說曹操和孫權的悲痛就比劉備小。但是，不顧一切，興兵報仇的只有劉備。義在曹操和孫權那裏，小於理智，唯獨在劉備身上，高於大於理智。這一點，曹操和孫權不能與劉備比，歷史上的多數皇帝，也望塵莫及。劉備要為自己不理智的行為付出代價，但作為一個君主，義在他身上，卻成為一種罕見的美。

知人善任，是優秀領導人不可缺少的能力。這在劉備完全不是問題。蜀漢集團的人才，是劉備一手挖掘、培植下的。這一點，劉備頗得乃祖之風。親自上門，禮賢下世，已成為劉備求賢的習慣。這樣請出了孔明，也這樣請出了黃忠、黃權、劉巴。他從孔明刀下救出魏延，使蜀漢多了一員無法替代的大將。對來降的王平，他如此評價：「孤得王子均，取漢中無疑矣。」事實證明，除去取漢中，王平對日後蜀漢的作用，也許僅次於姜維和魏延。他更早早看出馬謖其人是「言過其實，不可大用。」大將之中，在劉備手下最不得其志的要算馬超。但對馬超的使用，劉備是自有苦衷。馬超性傲多疑，難以服人。無論敗得多慘，都從未想過要投降劉備。雖然最後迫不得以降了劉備，也只是人降，其心未必真安。劉備愛惜馬超之才，又不能不防其患，造成了養虎而不用虎的局面。這其實是劉備因人而異的用人玄機。最難得的是，當初一無所有、一事無成、屢遭敗績的劉備，卻能吸引得一群非凡之士，死心踏地，忠誠不貳的跟隨著他。如他所說：「諸君皆有王佐之才，不幸跟隨劉備，備之命窘，累及諸君，今日身無立錐，誠恐有誤諸君，君等何不棄備而投明主，以取功名乎？」得眾人之心，固因其仁義，因其善識人用人，想必其人格魅力，也很是讓人癡迷。

仁義之心，重才之情，構成了劉備人物性格和領導藝術的主要特徵。也許是在這種角色中沉溺得太深太久，劉備常處於一種難以自拔的表演狀態，而難見其真心，即魯迅所說：「欲顯劉備之長厚而近偽」。陶謙讓賢徐州，劉備辭而不受；以荊州為同宗劉表之地，劉備住而不奪；因為給襄陽百姓帶來兵戈，劉備過而不入。而奪同宗劉璋的益州之舉，使一切不攻自破。所謂辭而不受，不過是「辭之愈力，則受之愈穩。」最令人難以接受的，是劉備食劉安妻肉一事。劉安無恥、殘忍之極，而「飽食」人肉的劉備才是「元兇首惡」。（見〈劉安：見奴識主〉）特別是當劉備得知自己吃的是劉安之妻的肉，竟只是「不勝傷感，灑淚上馬」。不禁使人垂問：究竟哪個才是真正的劉備劉玄德？

再說曹操。《三國演義》第一回，介紹完劉備，又用更長的篇幅介紹了曹操。重點講了關於曹操幼年、青年時的三件事。曹操幼時，「好遊獵，喜歌舞，有權謀，多機變。」他有個叔父，見他整日遊蕩，無所事事，十分生氣，就向曹操的父親曹嵩告狀，使曹操受責。曹操心生一計，見到叔父來了，就假裝倒地，作中風狀。叔父驚慌地跑去告訴曹嵩，曹嵩急忙來看，曹操則安然無恙。父親問：「你叔叔說你中風，現在已經好了嗎？」曹操說：「我本來就沒有這種病，是因為叔父不喜歡我，所以編個瞎話來說我。」曹嵩信以為真，以後叔父再說曹操的過錯，曹嵩再也不聽。此說其奸邪。第三件事，我把它作第二個講。曹操當上洛陽北部尉，剛上任，就設立了五色棒十餘條，立於縣衙四門，有犯禁者，不分豪紳貴族，皆要受棒刑。中常侍蹇碩的叔叔，提刀夜行，被曹操巡夜捉住，照樣以棒刑伺候。自此，曹操名震遠近，內外無有敢犯禁者。此說其嚴正。第三件事，是南陽何顒見到曹操，說：「漢室將亡，安天下者，必此人也。」汝南許劭，以看人準聞名。曹操前往見他，追問：「您看我是什麼樣人？」許劭回答曹操：「子治世之能臣，亂世之奸雄也。」曹操聽了，大喜過望。此說其非同凡響，而亦正亦邪。《三國》開頭的三個故事，即為曹操其人定了調，這是個立體豐富，魅力無窮的人物。

說曹操，要先從奸與惡說起。從第一個故事可知，曹操之奸，頗有些與生俱來。成年後，亦是情勢所需，曹操的奸與惡，與日俱增。殺呂伯奢全家，是他在這方面的第一次表演。他的那句「寧教我負天下人，不教天下人負我」，把他的奸、惡、雄，赤裸裸地表現了出來。接下來，他用實際行動證明了自己的話。為報父仇，他率軍所到之處，「殺戮百姓，發掘墳墓」，誓要血洗徐州。為了得到想要的人才，他不惜以其人之母為質來要脅。戰袁術，他糧草將盡，他先命糧官扣發軍糧，又是他，以扣發軍糧之罪斬了糧官。由此軍心穩定，一舉取得勝利。他曾講過「望梅止渴」的事。我懷疑，真正的「望梅止渴」，其實就是借糧官頭顱安頓軍心之事。他睡覺時，沒人知道他睡在哪個屋中。替他掩被角的待從，早已死在了他「夢中殺人」的劍下。他把為達目的，不擇手段的罪惡，演繹到了極致。以致於他死後，沒人知道他究竟葬於何處。他為自己設計了七十二座墳塚。從生到死，他沒信任過任何人。對行刺他的人，他更是毫不留情。滿門老幼，幾百口的殺頭，是常有的事。「衣帶詔」事件，「只將董承等五人，並其全家老小，押送各門處斬。死者共七百餘人。」又耿紀、韋晃、金煒、吉氏二子討賊事件，「操傳令教將耿、韋二人，及五家宗族老小，皆斬於市」。對皇后和太子，也不例外。董太后五月身孕，命喪曹操白練之下。這是個不折不扣的奸惡之人。

而他的雄才大略，胸襟氣魄，率真坦蕩，文采風流，又都是那麼卓而不群、出類拔萃。大英雄所擁有的一切品質，他都有。諸葛亮曾問劉備，比曹操如何？劉備自愧弗如。劉備的西蜀，是借助諸葛亮之力打下的。沒有諸葛亮，劉備就是一隻喪家犬。孫權的東吳，是繼承父兄之業。其後的成就，多來自周瑜、魯肅、呂蒙諸人。只有曹操的江山，是憑自己的才略打下的。他的才略，首先是戰略思路。劉備的未來藍圖，出自諸葛亮「隆中對」的設計規劃；魯肅用「榻上策」，贏得了孫權的首肯。「隆中對」與「榻上策」成為蜀、吳的戰略方針。沒有人為曹操設計這樣的一條戰略路線。但是，曹操先據許昌，擁天子之名，待破袁術、誅呂布、降張繡後，再與袁紹決一死戰，以徐圖北方統一大計，顯然是經過深思熟慮。他的這種思路，不是來自於某個手下，而是出自他自己的頭腦。他戰略家、軍事家的水準，是劉備和孫權所不具備的。其次是眼光。他看人看得很准。他說袁術，為「塚中枯骨」；說袁紹「色厲膽薄，好謀無斷；幹大事而惜身，見小利而忘命」；張繡、張魯、韓遂等輩仍「碌碌小人，何足掛齒」。他之所以敢放手出兵，分而擊之，正是因為他透了這些人，既沒有見識也沒有膽子，會乘機對他造成致命的打擊。他說，只有劉備和他，稱得上當今英雄。果然，只有劉備敢乘他後方空虛的時候，出兵偷襲。只是他即能看出劉備有此膽識，自然也就有所防範。劉備有識有膽，卻無此能力，最後還是一敗再敗。再是膽魄。他曾經當過刺客，刺殺的是當時勢力最大最盛的董卓。董卓霸道，群臣無力，他挺身而出，以獻刀為名行刺董卓。袁操對敵，袁紹據冀、青、幽、並四州，地廣糧足，手下文臣武將，人才濟濟。曹操以區區七萬之眾，與袁紹七十萬大軍相抗，並取得官渡大戰之捷，非有過人膽魄，不足以成。最後才是智謀。劉備離了諸葛亮，寸步難行；孫權缺少了周瑜等人，也常是六神無主。曹操不同。當典軍校尉的曹操，就為何進不斷出謀劃策。大將軍何進卻從未把這個小小的典軍校尉的話當回事。鬥呂布、平袁紹、阻孫權、敗馬超，伴隨著北方局面日漸平定的，是他一次次的運籌帷幄。他的計謀也會失算，最慘重的一次是赤壁鏖兵，他輸光了自己從家裏帶來的所有本錢；最危險的一次是在濮陽，火光中的呂布曾用畫戟壓在他的頭盔上，問他：「曹操在哪兒？」但任何失敗都無法阻撓他出謀用計的果敢和信心。他有謀士，而且都是當世一流人才。他信任他們，器重他們，卻從未像劉備依賴孔明，孫權依賴周瑜那樣依賴過他們。戰袁紹，荀彧的話，給了他信心；荀攸的建議，使他堅定了正確的作戰思路；郭嘉的遺言，幫他平定了遼東。他從諫如流，但是，路該怎麼走，他永遠都有自己的主張。集半生用兵所思，他寫了一部兵書：《孟德新書》。如果不是遇上過目不忘的張松，這部書會使我們更加清楚地洞悉來自他頭腦中的奧秘。自始至終，他都是一個計謀策劃和實施的熱衷者。

海納百川，有容乃大。似乎專門是為曹操的胸襟氣魄準備的。對人才，他的胸懷可包攬天地。不管是誰，只要是人才，曹操沒有不喜愛、不相惜的。屯土山約三誓，收降關羽。關羽的條件不謂不苛刻，他再所不惜。他對關羽的喜愛和敬重，不是上馬金，下馬銀，三日一小宴，五日一大宴，贈袍贈馬，而是竟然真能放關羽離去。眾將多次要率軍追殺關羽，關羽又沿途連斬守關曹將，曹操依然不為所動，「傳諭各處關隘，任便放行」。長扳坡，趙雲能殺個七進七出，斬曹營名將五十餘員，非是趙雲神人天降，實是因為曹操的一句：我要活趙雲，不要死子龍。才成就了長阪英雄常勝將軍。但有投降的人才，無論曾與自己有何等深仇大恨，曹操一概過往不咎，不計前嫌。宛城之戰，張繡用賈詡計，殺死曹操長子曹昂、侄子曹安民、曹操的心腹愛將典韋，曹操自己也身中兩箭。如此大仇，在張繡、賈詡前來投降的一瞬，煙消雲散。曹操拉著張繡的手，安慰道：「以前的事，不要往心裏去。」官渡大戰後，曹操從袁紹丟下的公文中，搜撿到自己的手下人私通袁紹的書信。有人向曹操建議：「可逐一點對姓名，收而殺之。」如果曹操這樣做了，也無不可。曹操卻說：「當紹之強，孤亦不能自保，況他人乎？」令人把這些書信燒毀，統統不予追究。他的做法不僅高明，而且氣度恢弘，充滿自信。曹操待人才的態度，最典型的例子是在劉備和孫權二人身上。他對劉備說，只有他和劉備才稱得上當世英雄。我們也可以這樣理解這句話，只有劉備才是真正對他構成威脅的對手。對這樣一個勁敵，曹操身邊的謀士多次勸他趁劉備來降之際，除掉這個心頭大患。他不。他欣賞劉備，他甘願冒著犯一個大錯的危險，也要試著收服這位和他一樣的英雄。論起來，他和孫堅是同一輩人，他有資格小看孫權。在和孫權打過幾次「交道」後，他常是感歎「有子當如孫仲謀」。他對劉備和孫權的敬意，並沒有因敵意的存在而減弱半分。看一個人對敵人、仇人、對手的態度，比看他對自己人的態度，往往更能看出他的氣量。

與他的胸襟之開闊息息相關的，是他的樂觀自信。在險境和失敗中，他最常見的表情是開懷暢笑。當年，大將軍何進與司隸校尉袁紹等人謀誅宦官，舉棋不定，他在一旁鼓掌大笑何、袁等人的小題大做。董卓專權亂朝，王允等大臣因無計可施於席間低泣，他撫掌大笑說：「滿朝公卿，夜哭到明、明哭到夜，還能哭死董卓否？」濮陽一戰，他自呂布戟下死裏逃生，眾將問安，他仰面而笑曰：「誤中匹夫之計，吾必當報之。」赤壁大戰，他輸得血本無歸，卻曾三度大笑，指摘對手用兵，絲毫不為敗仗所困。劉備打了敗仗，常是自責、檢討。同為安撫人心的手段，曹操的一笑而過，還是更顯大氣、霸氣。

曹操人稱「奸雄」，卻是奸得率真，奸得坦蕩。官渡大戰，與許攸關於軍中糧草的一番對談，成為曹操之奸的經典：

攸曰：「公今軍糧尚有幾何？」操曰：「可支一年。」攸笑曰；「恐未必。」操曰：「有半年耳。」攸拂袖而起，趨步出帳曰：「吾以誠相投，而公見欺如是，豈吾所望哉！」操挽留曰：「子遠忽嗔，尚容實訴：軍中糧食可支三月耳。」攸笑曰：「世人皆言孟德奸雄，今果然也。」操亦笑曰：「豈不聞，『兵不厭詐』！」遂附耳低言曰：「軍中止有此月糧。」攸大聲曰：「休瞞我！糧已盡矣！」操愕然曰：「何以知之？」……攸以獲使之事相告，操執其手曰：「子遠既念舊交而來，願即有以教我。」

這一番奸，真是奸得一波三折，神鬼莫測。曹操的奸，是奸在情理之中。兩軍對壘，生死一線，自我保護與防範意識是必須的。對真正的奸邪小人，曹操卻疾惡如仇。張魯不得已而降時，曹操「念其封倉庫之心，優禮相待，封魯為鎮南將軍」。對將其主子張魯出賣給自己的楊松，曹操卻以「賣主求榮，即命斬之於市曹示眾。」另一小人苗澤，向曹操告密，使曹操免於劫難。但是曹操知道苗澤並非是出於公心，而是為了得到他姐夫黃奎之妾李春香。於是，他笑著對他的救命恩人說：「你為了一婦人，害了你姐夫一家，留此不義之人何用？」遂將苗澤等人斬首。曹操奸而不小，奸在明處，奸在大處。劉備能入主益州，一幫西川小人功不可沒。張松穿針引線，法正、孟達呼為內應，彭羕鼎力相助。張松事發先死，法正在助劉備成事後，也早亡。剩下的孟達讓劉備飽嚐了小人噬骨之痛，彭羕也差點再給劉備反戈一擊。劉備得小人之助而獲利，又因小人而受重創，是天理循環，也是人事因果。曹操得小人之利，而知小人之害，更能防小人之亂，是曹操高於劉備處。曹操說「寧教我負天下人，不教天下人負我」。話是奸雄話，卻是實話。《三國》中人，哪個不是這樣想，這樣做的，又有哪個敢於承認。心口如一的曹孟德，較之口是心非的偽君子，不更可愛。

關於他的文采，毋庸多說。歷史對他的文學才能，早有公論。他的作品，足以說明一切。他的對手劉備、孫權、諸葛亮、周瑜等人，沒人能作出「月明星稀，烏鵲南飛……」這樣的詩句。

陳壽在《三國志•魏志•武帝紀》中如此評價曹操：「太祖運籌演謀，鞭撻宇內，攬申、商之法術，該韓、白之奇策，官方授材，多因其器，矯情任算，不念舊惡，終能總御皇機，克成洪業者，惟其明略最優也；抑可謂非常之人，超世之傑也矣。」這個評價，基本是不錯的。「往事越千年，魏武揮鞭，東臨碣石有遺篇。」在毛澤東心中激蕩的，竟是他的詩篇和形象。

如此看曹操還有劉備，雖不是完美之人，卻是完善的人。完善的人可以從人的角度，獲得更多的理解和同情。試想劉備，奔波了大半輩子，尚沒有立足之地。如果因為益州是劉璋之地而再次放棄，仁義之名固然可揚名天下，但當益州落入曹操之手，自己只能守著荊州負隅頑抗，或再度踏上逃亡之路，恐怕這愚蠢之名也同樣難逃。做夢都渴望有自己一席之地的劉備，不僅沒有不擇手段，巧取豪奪，而是能讓徐州，走荊州，棄襄陽，更顯不易。

曹操殺人多。不是他愛殺人，而是想殺他的人太多。在戰場上，有人想殺他，那是工作需要，使命所在，大家誰殺了誰都得認命，都別有怨言。問題是在戰場以外的生活領域，他的生命也一次次受到威脅。他看上一個寡婦，在和這個寡婦親熱當中，受到寡婦家人的暗殺，自己差點把命搭上，也還是死了好多親人和一員愛將。他生病，給他治病的醫生，會趁機在他的藥裏下些讓他吃了就不會再生任何「病」的東西。他一邊和皇帝、大臣共處一堂，一邊又要不時地回頭張望，看他們是否在自己背後掏出了刀子。他得到了大半天下，卻沒有得到一張可供自己安息片刻的「床」。他永遠生活在了戰場上，生活在了驚悚中，睡覺、吃藥、和女人親熱，時刻都要防範別人對自己的傷害。這是一枚硬幣的兩面，選擇了什麼樣的事業，也就選擇了什麼的生活。為生存而戰，在他身上同樣存在。他的命只有一條。他別無選擇。

把劉備和曹操放在一起看，會發現二者竟是何其相似。一個有復國之志；一個懷四海之心。一個歷盡艱辛，戎馬半生；一個白手起家，馬上倥傯。一個曾送名士於對手；一個敢放大將歸舊主。一個三顧茅廬，禮賢下士；一個不計前嫌，延攬人才。一個善以哭動人；一個善以哭買人。一個摔過孩子；一個割過頭髮。一個吃過同姓妻肉；一個殺過老友全家。一個說「妻子如衣服」；一個說「寧教我負天下人，不教天下人負我」。一個韜光養晦，謀同宗基業；一個飛揚跋扈，篡漢家天下。一個稱梟雄，梟得可愛；一個稱奸雄，奸得神奇。在這二人身上，仁是真，偽也是真；奸是真，大也是真。若各持一端，必然氣短；若為互補，則混然天成。

劉備和曹操是人，不是神。《三國演義》裏的諸葛亮和關羽，則是神，而不是人。

諸葛亮在民間的形象是能掐會算的「神仙」，是智慧的代表。他的神機妙算，足以令中國歷史的任何計策黯然失色。自《三國演義》第三十八回「定三分隆中決策 戰長江孫氏報仇」，登上三國舞臺始，他便成為三國及中國歷史故事中，最耀眼的一顆「智星」。火燒新野、舌戰群儒、草船借箭、借東風、三氣周瑜、智料華容道、巧布八陣圖、安居平五路、七擒孟獲、空城計、罵死王朗、木牛流馬、七星燈……他用一個又一個的神奇，征服了讀者和世人。打動文人國士情懷的，不止這些。他嚴謹持身，寧靜致遠的人格修養，「鞠躬盡瘁，死而後已」的賢相形象，都達到了古代忠公體國者的最高境界。

把諸葛亮恢復成「人」，我主要是談他的缺點。

蜀漢是滅亡在了諸葛亮的手裏。

蜀對魏，是以弱對強。蜀漢的綜合國力與曹魏無法相比。弱對強，當是固守、積糧、屯兵、繕器，先求自保，再圖他策。當年，以袁紹之地廣糧多，兵眾勢大，與羽翼尚未豐滿的曹操對敵，田豐尚言還要再屯糧提兵，繕置軍器，固守要塞，如此三年，方可成事。諸葛亮不是不懂這番道理，對自身才智的自負，對劉備事業的忠貞，和對劉備知遇之情的感恩，使他作出了錯誤的判斷。他總想以一己之力扭轉乾坤，匡扶漢室。最終卻累死了自己，耗死了國家。

初出茅廬的諸葛亮手揮羽扇，指點江山，瀟灑之極。激孫權、氣周瑜、戲曹操，得荊州、取益州、定漢中，皆如掌中兒戲。在西蜀遭彝陵重創，劉備白帝托孤後，諸葛亮變了。再也難見他的談笑風聲，取而代之的是「夙夜憂慮，恐託付不效」。彝陵之戰對西蜀的打擊是巨大的。七十餘萬大軍，僅存百餘人。雖說其後西蜀有所恢復，卻也是內傷已存。而在此之前至關重要的一大禍事，是關羽失荊州。蜀地漢中進不能持，守不能出，若想有圖中原，必須以荊州為跳板。隆中決策時，諸葛亮對此說的非常清楚。荊州失陷於關羽之手，是失卻了蜀漢伐魏的基地，關閉了進兵的門戶。一生謹慎的諸葛亮此刻卻鋌而走險，強闖祁山險徑，本就勢弱，此舉更增軍事重荷。平定南方之亂後，諸葛亮不僅未休生養息，反而馬不停蹄，立即對曹魏宣戰，又因用人失誤，於街亭再遭司馬懿重創。此後的諸葛亮，就像個強迫症患者，以疲憊的身軀率領著同樣疲憊的國家，五出祁山，頻頻向對手出擊，又頻頻無功而返，或鎩羽而歸，直至自己倒在了五丈原的秋風中。他曾創新軍事制度，把國家軍隊分成兩批，輪流出征，以保證兵源和戰鬥力的充足。他確實是信守諾言，一旦到期，不論處在何種關鍵時刻，都不多滯留士兵一天。他的創新和守信掩蓋下的，其實是國家將士的不堪重負和軍事力量的急劇衰弱。繼承了他衣缽的姜維，也繼承了他的遺志和精神，又九次進軍中原，卻遭受了更大的失敗。

諸葛亮的過失之二，是對人才培養的忽視。他沒有為國家挖掘、儲備必要的人才，是致使蜀亡的重要原因。蜀漢的人才，武將關、張、趙、馬、黃、魏延、王平之屬，文臣包括諸葛亮、蔣琬，還有諸葛亮在〈出師表〉中提到的幾大忠臣，費禕、董允、郭攸之等人，都是劉備識拔。劉備死後，這些人又被諸葛亮所用。諸葛亮只為蜀漢培養了一個姜維，這當然遠遠不夠。而且，諸葛亮還屢有用人失誤之舉。錯用馬謖一事，已不用多說。後來被諸葛亮委以重任的楊儀，也是小人一個。當聽說諸葛亮文用楊儀，武靠魏延，遠在東吳的孫權就說，這兩個人不可靠，是兩個小人。人才無以為繼，蜀漢的事業必然難以持久。諸葛亮之後，蜀中再無良臣。當然不是。有伯樂方有千里馬，無識良臣之人，又豈會有良臣。

歷史沒有如果。但我還是忍不住要「如果」一番。如果諸葛亮不那麼操之過急，窮兵黷武，而是固守一方，富國強兵，蜀漢至少有足夠的實力，來抵禦外侮。如果諸葛亮能多多識拔人才，啟用人才，而不是「夙興夜寐，罰二十以上皆親覽焉」，至少可以使自己多活幾年。他的存在和人才的識拔，無疑是對國家最大的貢獻。如此，再靜待曹魏之變，伺機而動，難說大業無望。而諸葛亮死後不久，果真有司馬氏篡權，曹魏大亂之事。可惜，諸葛亮已無此機緣。此二短，是諸葛亮戰略上的鼠目寸光。

西蜀事，成也諸葛，敗也諸葛。

歷史上很少有像關羽那樣的，能黑白通吃，深得各方人心。白道講義，黑道也拜關二哥。關羽之義，使黑白道上的兄弟情，多了一份壯烈之美或詭異之美。關羽之義，帶有濃厚的唯美色彩。

屯土山約三誓，是為劉備而降「漢」。歸「漢」後，曹操「設大宴，會眾謀臣武士，以客禮待關公，延之上座；又備綾錦及金銀器皿相送。」「小宴三日，大宴五日；又送美女十人，使侍關公。」「操見關公所穿綠錦戰袍已舊，即度其身品，取異錦作戰袍一領相贈。」「操以紗錦作囊，與關公護髯。」見關公馬瘦，「操令左右備一馬來，須臾牽至。那馬身如炎炭，狀甚雄偉。操指曰：『公識此馬否？』公曰：『莫非呂布所騎赤兔馬乎？』操曰：『然也。』遂並鞍轡送與關公。」曹操的關懷無微不至，卻未能打動關羽之心。當聽說劉備的下落，關羽片刻不留，棄曹而去，千里尋兄。此為對劉備之義。諸葛亮智算華容道，關羽想起當年曹操恩義，與後來五關斬將之事，義釋曹操。此為對曹操之義。對劉備之義，為兄弟之義，義在情理之中；對曹操之義，為敵手之義，要以折兄弟之義來成全，義在情理之外。而情理之外，尤為難得。歸曹棄曹，阻曹放曹。前後呼應，只為顯關羽義之大者。

義薄雲天，深明《春秋》，又有溫酒斬將的蓋世武功，不畏刮骨療毒之疼的超人能力，關羽遂成一尊精神之「神」。也難怪他的皇帝兄長會為他而不顧江山，衝冠一怒。

作為人的關羽，毛病不僅有，而且還不小。首先，是目中無人，氣量狹小。他能放進眼裏的人，除了劉備、張飛，再無旁人。顏良、文醜之輩，在他眼裏是「插標賣首」。那是對敵手。對同志，他也是一貫居高臨下，不屑一顧。劉備把命根子荊州交給他把守，聽說劉備收降馬超，人言馬超武藝超群，他不為劉備收一大將而高興，卻要拋下荊州，入川和馬超一較高下。與黃忠同列五虎大將，他不接印綬，而是說：「黃忠何等人，敢與吾同列？大丈夫終不與老卒為伍！」不知是他忘了，還是仍牢記著，自己當年不勝黃忠的尷尬。即使是趙雲，他也只是因為「子龍久隨吾兄，即吾弟也」，才肯定趙雲，而不是出於對趙雲武藝、才能、功績的讚賞。趙雲、馬超、黃忠都是劉備手下的重臣，也是當世的名將。這些人在關羽眼中，尚且如此，對地位低，輩份淺如劉封之流，可想關羽是何種態度。關羽看不起和他一樣為將的，也看不起孫權這樣為主的。孫權向他提親，是屈尊。關羽是劉備手下一將，孫權是一方之主，是和劉備一個級別。關羽以「虎女豈能配犬子」，把孫權羞辱一番。特別需要一提的是關羽對諸葛亮。我懷疑他對諸葛亮的態度，僅是出於對劉備的尊重，才愛屋及烏，隨聲附和眾人的尊敬或佩服。在他心裏，也許始終就未把這位令人五體投地的軍師放在兄長的身邊。他目空一切的性格已不用多說。他敢把諸葛亮「東聯孫權，北拒曹操」的戰略方針當耳邊風，是最重要的證據。章太炎有個令人吃驚的看法，他說關羽失荊州，至走麥城被俘期間，諸葛亮有足夠的時間出兵救援。諸葛亮不發兵，是想借孫權和曹操之手，剷除這位在政治上一貫和自己唱對臺戲的異己。這個看法值得商榷。即使諸葛亮想借刀殺人，也不會以失去荊州為代價。荊州是諸葛亮戰略的關鍵環節。荊州一失，滿盤皆亂。不過，章氏的分析或許可以證明另一點，關公與諸葛亮的關係，不會好到哪裡去。

其次，是目不識人，剛愎自用。一個人如果能目中無人，則必然目不識人；氣量有限，則多會剛愎自用。關羽不識自己手下的一幫人，像糜芳、傅士仁、潘浚、孟達、劉封，更不識對手孫權、呂蒙、陸遜、徐晃等人。即不知己，又不知彼，焉能不敗！他置諸葛亮的囑託於不顧，對王甫等人的勸告不以為然，致使荊州失守，自己被擒。這一切完全是由他一手造成的，他是咎由自取。

關羽難當「大將」一職，更不配以一個領導人的眼光來看他。他跟劉備、曹操、孫權等人沒法比。即使同為武將而有領導才能的孫策、張遼等人，也不是他能相比。他只能作他人手下一將，提刀上馬，率五百削刀手，到陣前逞匹夫之勇。

義，帶有非理性、非原則的特性。民間以關羽為義之大者，一方面體現了對非理性力量的崇拜，同時，又正是希圖用這種力量，來維繫、補充一個在理性、原則和制度上，都存在缺陷的現實社會和人生。

越是非常之人，越有回味無窮之處。諸葛亮、關羽，還有劉備和曹操，把他們當成神，一切就都無從可議，也索然無味。人比神要複雜的多，有趣的多，也永恆的多。

還有很多人物，無論是從情節上、表現上、性格上，還是歷史意義上，也都佔有重要的一席之地，像心存大志的孫權、器量狹小的周瑜、陰柔詭秘的司馬懿、憂柔寡斷的袁紹、有勇無謀的呂布、勞苦功高的趙雲、魏延等。以之為主要人物，也絕無不當。但與上述四人相比，又都難免淪為「配角」。以劉備、曹操為主，孫權只能退居次席，更不要說袁紹和呂布了；有了諸葛亮，周瑜和司馬懿只能淪為陪襯；關羽一夫當關，包括趙雲、魏延在內的各路英雄，也只能「繞道而行」。當然，一切並不意味著這些人物就只能籍籍無名，暗淡無光。他們在使諸葛亮、關羽、曹操和劉備成為典型的同時，自己也以獨特的個性，成為當之無愧的重要角色。這裏邊的一些人物，在相關文章中已經或多或少的提到，這裏就不多說了。

語言文學類　PG0710

閒話三國配角

作　　者 / 李　泉
主　　編 / 蔡登山
責任編輯 / 林千惠
圖文排版 / 譚嘉璽、鄭佳雯
封面設計 / 王嵩賀

發 行 人 / 宋政坤
法律顧問 / 毛國樑　律師
出版發行 / 秀威資訊科技股份有限公司
114台北市內湖區瑞光路76巷65號1樓
電話：+886-2-2796-3638　傳真：+886-2-2796-1377
http://www.showwe.com.tw
劃撥帳號 / 19563868　戶名：秀威資訊科技股份有限公司
讀者服務信箱：service@showwe.com.tw
展售門市 / 國家書店（松江門市）
104台北市中山區松江路209號1樓
電話：+886-2-2518-0207　傳真：+886-2-2518-0778
網路訂購 / 秀威網路書店：http://www.bodbooks.com.tw
國家網路書店：http://www.govbooks.com.tw

2012年2月BOD一版
定價：360元

國家圖書館出版品預行編目

閒話三國配角 / 李泉著. -- 一版. -- 臺北市 : 秀威資訊科技, 2012.02
面； 公分. -- (語言文學類 ; PG0710)
BOD版
ISBN 978-986-221-906-5(平裝)

1. 三國演義 2. 研究考訂

857.4523 100027863

讀者回函卡

感謝您購買本書，為提升服務品質，請填妥以下資料，將讀者回函卡直接寄回或傳真本公司，收到您的寶貴意見後，我們會收藏記錄及檢討，謝謝！

如您需要了解本公司最新出版書目、購書優惠或企劃活動，歡迎您上網查詢或下載相關資料：http:// www.showwe.com.tw

您購買的書名：＿＿＿＿＿＿＿＿＿＿＿＿＿＿＿＿＿＿＿＿

出生日期：＿＿＿＿年＿＿＿＿月＿＿＿＿日

學歷：□高中（含）以下　□大專　□研究所（含）以上

職業：□製造業　□金融業　□資訊業　□軍警　□傳播業　□自由業

□服務業　□公務員　□教職　□學生　□家管　□其它＿＿

購書地點：□網路書店　□實體書店　□書展　□郵購　□贈閱　□其他

您從何得知本書的消息？

□網路書店　□實體書店　□網路搜尋　□電子報　□書訊　□雜誌

□傳播媒體　□親友推薦　□網站推薦　□部落格　□其他＿＿＿＿

您對本書的評價：（請填代號　1.非常滿意　2.滿意　3.尚可　4.再改進）

封面設計＿＿　版面編排＿＿　內容＿＿　文／譯筆＿＿　價格＿＿

讀完書後您覺得：

□很有收穫　□有收穫　□收穫不多　□沒收穫

對我們的建議：＿＿＿＿＿＿＿＿＿＿＿＿＿＿＿＿＿＿＿＿

＿＿＿＿＿＿＿＿＿＿＿＿＿＿＿＿＿＿＿＿＿＿＿＿

＿＿＿＿＿＿＿＿＿＿＿＿＿＿＿＿＿＿＿＿＿＿＿＿

＿＿＿＿＿＿＿＿＿＿＿＿＿＿＿＿＿＿＿＿＿＿＿＿

請貼
郵票

11466
台北市內湖區瑞光路 76 巷 65 號 1 樓
秀威資訊科技股份有限公司 收
BOD 數位出版事業部

（請沿線對折寄回，謝謝！）

姓　名：＿＿＿＿＿＿＿＿ 年齡：＿＿＿＿ 性別：□女　□男

郵遞區號：□□□□□

地　址：＿＿＿＿＿＿＿＿＿＿＿＿＿＿＿＿

聯絡電話：(日)＿＿＿＿＿＿＿＿ (夜)＿＿＿＿＿＿＿＿

E-mail：＿＿＿＿＿＿＿＿＿＿＿＿＿＿＿＿